BİR GÜN

Ayşe Kulin

§

Türkçe Edebiyat **82**

Bir Gün

Ayşe Kulin

Kapak tasarım: Utku Lomlu
Dizgi: Bahar Kuru

1. Basım: Temmuz 2005 (52.500 adet)
2. Basım: Temmuz 2005 (10.500 adet)
3. Basım: Temmuz 2005 (12.500 adet)
4. Basım: Ağustos 2005 (10.500 adet)

ISBN: 975 - 289 - 236 - 1

Baskı ve Cilt: Melisa Matbaacılık
Tel: (0212) 674 97 23
Fax: (0212) 674 97 29

EVEREST YAYINLARI
Ticarethane Sokak No: 53 Cağaloğlu/İSTANBUL
Tel: (212) 513 34 20-21 Fax: (212) 512 33 76
Genel Dağıtım: Alfa, Tel: (212) 511 53 03 Fax: (212) 519 33 00
e-posta: everest@alfakitap.com
www.everestyayinlari.com

BİR GÜN

Hünkâr pîre teşne, pîr hünkâre hem
Yani hem ayrıydılar, yekpare hem...

MEVLANA

NEVRA TUNA-ZELHA BORA

Dışarının kuru soğuğu, arabanın sıcak hava üfüren kaloriferine rağmen, içime sızıp, iliklerime işlemiş sanki. Ellerim ayaklarım buz gibi, gözlerimi yola dikmiş, baktıklarımı göremeden ve hiç kıpırdamadan dimdik oturuyorum. Her ikimiz de yay gibi gergin, tek laf etmeden yol alıyoruz. İlk konuşan o oluyor:

"Yaklaşıyoruz, hazırlansan iyi olur."

Geniş siyah örtüyü başımın üzerine yerleştirip, kaşlarıma kadar indiriyorum. İki ucunu çekiştirerek burnumun hemen altından çengelli iğne ile tutturuyorum. Gülmeye başlıyor Hasan Bey:

"Örtünü biraz yukarı çek de önünü gör."

Beceriksiz hareketlerle örtüyü alnımın ortasından geri çekmeye çabalıyorum.

"Hah bak, iyi oldu böyle. Pek de yakıştı. Gözlerinin güzelliği ortaya çıktı."

"Bu örtünün yakışabileceği birini düşünemiyorum."

"Hiç de değil. Güzel gözlü ama çirkin burunlu kadınlara pek de âlâ yakışabilir."

"Teşekkür ederim!"

"Burnunun çirkin olmadığını benim kadar sen de biliyorsun. İltifat avcılığı yapma şimdi, sabah sabah."

Kızıyorum için için ama, babam yaşında ve bana yardım etmeye çalışan bir adamla tartışmayı gereksiz bulduğum için susuyorum. Sabahın erken saatlerinde daha yoğun olan sis yer yer açılıyor. Başımdaki örtünün ucuyla yan penceremdeki buğuyu siliyorum. Az daha gidiyoruz.

"Çok sıkıldım öff! Nefes alamıyorum."

"Neden alamıyorsun? Burnunu kapamadın ki!"

"Olsun! Yine de bunaldım. Psikolojik herhalde. Camı indirir misiniz azıcık, hava girsin."

Düğmeye basarak camı yarı yarıya indiriyor. Sabah ayazında ürperiyoruz ikimiz de.

"Bir kere daha üstünden geçelim mi?" diye soruyor Hasan Bey.

"Sorularımı çabucak soracağım. Konuyu dağıtmayacağım. Not alamadıklarımı aklımda tutacağım ve dışarı çıkar çıkmaz hemen yazacağım defterime. Acıkırsak çantamdaki bisküvileri yiyeceğiz. Konuşmam beşten önce bitmiş olacak. Bir terslik olursa, kimseye bir açıklama yapmadan, hemen sizi arayacağım cebinizden."

"Ne yazık ki arayamayacaksın. Telefona izin vermiyorlarmış."

"Yapmayın! Ya bir terslik olursa..."

"Olmayacak. Olursa, Dilaver Bey'e başvuracaksın."

"O da kim?"

"Benim eski bir dostum. İçerden. Seni ona emanet edeceğim."

“Güvenilir biri mi?”
“Olmaz olur mu!”
“Eh, tamam öyleyse.”
“En önemli şeyi unuttun, kızım.”
“Unutmadım. Bu buluşmayı hiç ama hiç kimse bilmeyecek, sizden, benden bir de neydi adı... Dilaver Bey’den başka.”
“Aferin.”
“Hasan Bey, bu yardımınızı unutmayacağım... gerçekten... çok, çok teşekkür ediyorum.”
“Dua et de başımıza bir iş gelmesin.”
“Gelmez. Kimse bilmiyor ki... bizlerden başka.”
“Yerin kulağı vardır,” sesi sıkıntılı, “duyulursa, kabak hapishane müdürünün başına patlar.”
“Duyulmayacak,” diyorum içimdeki endişeyi sesime yansıtmamaya çalışarak, “inanın bana, bu gün bu iş, hiç kimse bilmeden bitecek.”
“İnşallah!”
“Şu ses kayıt makinesi...”
“Sen çıkart onu çantandan bana ver. Üzerinde bulmasınlar. Bir şeyler yapmaya çalışacağım.”
“Çantamda değil. Onu bir poşete koydum... arkada koltuğun üzerinde... yani iyi olurdu, her şeyi akılda tutmak mümkün değil ki, not alırken de zaman kaybederim.”
“Sen bu kadarına bile şükret!”
“Etmez olur muyum! Sağolun, siz olmasaydınız...” Aynı teşekkür sözlerini belki yüz kere yinelemiş olduğum için, bir bıkkınlık basıyor üzerime, bitiremiyorum lafımı.

Hasan Bey, önümüzdeki kavşaktan sağa sapıyor. Uzun bir süre daha gidiyoruz, yine hiç konuşmadan. Her ikimiz de kendi endişelerimize gömülüyüz. Sonra sola doğru kıvrılıyoruz, az daha ilerliyoruz ve birden karşımızda hapishanenin üst kısmı tel örgülü beton duvarı beliriyor. Tıkanır gibi oluyorum. Arka koltukta duran çantama uzanıp, çantayı kucağıma koyuyorum ve karıştırmaya başlıyorum. Nefret ederim böyle kuyu gibi derin çantalardan. İçinde aranan her şey, hele de aceleniz varsa, bir köşeye girip kaybolur. Karıştıra karıştıra, el yordamıyla astım ilacımı bulup, alıyorum. Sımsıkı tutuyorum disküsü avucumda.

"Hayrola?" diyor Hasan Bey.

"Heyecandan herhalde. Nefessiz kalır gibi oldum."

"Astım hastası olduğunu bilmiyordum. Alerjik mi? Polenlere karşı mı hassasiyetin?"

"Yok hayır, polenlere karşı alerjik değilim. Nem dokunuyor galiba."

"Arabanın içinde nem filan yok ama... sinirlisin biraz. Vazgeçelim mi?"

"Asla!"

Araba yavaşlayarak demir kapının önüne geliyor. Duruyor. Hasan Bey, aşağı inip kapıya yürüyor, kapının hemen yanındaki kulübeye giriyor. Aceleyle bir iki nefes çekiyorum elimdeki disküsten. Geri geldiğinde,

"Sen in, beni burada bekle," diyor bana, "arabayı park edip geliyorum."

İniyorum arabadan, kaldırıma çıkıp bekliyorum. Başımdan belime uzanan siyah örtüyle, bileklerime kadar inen gri mantonun içinde kımıldanamadan heykel gibi duruyorum. Ne korkunç bir his bu, bir kuleye hapsedilmiş gibi. Bir insan kendi özgür iradesiyle bezden bir kuleye hapsedilmeyi kabul edebilir mi? Neden bu kadar tepkisiz benim dinimin kadınları? Yavaşça bir adım atıyorum... bir adım daha, bir adım daha. Yürünüyormuş demek... hızlı hızlı yürüyorum... duvar boyunca yirmi adım ileri, yirmi adım geri, gidip geliyorum bir türlü alışamadığım kıyafetimin içinde. Kapının önünde dikilen nöbetçi hayretle beni seyrediyor. Arabasını park eden Hasan Bey, cep telefonundan arayarak geldiğimizi haber vermiş olmalı ki, demir kapıdan lacivert elbiseli bir adam çıkıyor ve selamlıyor bizi. Lacivert elbise giyen memurların niye birbirlerine bu kadar benzediklerini tam anlamıyla çözememişimdir; tıpkı tüm din tacirlerinin badem bıyıkları, yuvarlak yüzleri, fıldırfış gözleriyle, futbolcuların adaleli ve çarpık bacakları, sert hatlı gergin simalarıyla ya da milletvekillerinin fırça bıyıklarıyla birbirlerine benzemelerini çözemediğim gibi. Bu çelimsiz, soluk yüzlü adamın da, az gelirliler sınıfına dahil olduğu için herhalde, hayatından bezmiş bir hali var. Suratında hep aynı mutsuz ifadeyle demir kapının yanındaki kontrol kulübesinde oturan nöbetçilerle konuşuyor ve elindeki kâğıdı gösteriyor. Nöbetçi, küçük penceresinden elini uzatıp kimliklerimizi alıyor, bize birer yaka kartı veriyor. Dışardaki diğer nöbetçi isteksizce aralıyor kapıyı, içeri giriyoruz. Geniş bir avlu burası. Hiç ağaç yok. İnsan yok. Bomboş bir alan. Aval aval bakınıyorum etrafıma. Hasan Bey kolumu çekiştiriyor.

"Yürü kızım!"

Kapıdaki nöbetçilerden uzaklaşınca, adamın kulağına eğilip fısır fısır konuşuyor Hasan Bey.

Hiç ses etmeden başını sallayıp duruyor, lacivertli adam. Hızlı hızlı yürüyerek karşımızdaki binanın kapısından giriyoruz. Hava meydanlarındaki gibi hazırlanmış bir kontrol noktası var önümüzde.

"Elinizi okutun," diyor bir görevli. Hayretle baktığımı görünce, lacivertli, elimi alarak duvardaki manyetik alete yapıştırıyor. Benden sonra Hasan Bey de okutuyor elini.

"Aygıt elimizi okuduğuna göre, falımızı da söylese bari," diyorum. Kimse gülmüyor. Hasan Bey bile duymamazlığa geliyor beni. Burada herkes, her an çok ciddi ve çok kederli olmak durumunda demek ki! Çantamı yürüyen kuşağa bırakarak kontrol noktasından geçmek istiyorum.

Hemen bir uyarı geliyor:

"Ayakkabılarınızı çıkartın!"

Hasan Bey'le birlikte, çıkartıyoruz ayakkabılarımızı. Çoraplı ayaklarımızla geçiyoruz kontrol noktasından. Bir görevli ayakkabılarımı eline alıp içlerine, tabanlarına bakıyor ve geri veriyor. Çantamı alırken, aygıtın önünde oturan bir başka görevli cep telefonumu soruyor. Çantamdan çıkarıp uzatıyorum.

"Burada kalacak. Çıkarken alırsınız."

Öte yanda bekleyen üniformalı, şişmanca bir kadın da bana hemen yandaki bölmeyi gösteriyor girmem için. Başörtümü ve mantomu çıkartıp, köşede duran sandalyeye bırakıyorum. Kadının küt parmaklı elleri her tarafımda dolaşıyor. Bacaklarımın arasını da sıvazladıktan sonra, "Giyinebilirsiniz," diyor. Başımı tekrar örterken, tanımadı beni diye düşünüyorum, sonra da içimden gülmek geliyor, kendime atfettiğim öneme. Beni neden tanısın ki? Yazı yazdığım gazeteyi okuyor olsa bile, yazımın başında duran o küçücük vesikalık resmim, nerdeyse on yıl önce çekildi. Son fotoğraflarımı beğenemediğim için, gazeteye yıllar önce çekilmiş bir resmimi vermiştim. Fotoğrafın gazete baskısında saçlarım o kadar koyu çıkmıştı ki, esmermişim hissi veriyordu. Resmime benzeseydim bile, SENTEZ gibi itici bir adı olan, ukala yazarların köşeleri tuttuğu sol eğilimli bir gazeteyi zaten kaç kişi okur şu memlekette? Beni, gazetemin ve kendi küçük çevremin dışında tanıyanlar olabilir endişesine kapılmamız ne büyük aptallıktı! Ben niye uydum Hasan Bey'in aklına da, bir tanıyan çıkar diye bu garip kılığa girdim? Neden? Çünkü, bu buluşmayı ayarlaması için, benden ne isterse yapmaya hazırdım da ondan! Her kılığa girmeye, her bedeli ödemeye hazırdım, yeter ki, o beni içeri sokabilsin ve ben bu röportajı kotarayım, kimsenin konuşmaya olanak bulamadığı bu siyasi mahkûmla ilk ben konuşmuş olayım. Yüreğinin ve kafasının içindekileri teker teker söküp alayım, hayatını irdeleyeyim. Yaşamını gizleyen perdeyi aralayıp, onu bu günlere taşıyan kaderinin her bir kilometresini onunla birlikte arşınlayayım. Sonra bilgisayarımın başına oturup, içine sevgi, umut ve hatta özlem katarak hayatımın en anlamlı yazısını yazayım. Çünkü, bende saklı nedenlerle, bunu ancak ben yapabilirdim. Ancak ben başarabilirdim. Güveniyordum kendime. İçimde zoru başarıyor olmanın yanı sıra bir de küçük bir umut vardı; kim bilir, belki de bu röportajın sonunda, Türkiye genelinde ben de önemli bir gazeteci olarak tanınırdım artık!

Karşımızdaki kapıdan geçip bir koridora giriyoruz. Önümüzde yürüyen lacivertli, sağdaki kapıyı açıyor. Bekleme odası gibi bir yer burası. İçeri girip karşılıklı oturuyoruz plastik sandalyelere.

"Her şey yolunda, merak etme," diyor Hasan Bey, sesindeki ince endişeyi gizlemeye çalışarak, "görüşmede Dilaver Bey bulunmayacak. Röportajı tek başına yapacaksın. Bir sakıncası yok değil mi?"

"Elbette yok!" Yüzüme yayılan gülümsemeyi göstermemeye gayret ediyorum. Aklımın ucundan bile geçmemişti, görüşmede başka birinin de bulunabilme ihtimali. Tanrım, tehlikenin ucundan dönmüşüm de haberim yok. Ne yapardım ancak iki kişinin birlikte kuracağı bir dünyanın içine asla sığmayacak bu üçüncü kişi ya da Hasan Bey, "görüşme sırasında ben de yanında olacağım," diye tuttursalardı! Benim ümit bağladığım büyü, kesinlikle bozulmuş olurdu.

"Siz hiç merak etmeyin Hasan Bey, böylesi çok çok daha iyi." Memnuniyetime biraz şaşırdığını fark edince, "Daha samimi olur, kadın kadına,"diye ekliyorum.

İçeri bu kez gri takım elbiseli bir başkası giriyor. El sıkışıyorlar Hasan Bey'le. Hal hatır soruyorlar. Basmakalıp sohbetleri bitince, Hasan Bey kalkıyor, elini omuzuma koyuyor.

"Ben artık ayrılmak zorundayım. Seni Dilaver Bey'e teslim ediyorum," diyor. Gri takımının içinde hüzünlü bir yağmur bulutu gibi duran bu ince uzun, üzgün yüzlü Dilaver Bey, emanetini hiç ses etmeden, bir baş eğmeyle teslim alıyor.

"Haydi bakalım, Allah sana kolaylık versin, kızım. Haa, şeyi de ayarladım, şu ses kayıt makinesi işini... sana getirecekler. Saat beşte kapıda olacağım seni almak için. Daha erken bitirecek olursan, ararsın beni."

Dilaver Bey'le kapıdan çıkarken, Hasan Bey, her şey yolunda gibisinden bir de göz kırpıyor bana. Hapishanenin küçük bir odasında yapayalnız kalıyorum. Ürperiyorum. Allahtan uzun sürmüyor yalnızlığım. Az sonra Dilaver Bey kapıda beliriyor ve "Beni takip edin," diyor.

Hapishanenin taş koridorunda, sadece yüreğimin atışlarını ve ayak seslerimi duyarak, tanımadığım bir adamın peşinde, bacaklarıma dolanan uzun etekleri yadırgayarak hızlı hızlı yürüyorum. Korkuyorum da. Başıma neler gelebileceğini hiç düşünmeden ve beni vazgeçirmek isteyenlere kulak asmadan balıklama atladığım bu buluşma için çok endişeliyim şimdi. Bacaklarım hafifçe titriyor, terliyorum kalın mantomun içinde. Sonu gelmeyecekmiş gibi gözüken uzun, renksiz taş koridorda, grili adam önde, ben arkada, hiç bitmeyecek bir yolculuk yapıyoruz; peşpeşe... Gidiyoruz, gidiyoruz, gidiyoruz... Kulaklarımda Âşık Veysel'in dizeleriyle Hümeyra'nın sesi yankılanıyor, ***uzun ince bir yoldayım... bilmiyorum ne haldeyim!*** Kenarları aşınmış taş merdivenlerden bir kat yukarı çıkıyoruz. Lambayla aydınlanan bir başka uzun koridorda yürüyoruz yine. Dilaver Bey birden duruyor ve sol taraftaki kapılardan birinin kilidine cebinden çıkadığı sarı anahtarı sokuyor.

"Buyrun, burada bekleyeceksiniz," diyor, kapıyı açarken.

Açılan kapıdan içeri giriyorum. Pek çok şey sormak istiyorum, ama Hasan Bey mümkün olduğu kadar az konuşmam hatta hiç konuşmamam için o kadar çok tembih etti ki, tutuyorum kendimi.

"Burada kimse sizi rahatsız etmez," diyor Dilaver Bey. Cebinden çıkardığı ses kayıt makinemi masaya bırakıyor. "Siz bunu şimdilik çantanıza koyun. Daha sonra, lazım olduğunda kullanırsınız."

"Tamam," diyorum.

Aceleyle çantama atıyorum aleti. Dilaver Bey, kapıyı üstüme kapatarak çıkıyor. Beni içeri kilitlemedi, umarım. Önce kalkıp kontrol etmek istiyorum, ama eğer kapı kilitliyse, üstüme hafakanlar basmasın diye, vazgeçiyorum hemen.

Boş sayılabilecek, küçük bir oda burası. Ortada bir tahta masa ve etrafında dört adet sandalye var. Tavandan sarkan çıplak ampulden sarı bir ışık dökülüyor masaya. Örtüyü çekip alıyorum başımdan, saçlarımı ellerimle kabartıyorum. Uzun mantoyu da çıkartıyorum. Üzerimde dik yakalı kazağım ve eteğimle kalıyorum. Ohh, tekrardan kendime benzemek ne hoş bir duygu. Korkum azalıyor. Siyah örtüyü katlayıp çantama tıkıştırıyor, defterimi, kalemlerimi çıkartıyorum. Çantamın diplerinde, bir naylon poşete koyduğum sigaraları da bırakıyorum masaya. Karşılıklı yerleştirilmiş sandalyelerden kapıya dönük olanına oturuyorum. Bekliyorum.

Bekleyiş uzuyor. Her bir saniye, bir saat değerinde sanki. Zaman geçmiyor. Odada çıt yok. Sessizlik dayanılır gibi değil. Kalın taş duvarların ötesinde bir hayat akıyor. Benim oturmakta olduğum küçük odada ise, sadece bir masa dört iskemle ve akışsız, durağan bir zaman var. Rüzgâr sesi, yağmur sesi yok, trafik sesi yok. Nefes alıp verişlerimin dışında hiçbir hayat izi yok. Bu hapishane hücresinde, pencere pervazına konacak kuşların kanat sesini bile duymak olası değil, bulunduğum yerde pencere de yok çünkü. Koridorda ise ya kimse yürümüyor ya da ayak sesleri dahi duyulmuyor bulunduğum yerden. Kuralları göz ardı ederek buraya girdiğim için, sonsuz ve hain bir sessizlikle cezalandırıldığım hissine kapılıyor, 'işte mahpusluk bu olmalı,' diye düşünüyorum. Mahpusluk, yaşamın akmadığı, zamanın geçmediği, renklerin gözükmediği bir mekânda oturup kalmak olmalı. Beni rahatsız eden, çıldırtan gürültüler ne önemliymiş meğer hayatımda. Bir çocuk mızıklansın, biri kapıları çarpsın, radyo parazit yapsın, sokak satıcıları detone sesleriyle bağırsın, aceleci sürücüler kornalarını sinirli sinirli öttürsün istiyorum. Çamaşır makinesi homurdansın, musluklar tıslasın, gevşemiş armatürlerden tıp tıp su damlasın, evimi temizlemeye gelen kadın beni hiç ilgilendirmeyen saçma sapan rüyalarını ve kaynanasının bel ağrılarını anlatsın, karşıma geçip... Gündelik yaşamımın, arka planında, farkına bile varmadan alıştığım fon müziği sesleri olmayınca zaman akmıyor, mekân da iki boyuta iniveriyormuş. Bunalarak bekliyorum bu boğucu mekânın ve akmayan zamanın içinde.

Dışarda ayak sesleri duyuluyor. Bir köpek gibi kulaklarımı dikip dinliyorum. Biri kapıyı açıyor, başını uzatıp bana bakıyor ve hiçbir şey söylemeden kapıyı çekip gidiyor. Demek kilitli değilmiş kapı! Ferahlıyorum biraz. Ayak sesleri uzaklaşıyor. Az önceki mutlak ve yoğun sessizlik kaplıyor yine odayı. Tıs yok. Renk yok. Hareket yok. Ben bej giysilerimin içinde, hiç kımıldamadan iskemlemde oturmaktayım. Yaşamın içinde değilim de bir fotoğrafa hapsedilmişim sanki. Birdenbire, karnımın gurultusu gök gürültüsü gibi yankılanıyor kulağımda. Ohh! Yaşadığıma dair bir işaret bu. Seviniyorum. Elimi göğsüme koyup kalbimin atışlarını da dinliyorum can kulağı ile. İyice dikkat kesilsem, kanımın damarlarımda akışını da duyabilir miyim acaba? Kişinin kendisiyle baş başa kalmasının bu kadar ağır ve dayanılmaz bir yük olduğunu hiç fark etmemişim şimdiye dek. Tanrım, kendi hür irademle buraya kadar tıpış tıpış gelerek, tutuklu konumuna mı düştüm? Burada, bu odada bir siyasi mahkûmla yapacağım görüşme, onca dikkate, özene rağmen duyuldu ve şimdi de ben mi bir mahkûm oldum bu taş duvarların arasında? Bu bekleme hiç bitmeyecek mi? Gözlerimi kapıya dikip düşünüyorum, belki de kapı dışardan açılıyor ama içerden açılamıyordur. Yeniden panikliyorum. Yerimden fırlıyor, kapının tokmağını kurcalamaya başlıyorum. Açılıveriyor. Uzun, bomboş koridora aval aval baktıktan sonra kapıyı kapatıp, geri geliyor, oturuyorum yerime. Demek ki hapsedilmemişim odaya. Yoksa kapıyı açamazdım. Biraz rahatlamama rağmen, görünmez bir el hâlâ boğazımı sıkıyor. Korkuyorum. Gözlerimi kapatıp, derin derin nefes alıp veriyorum ve dua ediyorum içimden, 'güzel Allahım, ne olur elimden tut, bana yardım et,' diye. Çünkü biliyorum ki, bu son şansım. Bu görüşmeyi gerçekleştiremeyecek olursam, işimi kaybedebilirim. Gazetenin beşinci sayfasındaki röportaj köşemi, podyumlardan inerek, televizyon ekranlarından fırlayarak medya dünyasına fırtına gibi giren uzun saçlı, uzun bacaklı, genç kadınlara kaptırmamak için son şansım bu! Ne büyük bir yazıktır ki, ben de bir zamanlar uzun bacaklı, uzun saçlı bir sarışınken, gazete ve dergi köşeleri, oraları yıllar önce parsellemiş usta yazarlara aitti sadece. O yazarların tümü erkekti, kalemleri güçlüydü ve asla gazete değiştirmezlerdi. Gazete köşelerinden birine yerleşebilmek için, erkek yazar olmak ve köşe sahibinin ölümünü beklemek gerekirdi. Köşe yazarlarının bu niteliklerini kaybetmeleri, benim de tazeliğimi kaybettiğim yıllara denk geldi ve şu nankör kadere bakın ki, cinsiyetime rağmen saygın bir kalem olmayı becerebildiğim yıllarda, köşeler birdenbire genç ve güzel dişilere açıldı. Bu nedenle, köşemi elimde tutabilmem için ağzımla kuş tutmam gerekiyor. İşte bugün ben, ağzımla o kuşu tutmak için buradayım. Sırf bu nedenle, aylardan beri yırtınıp durdum bu görüşmeyi ayarlayabilmek için. Her şeyi göze aldım. Tüm ipleri çektim. Hem hapishane müdürünün eniştesi, hem de emekli bir polis müdürü olan Hasan Bey'le içli dışlı oldum. Yerimde kalabilmek için, olağanüstü bir iş çıkarmamın şart olduğunun bilincindeydim, çünkü işimi kaybetmeye gücüm yoktu. Sadece bu mu? İlginç ve zor bir söyleşiyi kotarmak mı, burada olmamın tek nedeni? Hayır, burada bulunmamın maddiyatla, işle hiçbir ilintisi olmayan bir sebebi daha var!

Ya gelmezse, ya vazgeçmişse... Sırtımdan buz gibi ter boşanıyor... Yok, yok, gelecek! Gelecek! Gelecek ve bu görüşme benim için bir dönüm noktası olacak. Bir yıldız gibi parlayacağım. Herkes bu röportajdan söz edecek. Önümüzdeki yılın gazetecilik ödülünü büyük bir ihtimalle ben alacağım. Belki başka iş teklifinin de önünü açacak bu yazı dizisi. Kara talihimin bir yerde, bir gün, bir vesile ile değişmesi şart. Evime döndüğümde, aynadaki mutsuz ve yorgun yüzüme bakıp, "Yine olmadı, bunu da başaramadın işte, Nevra," dememeliyim. Başaramamaktan bıkkınım çünkü. Kaybetmekten bıkkınım. Evliliğini elleriyle bozan, kendi hataları yüzünden önce kocasını, sonra gül gibi işini, daha sonra da çocuğunu kaybeden bir budalayım ben. Hiçbir şeyin sonunu getiremeyen bir beceriksizim. Değil bir kocayı, bir sevgiliyi dahi elinde tutmayı beceremeyen kocaman bir aptalım. Bugünü de yüzüme gözüme bulaştırırsam... bin bir takla atılarak, nice ipler çekilerek kotarılmış bu görüşmeden yüzümün akıyla çıkamazsam, TEM otoyolu üzerinde yer alan upuzun binanın yedinci katındaki, kaçak apartmanlara bakan, 'Türkiye gerçeği' manzaralı odamdan bilgisayarımı söküp, tek tük kişisel eşyamı toplayıp çıkmak zorunda kalırsam, son bir yıldır beni hayata teyelleyen yegâne ilmeği de çözmüş olmayacak mıyım? Ne kalacak geride bana tutunmam için? Ne? Tanrım yardım et ki, kiminin gözünde terörist, kiminin indinde azize olan bu doğulu kadın, bu köylü kızı, bu son yılların, durumdan vazife çıkartılarak yaratılan parlak yıldızı, gelsin ve konuşsun benimle. Konuşsun ve kaderimi değiştirsin.

Niye gelmiyor? Niye bu kadar gecikti? Her saniye altın, hatta pırlanta değerindeyken beni bekletmeye, değerli zamanımı çalmaya hakkı var mı?

Az önce akmadığından şikâyetçi olduğum zaman, benimle alay edermişçesine, koşmaya başlıyor, birdenbire. Şimdi de tüm gücümle zamanı durdurmak istiyorum. Günlerden beri hazırladığım onca soruyu sormaya ve yanıtlarını almaya vaktim yetmezse diye korkuyorum. Varsın yetmesin, ben elimden geleni yapacağım. Zamanımı eğip bükerek uzatacağım, çünkü bir daha buraya girebilme ve bu görüşmeyi tekrarlama olanağım olmadığını biliyorum. Yeter ki gelsin! Gelsin! Ama işte, bir türlü gelmiyor beklediğim kişi! Tanrım, vaz mı geçti acaba? Neden gelmiyor? Endişemi bastırmak için, masanın etrafında hızlı adımlarla dönerek kafamda sorularımı sıralamaya çalışırken, birden bir başka korku esir alıyor beni: Ya o gelir de, ben konuşmayı istediğim gibi yönlendiremezsem! Ya sorularıma yanıt vermezse! Ya terslenirse! Daha da kötüsü, o terslenir, ben de her tepem attığında yaptığım gibi, fişimi çeker içime kapanırsam! Bir an gelir, zorlanmaktan ya da alttan almaktan sıkılır, yüreğim öyle istemese de, ***canın isterse Zeliha Bora, benden buraya kadar!*** havalarına girersem... yapmadığım şey değil çünkü, bu konuda sabıkalarım var. Hem de kaç tane... Kafam kızmaya görsün, ağzımdan çıkanı kulağım duymayabiliyor.

"Ayyy!" Kapının açılmasıyla boş bulunup zıplıyorum.

Kapının önünde, kulak hizasında kesilmiş kızıla çalan koyu kahve saçları, kapkara gözleriyle, yorgun ama vakur bir eda ile duruyor Zeliha Bora. Arkasında Dilaver Bey var. Önce istençdışı bir hamle yapıyorum mahkûma sarılmak istermiş gibi, ama hemen tutuyorum kendimi.

"Korkuttuk sizi," diyor Dilaver Bey.

"Hoşgeldiniz," diyorum elimi uzatırken, ev sahibiymişim gibi. Aptal ben!

"Asıl siz hoşgeldiniz."

Zeliha Bora'nın sesi, sanki nezleli gibi hafif kısık. Oysa ben çok daha tiz bir ses bekliyordum. Eli elimde şimdi. O da aynı benim yaptığım gibi sıkıca kavrıyor elimi. Bu iyi. Hiç sevmem parmak uçlarıyla, gevşek gevşek el sıkanları. Karşılıklı durmuş birbirimizi süzüyoruz. O benden çok daha sakin görünüyor.

Topuklu ayakkabı giymediğim halde, ben ondan bir baş daha uzunum. Hayret!

"Benimle görüşmeyi kabul ettiğiniz için çok teşekkür ederim."

"Biriyle görüşmemin zamanı gelmişti."

Bana oturmamı işaret ediyor, kendi sandalyesine yerleşirken. Karşısına oturuyorum. Dilaver Bey, "Bir şey isteyecek olursanız, buralardayım," diyor, çıkmadan önce.

"Sağolun."

Adam çıkıyor. Hemen hemen aynı yaşlarda iki kadın, Zeliha Bora ve Nevra Tuna, bir masada karşılıklı oturmuş, birbirimize bakıyoruz..

"Yazılarınızı beğenerek okuyorum," diyor gülümseyerek.

"Teşekkür ederim."

Zeliha Bora'nın dilinde hafif doğu aksanı, dudaklarının kenarında karşısındakini küçümseyen belli belirsiz bir kıvrılma var. Her ikimiz de ne diyeceğimizi bilemeden susuyoruz bir süre.

"İçerdeki şartlardan şikâyetiniz yok, değil mi?" diye soruyorum bir şey söylemiş olmak için. Söyler söylemez de pişman oluyorum. Ne kadar aptalca bir soru sordum ben, şikâyetim var, dese ne gelecek elimden acaba!

"Yok."

"Dün akşama kadar, bu görüşmeyi gerçekleştirebileceğimiz kesinleşmemişti. Gece geç vakit aradı Hasan Bey, yoksa elim boş gelmezdim size... neye ihtiyacınız varsa getirmeye çalışırdım."

"Sağolun. Hiçbir ihtiyacım yok. Tek arzum, bir an önce özgürlüğüme kavuşmak."

"O da olacak. Yakında... çok yakında."

"İnşallah..."

"Yoğun bir çaba var, biliyorsunuz. İmzalar toplanıyor, mektuplar yazılıyor."

"Öyleymiş."

"Bir sonuç mutlaka alınacaktır."

"İnşallah."

"Zeliha Hanım... vaktimiz kısıtlı olduğu için... biliyorsunuz bu görüşmeyi çok hatırlı biri ayarladı bizim için... bir daha görüşemeyebiliriz..."

"Biliyorum."

"Hemen anlatmaya başlamak ister misiniz? Çocukluğunuzdan, köyünüzden, aşiretinizden başlayarak..."

"O kadar geriden başlarsak, neden burada olduğuma sıra gelmeyebilir."

"Bu yazıda sizin hayat hikâyeniz de yer almalı... sırf siyasi mesajlar içeren bir yazı olmamalı."

"Beni ben yapan siyasi yönümdür ama."

"Bu siyasi kimliğe ulaşmanızda elbette yaşam öykünüzün de bir rolü oldu."

"Zamanımız kısıtlı olduğu için, bence çocukluğumu anlatmak zaman kaybı olur. Siz o bilgileri kolayca başkalarından da öğrenebilirsiniz."

"Sizin ağzınızdan duymak isterdim. Mesela üç anneli bir çocuk olarak büyümek nasıl bir duyguydu? Aşiret törelerinin üzerinizde ne gibi etkileri oldu? Bunu bana başka biri nakledemez ki."

"Ev ödevinizi iyi yapmışsınız. Bu bilgilere ulaştığınıza göre, çocukluğumu biliyorsunuz zaten."

"Evet! Çok çocuklu büyük bir ailede, üç anneli ve yetim bir aşiret kızı olarak büyüdüğünüzü biliyorum."

"Eh, bildiğinize göre... çocukluk faslını geçebiliriz."

İnadını yenemeyeceğimi hissediyorum. En çok duymak istediğim, çocukluğuna dair anıları oysa. Israrcı olmazsam, belki konuşmanın bir başka yerinde ağzından alabilirim duymak istediklerimi.

"Peki, çocukluğunuzu geçelim. Gelelim gençliğinize. Çok genç evlenmişsiniz. Sanırım ailenin tasvip etmediği biriyle. Sonra, ilk eşinizden ayrılıp sizden yaşça epey büyük olan ikinci eşinizle evlenmişsiniz. Neden ayrıldınız ilk eşinizden? Aileniz mi istedi ayrılmanızı."

"Hayır. Hatamı anladım. Evime döndüm."

"Aşiret mi zorladı, yoksa?"

"Söyledim ya, kimse zorlamadı. Kendi arzumla döndüm. Anlaşamadım."

"Şimdiki eşinizi kim seçti?"

"Aile uygun gördü."

"Sizi cezalandırmak için mi? Yani... ilk evliliğiniz yüzünden."

"Bu eşime ağır bir hakaret olur! Onun karısı olmaktan her zaman gurur duydum."

"Aranızda çok yaş farkı var ama."

"Olsun. Beni hoş tuttu, mutlu etti."

"Ama bu bir aşk evliliği değildi..."

"Aşk evliliğinde aradığımı bulamamıştım. Görücü usulü evliliklerde, sevgi zaman içinde gelişiyor ve çok daha iyi oluyor."

"Zeliha Hanım, buraya sizi her yönünüzle yazabilmek için geldim. Hem de birçok tehlikeyi göze alarak..." Yüzündeki ifadeyi görünce, lafımı bitirmeden susuyorum. Yıllardır hapishanede yatmakta olan bir kadına, birkaç saatlik bir görüşme için tehlikeyi göze aldım demek, söylenecek şey mi! Boğazımı temizliyorum, "İstiyorum ki hiçbir art niyet taşımadan içtenlikle konuşalım... bizleri karşı karşıya getiren nedenleri irdeleyelim, halledilemeyenleri iki kadın biz önce aramızda halledelim. Çözümü, yazımıza yansıtalım..."

"Dünyayı biz kurtaralım, öyle mi?"

"Dünyayı değil ama, belki kendi... memleke... insanlarımızı."

"Ne kadar iyi niyetlisiniz."

"Ben konuşarak ve anlaşarak her sorunun çözüleceğine inanıyorum."

"Keşke her şey sadece bizim anlaşmamızla düzelebileydi."

"Ben sıradan bir gazeteciyim, ama benim gibi düşünen milyonlarca insan var bu ülkede. Savaşmak, dalaşmak istemeyen, öldürmekten, sindirmekten hoşlanmayan, dileyenin ana dilini özgürce konuşmasından, radyosunu dinlemesinden, televizyonunu seyretmesinden yana olanlar var. Ben bir yerde, onlara tercüman oluyorum."

"O milyonlarca insan seçim zamanları nereye gidiyorlar da, biz hep çözümsüzlükten yana olanları buluyoruz başımızda? Bu millet neden hep savaştan, dalaştan yana olanları hükümet yapıyor?"

"Zeliha Hanım, size savaşmadan, dalaşmadan sorunlarınızı parlamentoda çözebilmeniz için büyük bir fırsat verildiydi. O fırsatı kullanmamak da sizlerin hatasıydı... yani demek istiyorum ki yanlış yapanlar her iki tarafta da var."

"İki taraf olduğumuzu peşinen kabulleniyorsunuz, yani?"

"Ben tek bir ülkeye inanıyorum. Bu tek ülkenin insanlarının dilleri ve dinleri değişik olabilir, mesela Amerika'da olduğu gibi... ama bu ülkenin insanlarının birbirine düşmanca davranmasını hazmedemiyorum. Hele savaşmalarını, asla."

"Ama hem düşmanca davranışlar sürüyor, hem de savaş var, öyle değil mi? Evler basılıyor, köyler boşaltılıyor, insanlar aşağılanıyor, işkence görüyor ve öldürülüyor. Kimileri de otel odalarında kebap ediliyor. Hepsinin belgeleri var."

"Evet Zeliha Hanım, aynen öyle. Ben kendi hesabıma bu saydıklarınız adına utanç duyuyor, vicdan azabı çekiyorum. Ama, sizin gibi ben de, köyler basılıyor, erkekler duvar dibine sıralanıp kurşuna diziliyor; evler, içindeki yaşlılarla, bebelerle ateşe veriliyor, yollara mayınlar döşeniyor, askerlik görevini yapmaya giden masum gençler taranıyor, bölgeye yol ve inşaat yapmaya giden iş makineleri bombalanıyor, öğretmenler öldürülüyor ve bu korkunç eylemlere katılmayanlara kendi taraftarlarınca işkence yapılıyor, diyebiliyorum, değil mi? Bu söylediklerimi, belgelerle, fotoğraflarla ben de kanıtlayabiliyorum. Kısacası kimse sütten çıkmış ak kaşık değil! Bu nedenle isterseniz bu suçlamalara hiç girmeyelim. İleriye bakalım, ne dersiniz?"

"Bağımsızlıkları elde etme eylemlerinde, karşılıklı çatışma, şiddet ve ölüm olağandır."

"Bir devletin bu eylemlere karşı kendini savunmasında çatışma, şiddet ve ölüm olağan değil midir?"

"Öyledir. Ama insanlara pislik yedirmek... karşınızdaki en azılı düşmanınız dahi olsa, bu kabul edilebilecek bir şey değil. Bunu kabullenebilen bir toplumda ne vicdan ne de namus kalmıştır."

"Birkaç sapığın kişisel uygulamasını topluma mal etmeyin Zeliha Hanım. Bu söylediğinize aklı başında olan her insan ve her kurum şiddetle tepki verdi. Toplumsal ahlaktan söz ederken de çifte standart olmaz. Çocuğunun gözleri önünde vurulan polis memuru için, cinayet çarşının orta yerinde işlendiği halde, onca esnafın arasından tek bir görgü şahidi çıkaramayan toplumda vicdan kalmış mıdır, sizce? Bilmem hatırlar mısınız, Cudi Dağı'nın eteklerinde öldürülen çocuklar vardı. Bu çocukların cesetlerinin resim altlarını yazmak bana düşmüştü gazetede. Kaç yaşındaydılar biliyor musunuz? Kızların biri sekiz, diğeri dokuz, oğlancık da üç yaşındaydı. B. Köyü baskınında mesela, erkekleri cami duvarına yanyana dizip, çocuklarının, karılarının ve analarının gözü önünde taradılar. Bu eylemlere mi bağımsızlık savaşı diyordunuz, demin?"

Yüzünde düşmanca bir ifade beliriyor Zeliha Bora'nın, kara gözleri çakmak çakmak oluveriyor.

"Bir şey sorabilir miyim?"

"Buyrun."

"Siz kimin adına buradasınız?"

"Pardon?"

"Kimin adına geldiniz, benimle görüşmeye? Köşenizde kimin adına havlayacaksınız?"

Korktuğum başıma geliyor. Kanımın tepeme sıçradığını, kulaklarımın yanmaya, sağ gözümün seğirmeye başlamasından anlıyorum. Biliyorum ki, şu andan itibaren, ağzımdan çıkacaklardan sorumlu değilim. İçime giren şeytan, sürüyle laf edecek ve ben kendimi az sonra, koridorda dış kapıya doğru hızlı adımlarla yürürken bulacağım... röportajı gerçekleştirememiş olarak!

"Şunu iyi bilin ki, kimsenin adına gelmedim. Hiç kimsenin sözcüsü de değilim, köpeği de. Ben bir yazarım ve hayatınızı kaleme almak istiyorum. Bu işi yaparken de, iki kadın, duyarlılıklarımızın ışığında, baş başa vererek, aramızdaki sorunlara çözüm arayabilirdik diye düşündüm. Ben burada tek başımayım. Arkamda gazetemin dahi olduğunu söyleyemem. Bu röportajı gerçekleştirebilirsem ve basacak olurlarsa, elime geçecek olan tek şey, yazımın karşılığında bir miktar paradır. Ben sizin gibi bir dava insanı değilim. Sadece bir gazeteciyim, araştırmacıyım. Madem siz, siz-biz ayırımı yapmakta ısrarlısınız, kişisel nedenlerle **'sizlere'** derin bir sevgi, davanıza da saygı duyuyorum üstelik. Benim sizden farkım, bağımsız olmam. Bu yüzden olaylara tarafsız bakabiliyorum."

İçimdeki ses, 'alttan al Nevra, bir çuval inciri berbat etme,' diyor, ama her zaman olduğu gibi, mantığım çeneme söz geçiremiyor. Hiç uslanmayacak mıyım ben, ders almayacak mıyım?

"Davamıza saygı, bizlere de sevgi duyduğunuz için mi böyle sinirleniyorsunuz ve suçluyorsunuz bizleri?"

Benim gibi onun da giderek asabileştiğini, dilindeki doğu şivesinin baskınlaşmasından anlıyorum. Dilindeki bu şive onu tedirgin ederken, beni aksine rahatlatıyor, sakinleştiriyor.

"İyi niyetime inanmıyorsunuz. Yazık! Kimler dolduruşa getirdi sizleri, kimlere kandınız da anlaşabilmek mümkünken, iş buralara kadar geldi? Ah bir görebilseniz, bizlerin bizden başka dostumuz yoktur. Anlaşma sağlayamazsak, hepimiz sadece kaybederiz."

"Kendimizi kandırmayalım, gazeteci hanım. Bizler diye bir şey yok. Her ikimiz de ne olduğumuzu biliyoruz. Ne istediğimizi biliyoruz. Misyonlarımızı biliyoruz..."

"Söyledim ya, benim sizin gibi misyonum yok," diye sözünü kesiyorum, "Siz sırtınızdaki küfeyi kolayca indiremezsiniz. Benim gibi özgür olamazsınız. Gönlünüzde yatanları söyleyemezsiniz. Birilerine ağzınızdan çıkan her sözün hesabını vermek zorunda kalacağınızı unuttum. Özür dilerim, sizi zorlamamalıyım, ne de olsa bir misyonunuz var. "

"Elbette var."

"Bu misyonu anlatın bana o halde."

"Halkımın özgürleşmesi..."

"Halkı sizin ve bizim diye ayırmak doğru mu, sizce? Özgürlüğü ülke sınırlarının içinde yaşayan herkes için istemiyor muyuz, biz kafası çalışan insanlar?"

"Beni önce kendi halkım ilgilendiriyor."

"O halk benim de halkım değil mi? Aynı topraklarda yaşamıyor muyuz?"

"Güldürmeyin beni!"

"Anadillerimiz değişik olabilir, ama aynı topraklarda iç içe asırlarca yaşabildikse Zelha... şey... Zeliha... size Zeliha diyebilir miyim?"

-"Diyebilirsiniz Nevra'nım... madem **'bizi'** bu kadar çok seviyorsunuz." Benimle alay ettiğini anlamamazlığa geliyorum.

"Siz de bana adımı hanımsız söyleyin, olur mu?" Yanıt gelmeyince, devam ediyorum sözlerime. "Birbirimizle evlenebildikse, komşu olabildikse, çok yakın dost olabildikse,..."

"Öyle mi olduk?" Sesi alaylı.

"Olmadık mı?"

"Olmadık."

"Doğru değil. Biz birlikte, omuz omuza Kurtuluş Savaşı verdik."

"Bunu kabul ediyorsunuz, öyle mi?"

"Elbette. İyi niyetle her şeyi zaman içinde teker teker halledebiliriz. Ediyoruz da zaten."

"Yok canım?"

"Evet."

"Neyi hallettik mesela?"

"Dil sorununu çözülmek üzere."

"Bunca yıl anadilimizi konuştuğumuz için tartaklandıktan sonra."

"Ben daha geçen hafta doğudaydım.Türkçe konuşamayan kadınlarla, çocuklarla doluydu köyler.Bazı köylerde Türkçe bilen tek bir kişi yoktu. Nece konuşuyorlardı dersiniz?"

"Nevra Hanım, benimle dalga mı geçiyorsunuz? Ne demek istediğimi, kültürel haklarımızdan söz ettiğimi elbette biliyorsunuz. Ama sizler hep böylesiniz. Zeytinyağı gibi üste çıkmaya alışmışsınız."

"Kusurluyduk, tamam. Ama hatalarımızı düzeltmeye çalışıyoruz şimdi. "

"Adlarımıza dahi rahat vermediniz. Yıllarca istediğimiz ismi veremedik çocuklarımıza. Benim adım mesela, nüfus kağıdımda, ailemin bana koyduğu isim değil, kayıt memurunun uygun bulduğudur. "

İncecik bir sızı dalıyor yüreğimi, kısa süren bir baş dönmesi geçirir gibi, çocukluğuma doğru bir gidip bir geliyorum çabucak.

"Çok saçma bir uygulamaydı. Ama geride kaldı bunlar."

"Avrupa'nın bastırmasıyla. Şu Avrupa Birliği'ne girme hayaliniz olmasaydı, sorunların hiçbiri çözüme ulaşmamış olacaktı."

"Siz sonuca bakın. Bu memlekette demokrasi adına, yapılanlara karşı çıkan insanlar, gruplar, örgütler ve partiler var. Onlara rağmen, bugün şu sözünü ettiğimiz şeyler artık serbest. Bu hiçbir şey ifade etmiyor mu?"

"Elbette ediyor ama, bunca tahribattan sonra..."

"Bu tahribatta sizlerin hiç mi payı yok?"

"Yine mi başa döndük?" Sesi kızgın.

"Niyetim münakaşa etmek değil ama, olaya tek taraflı bakmak çözüm getirmez ki. İnsan, içinde yaşadığı, bir parçası olduğu vatanda durmadan isyan mı çıkartır? Elin gâvuruna uyup, sürekli ihanet içinde olursa birileri, devlet de kendini korumak için tedbirler almak zorunda kalmaz mı? Haksız mıyım?"

"Elin gâvuru diyorsunuz ama, bizi kollayanlar, özgürlüğümüz için mücadele verenler hep onlar, ne yazık ki."

"Haklısınız... da... size bir şeyi hatırlatmak isterim... ama önce 'gâvur' sözü için özür dilemeliyim, ağız alışkanlığı ile söylenmiş bir kelime, öyle dini takıntılarım filan hiç yoktur. Gâvur yerine, 'Batı devletleri' diyelim, bu devletler, hiç kimseye kara gözü, kara kaşı için iyilik yapmazlar. Şimdi sizi kolluyor ve koruyorlarsa, mutlaka bir çıkarları vardır. Bugün kaşıkla verdiklerini, yarına sapıyla çıkarmaya çalışırlar. Onlara çok güvenmeyin Zeliha Hanım."

"Kimlere güveneyim o halde?"

"Demokrasiyi yerleştirmeye çalışan yurttaşlarınıza güvenin."

"Beni buraya yurttaşlarım tıktı."

"Yanlış kararlar her ülkede alınabiliyor. Yeter ki yanlışlardan dönülebilsin."

"Burada oturup sizlerin keyfini beklemeliyim, öyle mi?"

"Kimsenin keyfini değil ama yargı sürecini beklemenizde fayda var."

"Siz buraya benimle kavga etmeye ya da beni tehdit etmeye gelmemiştiniz hani!"

"Ben sizi tehdit etmedim."

"Ettiniz."

"Etmedim."

"Bana gözdağı vermek istiyor gibi bir haliniz var. Dilinizin altında yatan şu: İstediklerimizi yapmaz da bize kafa tutarsanız, yine yasaklar getiririz."

"Ben kim oluyorum da böyle bir tehditte bulunayım? Bu kanıya nasıl vardınız sorabilir miyim?" Bu toprakların insanı, hangi ırktan olursa olsun, paranoyadan nasibini bolca almış, diye düşünüyorum.

"Kimin adına konuştuğunuzu bilsem, söylerdim."

"Hepiniz böyle kuşkucu musunuz?"

"Evet, çünkü biz çok çektik."

"Bu memlekette herkes çok çekti ve çekiyor. Benim tek yapmak istediğim, aramızdaki düşmanlığı değil, dostluğu pekiştirmek."

"Bir dostluğumuz mu vardı sizinle?"

Gülümsemekle yetiniyorum.

"Gülün bakalım. Gülmek, elbette bana değil size düşer. Ben mağdur ve mahpusum. Siz ise haksız, güçlü ve özgürsünüz."

Gülümsememi yanlış anlamasına kırılıyorum. Kızıyorum hatta.

"Mağdur olmanız yüzde yüz haklı olduğunuzu kanıtlamaz Zeliha Bora!"

İkimizin de sesleri yükselmiş, ayakta, masanın üzerinde birbirimize doğru yaklaşmış, iki horoz gibi kabarmış, kavgaya hazır duruyoruz. Gözlerimizden ateş fışkırıyor. Her ikimiz de aynı anda bağrıştığımız için, pek de anlayamıyoruz dediklerimizi.

"Çıkın gidin buradan, kimseye verecek hesabım yok."

"Ben hesap sormaya değil, röportaj yapmaya geldim."

"Bu röportajı yapmayacağım! Gidin!"

"Beni kovuyorsunuz! Oysa, biz sizi hiç kovmadık. Birlikte yan yana, omuz omuza hatta iç içe yaşamak istedik. Aranızdan milletvekillerimiz, bakanlarımız, başbakanlarımız çıktı. Ordu komutanlarımız çıktı. Profesörler, şarkıcılar, türkücüler, yazarlar, düşünürler, onca yokluğa, yoksulluğa rağmen, nice zenginler, hatta mafya babaları da çıktı içinizden. Bizim için değişik bir halk bile değildiniz. Siz 'biz'diniz. Siz böylesine her şeye sahip olabilecekken, neden bölünmeye çalıştınız, Zeliha?"

"Önce şunu kafanıza sokun, bu topraklar sadece sizin değil,

bizim de. Bu yüzden sizi kovmadık, demeyin bana. Kendi toprağımızdan kovulacak değildik herhalde, bu biir. İkincisi, biz, 'siz' olmak istemedik hiç. Biz, 'biz' olmak istedik."

"Sizinle bizim ne farkımız vardı ki? Değdi mi onca genç insanın hayatına? Yakılan boşaltılan köylere, sönen ocaklara değdi mi?"

"Dilimi konuşma ve yazma hakkımı kazandımsa, değdi!"

"Teröre başvurmadan da kazanabilirdiniz bu hakkı. Girdiğiniz gün istismar ettiğiniz mecliste kazanabilirdiniz."

"Nevra Hanım... biz anlaşamayız. Bu görüşmeyi burada bitirelim."

"Biz anlaşabiliriz. Biz anlaşmaya mecburuz. Hele siz ve ben, birbirini seven iki kişi, iki dost anlaşmaya mecburuz."

"Dost olduğumuz, birbirimizi sevdiğimiz de nereden çıktı, şimdi?"

İskemlesini iterek ayağa kalkıyor Zeliha Bora. Ben de yerimden fırlıyorum ve ondan önce varıyorum kapının önüne, çıkmasını önlemek için. Sırtımı kapıya verip kollarımı iki yana açıyorum.

"Çekilir misiniz önümden? Bu görüşmeyi bitirmiş bulunuyorum Nevra Hanım."

"Zelha..."

Eli kapının tokmağında, öylece donup kalıyor bir an,

"Gitme Zelo, lütfen gitme!"

Hayalet görmüş gibi, bembeyaz oluyor yüzü. Düşmemek için duvara yaslanıyor.

"Adım hiçbir şey hatırlatmıyor mu sana? Biz dosttuk, arkadaştık."

Çabuk toparlanıyor ve yine çok kızgın bakıyor yüzüme, "Asla değildik. Ve hiç olmayacağız. Çekilin de çıkayım. Bağırtmayın beni"

Kollarımı iki yana açmış, hâlâ yol vermiyorum ona.

"Zelha, yüzüme dikkatli bak. Gözlerime bak. Çocukken saçların bu renk değildi. Kumraldı. İki uzun örgüm vardı. Annem kırmızı benekli kurdeleler takardı uçlarına. Onları sana bırakmıştım Sarıcadam'dan ayrılırken."

Yüzündeki kızgın ifade şaşkınlığa dönüşüyor. Gözlerimin içine bir süre dikkatle bakıyor.

"Tavşanımı da bırakmıştım sana, beni unutmayasın diye."

"Nevo!!!"

"Nevo, yaa! Nevra Leventoğlu... kaymakamın kızı."

Bir anda kollarındayız birbirimizin. Birbirimize sımsıkı sarılmış, tek vücut olmuş sallanıp duruyoruz kapının önünde. Benim gözümden akan yaşlar onun omuzuna damlıyor. Yüzünü göremiyorum, ama ince bedeninin sarsılmasından seziyorum onun da ağladığını. Ellerim saçlarını okşuyor... ağlaşıyoruz kucak kucağa, az uzaklaştırıyor beni, yüzüme bakıyor yaşlı gözleriyle, gülmeye başlıyoruz bu kez. Yanaklarımıza yaşlar dökülürken kâh ağlıyoruz, kâh gülüyoruz, öyle sarmaş dolaş, ayakta.

NEVO İLE ZELO

Kollarındayız birbirimizin. Birbirimize sımsıkı sarılmış, tek vücut olmuş sallanıp duruyoruz arabanın yanında. Gözyaşlarım arkadaşımın saçlarına damlıyor. Yüzünü göremiyorum, ama ince bedeninin sarsılmasından seziyorum onun da ağladığını.

"Haydi çocuklar, veda faslını tamamlayın, trene yetişeceğiz," diyor babam.

"Baba, Zelha'yı da alalım ne olur."

"Bırakırlar mı onu hiç?"

"Bırakırlar baba."

"Kızım ben senden ayrılır mıyım ki Zelha'nın anası ondan ayrılsın," diyor annem.

"Onun tek bir annesi yok ki. Bir sürü annesi var."

"Daha iyi ya işte... biri bıraksa diğeri bırakmaz. Yürü haydi, treni kaçıracağız."

Annemden yüz bulamayınca yine babama dönüyorum son bir umutla.

"Köyünde kalırsa, okula gidemeyecek. Eğer bizimle gelmezse, onu evlendirirler."

"O daha on yaşında. Saçmalama kuzum."

"Zelha'nın çiftliğindeki kızları hep küçükken evlendiriyorlar, bilmiyor musun baba?"

Babam yumuşak hareketlerle bizi birbirimizden çözüyor. Saçlarını okşuyor Zelha'nın,

"Daha çok var onun evlenmesine," diyor, "Mektuplaşırsınız sık sık. Bir derdin olursa, bize yazarsın e mi kızım! Sen her zaman bizim de kızımızsın. Seni asla unutmayacağız."

Valizlerin, denklerin kamyonetin kasasına yüklenmesi tamamlanıyor. Kaçınılmaz an yaklaştığı için boğazıma bir yumru oturuyor. Oysa o ayrılık anını uzatmak için, elimden geleni yapmışım. Tam üç kere çişim var bahanesiyle eve geri dönmüşüm, peşimde Zelha'yla. Evde tekrar tekrar kucaklaşmışız. Birbirimize karşılıklı sözler vermişiz. Annelerinin topladıkları dağ kekikleri kese kâğıtlarına doldurulup, işledikleri oyalarla, ördükleri patiklerle birlikte anneme verilmiş, ayrılık armağanı olarak. Kader Ana'nın bazlamaları yolluk niyetine, babamın itirazlarına rağmen, zorla arabamızın bagajına konmuş. Geçen yaz jandarma çavuşunun çektiği fotoğraflarımız son anda ayaküstü aramızda pay edilmiş. Bir gece önce, örgülerimden söküp ona verdiğim kırmızı puanlı kurdelelerimi kendi örgülerinin ucuna bağlamış Zelha. Ayaklarına babamın geçen bayramda her ikimize de bir örnek aldığı rugan ayakkabıları giymiş. Son kez sarılıyoruz birbirimize.

"Seni hiç unutmayacağım," diyorum, "benim can arkadaşımsın. Kan kardeşimsin."

"Sen de benim," diyor Zelha, "sık sık yazacaksın bak! Söz!"
"Söz!"
"Haydi bin artık şu arabaya," diyor babam, kolumdan tutmuş çekiştiriyor beni.
Ayrılıyoruz birbirimizden. Burnumu çeke çeke kamyonete tırmanıp, annemin yanına yerleşiyorum, tavşanımın kafesini bacaklarımın arasına koyuyor Abbas Efendi. Tam kapıyı kapatırken bağırıyorum, "Durun! Durun! Durun!"
"Yine ne var?" Çalıştırdığı motoru lahavle çekip durduruyor şoför.
Arabadan iniyor, uzanıp tavşanın kafesini alıyorum yerden.
"Zelo, Çinçin'i sana bırakacağım."
"Bak bu çok iyi bir fikir. Neden daha önce düşünmedik," diyor, tavşandan kurtulduğuna sevinen, karnı burnunda annem.
"Sen bana her hafta yazarsın tavşanımın neler yaptığını, e mi!"
"Benim yazım güzel değil ama, seninki gibi."
"Olsun. Yaz yine de."
"Yazarım Nevo, yazarım."
Aynı lafları kim bilir kaç kez söyledik birbirimize, aynı sözleri defalarca verdik. Son bir kere daha kucaklaşıyoruz. Bizi geçirmek için toplanmış olan kalabalığın alkışları arasında nihayet düzülüyoruz yola. Arkamızdan kova kova su döküyor kadınlar. Ben yan pencereden sarkıp el sallıyorum ve boğazımı yırtarcasına bağırıyorum,
"Eze te tu car ji bir nekim, Zelo! (seni hiçbir zaman unutmayacağım)"

Zelha, gözpınarlarında yaşlar, burnunda sümükler, elinde tavşan kafesi, örgülerinde puantiye kurdeleler, ayağında yarım numara büyük ruganları, ince bacaklarında pazen pantalonu, sırtında yeşil- turuncu çizgili yün hırkasıyla giderek küçülürken, ruhu benden kopamayıp, arabamıza doğru akıyor. Beş yıldan beri, bir ferdi olduğu kaymakam ailesinin onda oluşturduğu yaşamı algılama değişikliğinin; örneğin okula gitmek, kendi seçeceği, seveceği kişiyle evlenerek kumasız yaşamak gibi özlemlerin yüreğinde filizlenmeye başladığının henüz farkında değil. Ben ise çocukluğumun tüm masumiyetiyle hissediyor hatta biliyorum, içimden bir parçanın kopup Sarıcadam'da kaldığını. Doğanın, insanın ve hayvanın birbirine bu kadar yakın ve iç içe, insanların böylesine yalın ve ilişkilerin çıkarsız olduğu bu coğrafyayı dünyanın başka hiçbir yerinde bulamayacağımın, garip bir önsezi ile, bilincindeyim. Canım acıyor bu yüzden.

"Haydi artık, otur yerine, sarkma dışarı, camını kapat," diyor babam, "daha çook arkadaşlar edineceksin gittiğin yerlerde. Her birinden ayrılırken bu hale geleceksen, işimiz iş!"

Çocuk yüreğimi, Sarıcadam'da bırakarak gidiyorum. Gözyaşlarım hiç dinmiyor taa istasyona varıncaya dek. Bizim yanımızda ağlamamaya çabalayan Zelha ise, sonradan duyduğumuza göre, araba gözden kaybolunca zılgıta başlamış. Hiç susmamış, kuş gibi ötmüş, incecik sesi kısılana kadar.

Uzun bir süre hiç konuşmadan, el ele oturuyoruz. Her ikimiz de, mevsimine göre toza ve çamura bulanarak kırda keçi, kuzu, sincap ve kelebek peşinde koşuştuğumuz, dere kenarındaki sazlığın içinde, doğaya karışıp birer yeşil ota dönüştüğümüz günleri düşünüyor olmalıyız. Sessizliği ben bozuyorum,

"Biliyor musun Zelha, ne zaman daralsam, sıkılsam tıpkı kayan yıldızlar gibi, akıp akıp Sarıcadam'a giderim hayalimde. Oraları düşününce içim ferahlar. Rüyalarımda ise seninle peş peşe koşturur dururuz dere kenarında. En huzurlu en derin uykularımdır onlar. İyi ki babamı görevi başında beş yıl unutmuşlar orada."

"İnsan o kadar uzakta olursa unutulur elbette."

Zelha'nın kozalak toplamaktan, ağaca tırmanmaktan pütürleşmiş çocuk ellerinin kaba dokusunu boşuna arıyorum. Şimdi avucumda tuttuğum el, yumuşacık. Sol elinin işaret parmağına bakıyorum, elini çevirerek.

"İzi kalmadı," diyor, "siz gittikten birkaç ay sonra kayboldu gitti."

"Hatırlar mısın, ne kadar telaşlanmıştı annem, tetanos olacağız diye?"

"Boşuna telaşlanmış. Olmadık işte."

"Senin analarından biri bal çalmıştı parmaklarımıza."

"Cevahir Ana... o bilirdi bu tür işleri."

"Ne akılmış ama bizimki de, iğne dururken, parmaklarımızı çiviyle delerek kan kardeş olmaya kalkmak!"

"Kardeşliğimiz sıkı tutsun diye çiviyi tercih etmiştik, unuttun mu? Hiç ayrılmamak için."

"Bir hikmeti olmalı Zelo... bak bunca yıl sonra yine buluştuk işte."

Kendimi tutamıyor, elimi uzatıp saçını okşuyorum çocukluk arkadaşımın.

"Beni bilerek mi geldin buraya?," diye soruyor Zelha.

"Bilmiyordum desem yalan olur ama, yine de içimde bir kuşku vardı. Televizyon görüntüleriyle fotoğraflar yanıltabiliyor insanı. Soyadın, aşiretin değişik. Onun için, yüzde yüz emin olamıyordum. Kaç kere uzun uzun çocukluk resimlerimize bakıp, senin büyümüş halini hayal etmeye çalıştım. Birlikte çekilmiş bütün resimlerimizde aksi gibi koskocaman gülmüşsün, gözlerin çizgi gibi çıkmış. Çoğu fotoğrafta ön dişlerin de yok, üstelik. Yan yana koydum gazetedeki fotoğraflarınla bendekileri, yine kesinlikle emin olamadım. Nasıl olayım, bir ömür geçti aradan. Değişmişsin Zelha, saçının rengi açılmış, kızıla çalmış. Oysa simsiyahtı saçların. Nasıl imrenirdim pırıltısına. Soyadın değişmiş, aksanın değişmiş, boyun posun değişmiş. Ama gözlerin... gözlerin hep aynı kalmış. İçeri girdiğin an tanıdım seni."

"Neden hemen söylemedin?"

"Nutkum tutuldu. Nasılsa söyleyecektim sonunda... ya sen... sen beni hiç tanımadın ya!"

"Hayır! Hiç! Nasıl tanıyamadım yahu, yuh olsun bana!"

"Ben senden daha çok değişmişim demek, yılların içinde."

"Tombul tombuldun. Sopa gibi incecik olmuşsun."

"Sopa gibi olan sendin oysa. Benden bir hayli uzundun üstelik."

"Ama bak, beni geçmişsin Nevo. Baban iyi sulamış seni. Sahi, annen baban nasıllar? Hayattalar değil mi?"

"Babam çoktan emekli oldu, Urla'da yaşıyor. Annemi geçen yıl kaybettim."

"Ne diyorsun ! Neden?" Gözlerine yaşlar doluyor Zelha'nın.

"Malum hastalık işte!"

"Ne kadar genç ve güzel bir kadındı annen. Bak bunca yıl geçti, onu ilk gördüğüm günü hiç unutmadım. Sabahın köründe, anamla birlikte kamyonete bindirilip ilçeye yollanmıştık. Sizin eve vardığımızda kapıyı annen açtı, pembe bir sabahlık giyiyordu. Saçları uzundu, omuzlarına düşüyordu... gözleri yemyeşildi. Ben o güne kadar hep esmer insan görmüşüm köyde. Gözlerime inanamamıştım. İçimden saçlarını, tenini ellemek gelmişti."

Ben de Zelha'yı ilk gördüğümde gözlerime inanamamıştım. Bir çift gözün ve saçın nasıl bu kadar siyah ve parlak olabildiğine, çocuk yaşıma rağmen şaşıp kaldığımı, bugün bile hatırlıyorum. İnce bacaklarında siyah uzun çoraplar, ayaklarında pabuçlarının üzerine geçirdiği koyu gri, lastik şosonlar, üzerinde de uzun etekli parlak kırmızı kadifeden bir elbise vardı. Belli ki en şık giysisini seçip giymişti, Kader Anasıyla birlikte gelirken evimize. Şosonlarını kapının dışında, siyah ayakkabılarını holde çıkartmış, annesinin uzattığı el örgüsü patikleri geçirmişti ayağına. Kader Ana bir çift örgü patik de bana uzatıyordu. Yan gözle bakmıştım kızın ayağındakilere. Kız annesine anlamadığım dilde bir şeyler söylemişti, annesi de bana kızın patiklerini isteyip istemediğimi sormuştu. Başımı sallamıştım, hayır anlamında. Bana verdiği patikler hem yepyeniydi hem de en sevdiğim renk olan mavinin tonlarıyla örülmüştü.

Annem, "Bak Nevra, bu küçük kızın adı Zelha'ymış, seninle oynamaya geldi, yalnız başına sıkılmayasın diye. Haydi tut elinden odana götür ve ona oyuncaklarını göster," demişti. Kıpırdamadan durmuştum annemin eteklerine saklanarak. Karşımdaki kız, daha önceki arkadaşlarıma benzemiyordu.

"Hadisene kızım."

Benim kımıldamadığımı görünce, küçük kız yanıma gelmiş, yavaşça elimi tutmuş, yine o tuhaf dilde bir şeyler söylemişti bana.

"Nave min Zelha."

"Ne dedi?" diye anneme sormuştum.

"Adını söyledi. Sen de söyle."

"Nevra."

Bembeyaz dişlerini göstererek gülmüş, yine bir şeyler söylemişti.

"Şimdi ne dedi?"

"Haydi odana gidek kardeş, dedi," diye tercüme etmişti Kader Ana.

"Bu nece konuşuyor böyle?"

"O kendi dilini konuşuyor. Oynarken, öğrenirsiniz birbirinizin lisanını," demişti annem.

"He ya!" demişti Kader Ana.

Büyülenmiş gibi, kızı odama götürmüş, odamda, bütün oyuncakları önüne sermiştim. Renk renk elbiseleriyle sarı ve kızıl saçlı bebekler, bir bebek beşiği, bir bebek arabası, küçük bir fırın, mutfak gereçleri, hatta bir minyatür ütü ve ütü tahtası. Hepsini teker teker evirip çevirmiş, kendi dilinde bir şeyler söyleyip durmuştu Zelha. En çok da bebeklerin kendininkilerden çok farklı olan modern giysilerini incelemişti. Sonra bir oyun kurmuş, elleri kollarıyla anlatmıştı bana. Biz ikimiz anneler olmuştuk, bebekler de çocuklarımız. Bebeklerin isimleri üzerinde kısa bir anlaşmazlık yaşamıştık. Benim bebeklerime verdiğim isimleri beğenmemişti. Yine vücut diliyle anlaşmıştık sonunda. Bebeklerin isimleri olduğu gibi kalacak, ama oyunun akışını o tayin edecekti. Mesela; sofrayı benim gibi küçük masanın üzeri-ne değil de yere yaydığı örtünün üzerine kuruyordu. Benim yemek niyetine hazırladığım yaprakları ve dalları birkaç kere ben yerden masaya, o ise 'Na, na,' diyerek masadan yere taşımıştı. El, kol hareketlerimizle yetinemeyip, anlaşmazlığa düştükçe bir koşu Kader Ana'ya gidiyorduk.

"Kurdiya 'masada yenir' çi ye?"

Kader Ana ona, masada yenir'in Kürtçesini söylüyor, bana da, onun dediklerini Türkçeye çeviriyordu. "Yemek yerde yaygı üzerinde yenir, diyi."

Bir süre sonra, benim kim bilir kaçıncı "Yemek masada yenir" ikazıma, "Hayır, hayır, hayır! Yemek yerde, na, li erdê... " diye, Kürtçeyle karışık bir Türkçeyle itiraz etmişti ve ben pes ederek, masaya kurduğum sofrayı yerdeki yaygıya indirmiştim. O benden daha çabuk öğreniyordu bir başka dili. Ben, benden çok farklı bu küçük kızın saçlarının ve gözlerinin siyahından fışkıran ışığın büyüsü altına girdiğim gibi, bana yabancı ve ilginç gelen dünyasına da girmeye hazırdım. O ne yapmamı işaret ediyorsa, hemen yapıyordum. Bebekleri göğsüme dayayıp güya emziriyor, kaşıkla ağızlarına mama veriyor, kucağımda uyutuyor, yan yana yatırıp üstlerini örtüyordum. O, ben onun emirlerini yerine getirirken, yatağıma oturmuş, hareketleriyle beni yönlendiriyor ve hiç durmadan kendi dilinde bir şeyler anlatıyordu.

Günün sonunda, annem de aynı benim gibi, Kader Ana'nın sevk ve idaresine boyun eğmişti. Tıpış tıpış yürüyüp yatağına girmiş, Kader Ana önüne ne koyduysa yemiş, akşama kadar yatağından çıkmamıştı. Sanki bu ana-kızın tavırlarında ya da seslerinde, insanları kendilerine boyun eğdiren bir sihir vardı. Akşamüstü eve döndüğünde, heyecanla tekmil vermiştim babama, "Bugün, evimize gelen hizmetçinin kızı Türkçe bilmiyor baba, ama yine de onunla evcilik oynadık, çok eğlendim," demiştim.

"Kader Hanım hizmetçi değil," demişti babam, " O annene yardıma geliyor, annen rahatsız olduğu için."

"Annem hasta mı, baba?"

"Hasta değil, ama yorulmaması gerekiyor. Bir süre ev işlerini Kader Hanım yapacak." Sonra da anneme dönmüş, "Aman Nermin, gözünü seveyim dikkat et, çevrede Kader Hanım'ı hizmetçi zannederlerse, çok ayıp olur," demişti, babam.

"Para vermeyecek miyiz Kader'e?" diye sormuştu annem, hayretle.

"Ne kadar ısrar ettimse de Sadık Ağa'ya kabul ettiremedim. Biz de çocuğun üstüne başına bir şeyler alır, anasına da münasip bir hediye veririz," diye yanıtlamıştı babam. Ben ücretli, ücretsiz ya da gönüllü yardımcı farkını idrak edebilecek bir yaşta değildim o yıl. Ama sonradan öğrenmiştim; annem ölü doğan sekiz aylık bebeğini dünyaya getirirken çok kan kaybettiği için, doktorlar kesin istirahat tavsiye etmişler, babam da ağadan evimize yardıma gelebilecek, güvenilir, ev işi bilen birini önermesini rica etmişti. Sadık Ağa, kaymakamın hanımına kendi evindeki kadınlardan birinin yardımını uygun görmüştü. Bu teklifi elbette kabul etmemişti babam, ama ağa ısrarcıydı. Çiftlik bütün gün çene çalan kadınlarla ve oradan oraya koşuşturan çocuklarla kaynıyordu. Kadınlar sundurmada birbirleriyle dalaşacaklarına, içlerinden biri anneme yardıma geliverirdi. Kader Ana'nın iyi kötü biraz Türkçesi, biraz da ebeliği vardı. Zelha ise bu paketten benim şansıma çıkan ikramiyeydi. Sakin, sessiz evimize renk ve neşe katmıştı anneme yardıma yollanan aşiret kadınıyla küçük kızı.

O yılın sonbaharında, Türkçeyi söken Zelha'yla birlikte okula başlamıştık. Babam ağaya Zelha'yı, köyündeki tek derslikli okul yerine ilçedeki okula kaydettirmesi için ısrar etmiş, böylece aynı sınıfa kaydolmuştuk. Zelha, hafta içleri benim odamda yatıyor, hafta sonları anasıyla birlikte köyüne gidiyordu. Havalar ısındıktan sonra, hafta sonlarında beni de götürmeye başlamışlardı çiftliğe. Önceleri günübirlik gitmiştim. Derken yatıya da kalmaya başlamıştım. Köyde o kadar mutlu oluyor, öyle çok eğleniyordum ki, annemle babam gitmeme itiraz edemiyorlardı. Kader Ana, Zelha ve ben, yatılı okul öğrencileri gibi, cuma günleri okul sonrasında köye iniyor, pazar akşamları eve dönüyorduk. Bana sadece bir arkadaş değil, çiftlik yaşamını en ince ayrıntılarıyla önüme seren, bozkırı, bayırı, dereyi, ağacı, doğayı, doğayla tek vücut olmayı, yer sofrasını, yer yatağını, kumayı, babaların birkaç eş, çocukların birkaç ana sahibi olabileceğini, her bir ananın öz ve üvey çocuklarını, her bir çocuğun da değişik analarını farklı sevgilerle sevebileceğini öğreten, has dostluğu, katıksız mutluluğu ve ayrılık acısını tattıran, kâh ibret aldıran, kâh imrendiren bazen de halime, konumuma şükrettiren bir yol gösterici olmuştu Zelha!

Tekrar sarılıyoruz birbirimize.

"Bir erkek kardeşin olmuştu..."

"Orhan! Doğumunu yazmıştım sana."

"Nerede o şimdi?"

"Amerika'da yaşıyor. Mektuplarımı yanıtsız bırakmasaydın, kopmazdık böyle, başımıza gelenlerden haberdar olurduk. Niye mektuplarımı yanıtlamadın Zelha?"

"Yanıtlamaz olur muyum! Seninkileri alır almaz, hemen cevap yazardım sana."

"Yalancı!"

"Bir süre yazamamıştım Nevo... tavşan öldükten sonra. Günlerce elim varmadı yazmaya. Ne diyeceğimi bilemedim. Sonunda ağlaya ağlaya yazmıştım, oturup."

"Ben de çok ağlamıştım öğrenince. Damdan düştüydü değil mi?"

"Sülü, dama çıkarmış kafesiyle. Damda kafesi açmış. Aşağı düşmüş hayvan. Sülü hep yarım akıllıydı, hatırlar mısın? Hiç akıllanamadı zati." Gülüyor Zelha, "Ama ne dayak yediydi benden, tavşana sahip çıkamadığı için!"

"Ne tuhaf, tavşan bizi bağlayan müşterek çocuğumuz gibiymiş meğer. O gidince irtibatımız kopmuş."

"Hiç de değil. Tavşandan sonra da yazışmıştık."

"Biz Urla'ya tayin olduktan sonra, senden mektuplar kesildiydi. Yaz tatillerinde yanımıza gelesin diye kaç mektup attım sana."

"O mektupları almadım ben. Sakladılar zahir."

"Yaa? Neden?"

"İlkokulu bitirmeyi çok istedim ama, biliyorsun dördüncü sınıf yoktu bizim köyde. İlçeye de yollayamadılar beni. Sen beni kışkırtırsın da yanınıza gelmeye kalkarım diye saklamışlardır mektupları, analarım."

"Amcan babama söz vermişti seni okutacağına dair.."

"Ne bakıyorsun o sözlere sen. Kim tutar köylük yerlerde o tür sözleri. Benden başka kız da yoktu köyde okumak isteyen. Çaresiz evde kaldım o sene. Bağa, bahçeye çıktım analarımla, meyve topladım."

"Sen üçüncü sınıftan sonra okumadın mı, yani?"

"Okudum. İlkokulu bitirmek için dışardan sınavlara girdim. O kadar da küçümseme beni, bir diplomam var yani."

"Seni küçümsemek mi! Tanıştığımız andan beri sana hep hayranlık duymuşumdur Zelo."

"Atma kız. Neden ki?"

"Çok zekiydin de ondan. O yaşta bile anlamışım sendeki cevheri."

"Eh, anlayabildiğine göre, bir cevher de sende varmış demek ki... Nevo, zekâ mekâ, güzellik müzellik hiç bir işe yaramıyor. İnsanda şans olmalı, şans. O da bende yok."

"Bende de var sayılmaz, canım."

"Hem de bu güzellikle! Tevekkeli değil koca ninem hep 'Allah insana çirkin şansı versin', der dururdu... Yüzüne bakılmaz bir şeyler olaydık, şansımız açık mı olurdu acaba?"

"Şansımız açık olur muydu bilemem ama, ne olurdu biliyor musun, kendimizi beğendirmek için olağanüstü çaba gösterirdik. Bu da başarıya kapı açardı."

"Ben olağanüstü çaba gösterdim de ne oldu?"

"Ne zaman?"

"Şiyar'la... kocamla yani, Ankara'ya taşınınca, ortaokul diplomasını da alayım bari dedim. Görecektin Nevo, koskoca kadın, ne çalışma ne çalışma... Çocuklar okuldan gelir, ben de onlarla birlikte derse otururum... onlar sınava çalışırlar, ben de sabahlarım, elimde tarih, coğrafya kitaplarıyla. Bir matematiğe pek basmazdı kafam... Şiyar özel hoca tutmuştu. Bir yandan çok utanırdım, hocadan bile utanırdım. Kadın, aklın nerdeydi de bugüne kadar bekledin okul bitirmek için, demezler mi insana... öte yandan azmetmişim bir kere, kafama koydum ya, illa da başaracağım. Neyse sonunda aldım diplomamı..."

"Sakın üniversiteyi de bitirdim deme!" diye atıldım.

"Yok, insaf artık! "

"Sende bu sebat varken onu da yaparsın Zelo."

"Şimdi diplomayla filan uğraşacak zamanım yok benim. Başka işlerim var."

"Sahi, neler yapıyorsun bütün gün, anlatsana."

"Yazışmalarım var. Bana gönderilen mektupları okuyorum. Çoğunu yanıtlıyorum. Okumam gereken sürüyle kitap var.Günde en az iki saat okumaya çalışıyorum. Ama diğer işlerin çokluğundan, bazen okuyamıyorum."

"Diğer işler mi?"

"Teşkilatla ilgili şeyler oluyor..."

"Baksana, burada bile tam mesai yaptığına göre, çabaladım da ne oldu deme!"

"Yani şu anlamda söyledim; diplomaların yaşamım üzerinde bir etkisi olmadı."

"Ne etkisi olabilirdi ki?"

"Ben hep öğretmen olmak isterdim mesela."

"Doğru yahu! Hatırladım şimdi. Oynarken hep ben öğrenci, sen öğretmen olurdun. Bir türlü bırakmazdın ben de kırk yılın birinde öğretmen olayım."

"O nedendi biliyor musun?

"Nedendi?"

"Ben senden daha uzundum da ondan. Öğretmenler öğrencilerden büyük olur."

"Üniversitelerde değil ama."

"Kız ben üniversiteler nasıl olur, ne bileyim o yaşta?"

"Öğretmen olmak istiyorsan hâlâ olabilirsin Zelo."

"Artık istemiyorum. Beni bekleyen başka işler var şimdi."

"Sana bir şey söyleyeyim mi, aslında sen sadece öğretmen değil, her ne olmak istiyorsan olursun. Hem akıllı hem de sabırlısın çünkü."

"Teşekkür ederim."

"İltifat olsun diye söylemiyorum."

"Biliyorum."

"Hazır burada kitap okuyacak vakit buluyorsun, bir açık üniversiteye yazılabilirsin, senin ilgini çeken bir fakülteye.

"Saçmalama Nevo."

"Niye saçma olsun! Bence ilki ve ortayı dışardan bitirmek çok daha zor bir iş. Onları yapabildinse, üniversiteyi haydi haydi okursun. Yap vallahi. Nasılsa bütün gün okuyorum diyorsun."

"Benim gibi bölücülük suçuyla hapis yatanlar memur olamazlar, unuttun mu? Ayrıca ben hayat üniversitesinden mezunum, Nevo. En değerli üniversite odur. On beş yaşında girdim o fakülteye ben, hâlâ okuyorum. Profesör olacağım yakında."

Söyleyecek söz bulamayınca, kalktım yerimden, sandalyelerden birinin üzerine bıraktığım çantamdan çakmağımı çıkarttım, iki sigara yakıp birini Zelha'ya uzattım. İtiraz etmeden aldı. Bu kez geçip karşısına oturdum. Çakmağı eline alıp inceledi,

"Bunu ruj sanmışlardır aramada. Çakmak olduğunu fark etselerdi, bırakmazlardı."

"Hay Allah! Hoşuna gittiyse sende kalsın. Kullanırsın."

"Yok yok, olmaz."

"Benden sana bir yadigâr olsun." Uzattığı çakmağı, ona doğru yuvarladım. İtiraz etmedi, alıp cebine koydu Zelha, "Külünü nereye silkeceğiz?" diye sordu, etrafa bakınıp kül tablası arayarak. Çocukken de titizdi böyle. Benim hiç aldırmadan yerlere döktüğüm ekmek, bisküvi kırıntılarını toplardı dizlerinin üstüne çöküp.

"Silk yere Zelha, yerler taş nasılsa," dedim. Bir iki nefes çektik sigaralarımızdan hiç konuşmadan. Sonra ben, "Çok mu erken evlendirdiler seni?" diye sordum.

"Onlar evlendirmediler Nevo, ben kaçtım."

"Yapma ya! Kime kaçtın?"

"Alişan'ı hatırlar mısın, Alişan'ı?"

"Dere kenarında oynadıklarımızın arasında var mıydı?"

"Olmaz mı? Hatırlasana, ben dereye düşmüştüm de peşimden suya atlamıştı."

"Hani şu uzun oğlan, çakır gözlü..."

"O işte. Ama büyüdüğünde çok yakışıklı olmuştu, bir görecektin! "

"Sizin çiftlikte, taa o arkadaki saman damlı evde otururlardı, değil mi?"

"Doğru. Babası bizim yukarı tarlalara bekçilik ederdi. Ona kaçtım işte. "

"Korkmadın mı kız vururlar seni diye, nasıl kaçtın? Ne cesaretle?"

"İnsanın o yaşlarda gözü kör oluyor Nevo. On beşime yeni

basmıştım. Sevdalıydım. Çok yalvardım amcama Alişan'a vermesi için.Vermem dedi."

"Neden?"

"Alişan beni param için isteyesiymiş, param varmış gibi! Babasız kızın parası mı olur! Aşiret kızıyım ya... param olmasa şanım olurmuş, öyle dediydi amcam. Vermedi sevdiğime. İlle de onun istediği biriyle evlenecekmişim."

"Anaların arka çıkmadılar mı sana?"

"Karı kısmının lafı mı geçer oralarda, hele de kocası olmayınca. Anam çok yalvardı amcama. Nuh dedi peygamber demedi amcam. Zengin yere verecek beni, başlık alıp sebeplenecek, bütün derdi oydu aslında."

"Sanki ihtiyacı varmış gibi başlık parasına. Nasıl kaçtın?"

"Hiç sorma. Kolay olmadı. Amcamın beni vereceği adamı gördükten sonra, Alişan'a kaçalım diye ben tutturdum. Adam benden çok büyüktü, kocaman bir burnu vardı, azıcık saçı kalmış kafasının iki yanında, onlara da ak düşmüştü. On beşime bastığım yaz, bizim çiftliğe, eli kolu hediye dolu, ziyarete geldi. Analarıma kumaşlar, terlikler, bana bilezikler getirmişti. Kahve ikramını bana yaptırdılar. Kahvesini vermek için yaklaştığımda leş gibi tütün kokusu geldi burnuma, tiksindim. Üstüne başına sinmiş koku. Sigara tablası gibi kokuyordu mübarek. Akşam anama söyledim koktuğunu. 'Erkek kısmı öyle kokar,' dedi anam. Dedem, amcalarım öyle kokmuyorlar ama, diye tepindim. 'Sen onların kokularına alıştın, kocanınkine de alışırsın,' dedi. Anamı yumuşatamayınca, Cevahir Ana'ya gittim, Satı Teyze'ye gittim. Hepsi kumaşlarından, terliklerinden memnun kalmışlar ki kimseden yüz bulamadım. Analarımın benden yana olmayacaklarını anladım. Beni belki sadece Makbule Anam anlayabilirdi, çünkü onun yaşı çok gençti, ama o da çiftlikte kalmıyordu artık. Kaçmaktan başka çarem kalmamıştı. Alişan da askere çağrılmıştı. Ay sonuna kadar teslim olacaktı. Düşündük ki, o askerdeyken kaçarsam, onu vurmaya kalkmazlar. Başkasına kaçtım zannederler. "

"Neden öyle zannetsinler ki?"

"Alişan o sırada askerde ya, beni ranzanın altında saklayacak hali yok herhalde..."

"Doğru."

"Anama da, 'beni zorla evlendirmeye kalkarsanız, kaçarım, büyük şehirlere gider, iş bulur çalışırım, beni arasanız da bulamazsınız,' dedim. 'Okumayı yazmayı söktün diye adam mı oldun sanıyorsun, ne işi yapacakmışsın sen, orospu mu olacaksın,' dedi anam. 'Hizmetçilik yaparım, çocuk bakarım,' dedim. Hedef saptırıyordum aklımca. 'El kapılarında hizmetçilik edeceğine, kocanın evinde hanımlık etsene,' dedi. Beni isteyen adam zengin biriymiş. Çok da iyi başlık veriyormuş. 'Yakma beni anam, üç baş öküz için,' dedim. 'Üç baş öküze ben seni değil kapıdaki çomarı vermem,' dedi anam. 'Kızım, elini ayağını öpeyim delilik etme, bak adam hem arazi veriyor hem altın,' dedi. 'Amcalarına el açacağımıza kendi dünyalığımız olur,' dedi. 'Sen de evini bilirsin ben de,' dedi. Meğer çiftlikten ayrılıp, benimle gelmeyi düşünmüş. Koca ninenin pençesinden de çenesinden de kurtulacak zavallı anam. 'Başımızda bizi kollayacak bir erkeğimiz olur, baban öldüğünden bu yana kimimiz kimsemiz yok,' dedi. Nasıl yoksa, nerdeyse elli kişiyiz çiftlikte. 'Ben çalışır, bakarım sana ana,' dedim. 'Kadın kısmına evinde oturmak yaraşır,' dedi. 'Niye çalışmama karşı çıkıyorsun, sen de iş tutmadın mıydı kaymakamın kapısında,' diye sordum. 'Aynı şey mi o,' dedi anam. 'Ne farkı var ki, hizmetçi hizmetçidir,' dedim. Anamın tokadı balyoz gibi patladı suratımda. On iki yaşımdan sonra hiç dayağını yememiştim. Bir ağrıma gitti Nevo, anlatamam sana. Ağlayarak odama kaçtım. Üç dört gün bir lokma yemek koymadım ağzıma. Sadece Hediye'nin gizli gizli getirdiklerini yedim. Alişan'a da haber yolladım, ne yapacaksa yapsın yoksa canıma kıyacağım, diye. Kıyacağım filan yoktu, ama elini çabuk tutsun istedim Alişan. Askere gittikten sonra, ben analarımın amcalarımın baskısına karşı koyamayabilirdim iki yıl boyunca. Kaçışımızı hızlandırdım, anlayacağın."

"Sendeki de iyi cesaret."

"Gençlik işte..."

"Alişan askerdeyken sen ne yaptın Zelo? Sahi, çocuk filan mı baktın?"

"Yok canım! Alişan'ın dayılarından biri Mersin'e yerleşmişti. Önce Mersin'e indik, üç gece birlikte kaldık dayının evinde. Korkudan pencereden dışarı bile bakamadık. Sonra o askere gitti, ben de dayının evinde oturup, onun dönmesini bekledim."

"Dayı... iyi davrandı mı sana... yani... ne bileyim..."

"İlahi Nevo, neler düşünürsün! Dayının benim yaşlarımda üç tane kızı vardı. İkisi okula gidiyordu. Biri evdeydi. Ben evdeki kızla ev işlerine yardım ettim. Bana iyi davrandılar. Allah onlardan razı olsun."

"İyi de, nasıl kaçabildin evinden Zelo? Sizin çiftlik silahlı adam doludur."

"Şansımız yaver gitti... Yaz başıydı, Sürmelilerin kızı evleniyordu, kına günü vardı bağ evlerinde. Bütün çiftlik davetliydi. Bir gün öncesinden sancılanıp, ishal olmuşum gibi yapmıştım. Bir taraftan da kınayı kaçıracağım diye, üzüm üzüm üzülüyordum güya. Anam da benim için üzüldü, zavallı. Sabahtan pirinç lapası pişirip yedirdi, kıçım dursun diye, koyu çaylar içirdi... 'Gelirsin bizimle, öyle kaz gibi tıkınmazsın,' dedi. Öğleden sonra analarım, yengelerim, bütün kızlar, çocuklar bir kamyonun kasasına doluştuk, kınaya gittik. Bir curcuna ki göreceksin. Bir tarafta ikram yapılıyor, diğer tarafta davullar zurnalar çalıyor, kızlar oynuyor. Gelinin çeyizi sofada sergilenmiş, kadınlar kendi aralarında toplanmış, getirdikleri hediyeleri inceliyorlar, çeyiz dedikodusu yapıyorlar. Senin anlayacağın herkes bir başka köşeye dağılmış, kendi derdine düşmüştü. Ben de sık sık tuvalete gider gibi yapıyordum, uzunca bir süre uzakta kalıp, anamın yanına dönüyordum. Bu arada heyecandan sahiden bozulmasın mı midem! Yani yemin etsem, başım ağrımayacak. Derken düğün havası çalmaya başladı. Ellerinde mumlarla akraba kızlar ortalarına gelini almış, şarkı söyleye söyleye geliyorlar. Herkes o tarafa koşuştu. Bahçenin arka kapısına, Alişan yeğenini yollayacaktı motosikletiyle. Ben o kargaşadan yararlandım, gitmeye yeltendim. Anam 'nereye gidiyorsun,' diye bağırdı arkamdan. 'Ayakyoluna ana,' dedim. 'Sık dişini, gelin geliyor kızım,' dedi, 'kınası yakılsın da gidersin, çok mu sıkıştın?' 'Yok yok, beklerim,' dedim. Kınalar yakıldı. Kızların elleri bağlandı. Benim içim içime sığmıyor. Bir an önce bitsin istiyorum ama, uzadıkça uzuyor, şarkılar türküler. Ben de nasibimi aldım kınadan. Ellerim kınalanırken, bir de ince sızı düştü içime Nevo, düşündüm ki bana başka kına yakılmayacaktır artık, allanıp pullanmış bir ata bindirilip, alkışlar arasında davul zurnayla götürülemeyeceğim koca evine, gerdanıma beşibirlikler takılmayacak, el öpüp hayır duaları alamayacağım... Ama öte yandan da sevdiğimin koynunda değil, kül tablası gibi kokan bir ihtiyarın yanında uyanacağım sabahları. Aklıma beni isteyen Zülfükar'ın yüzü gelince, ben yine helanın yolunu tuttum, helaya girmemle çıkmam bir oldu, hemen arka bahçeye yöneldim. Duvarın alçak yerinden atladım, baktım az ilerde Binali, motorunu bir ağacın gövdesinin ardına gizlemiş, beni bekliyor. Koşa koşa yanına gittim. Heyecandan sapsarı olmuş yüzü.

"'Nerde kaldın kız,' diye sordu, 'gelemeyeceksin sandım.'

"'Anamın gözleri hep üstümdeydi Binali,' dedim, 'uygun zamanı bekledim.'

"'Eli boş döneydim, keserdi vallahi beni Alişan.'

"'Geldim işte.'

"'Eminsin değil mi?' diye sordu, 'vazgeçmek yok.?'

"'Yok!'

"'Vazgeçersen, geri dönersen, ya da yakalanırsanız, beni hiç görmedin.Kendin kaçtın, tamam mı?'

"'Tamam.'

"'Söz ver.'

"'Söz.'

"'Yemin de et.' Binali de en az benim kadar korkuyordu bizim aşiretten ama Alişan'a, erkekliğine yediremediği için itiraz edememişti herhalde...

"'İki gözüm önüme aksın. Vallahi de billahi de kendim kaçtım diyeceğim. Duvardan atladım, yürüdüm gittim otobüslerin oraya kadar, diyeceğim.'

"'Atla arkama, belime sıkıca sarıl,' dedi Binali.

Atladım motorun arkasına, pırrr! Elimde ne bir bohça ne bir torba vardı.Bir çift çorabım bile yoktu yanımda. Öyle kaçtım Alişan'a, kınalı ellerimle ama cıscıbıldak. Evden aldığım tek şey nüfus kağıdım oldu. Onu almam için de Alişan ısrar etti. Nüfusunu alır kaçarsan, nikâh kıydıracağını anlarlar, ben nasılsa askerdeyim, evlenecek halim yok, başka birine kaçtın zanneder, peşimi bırakırlar, dediydi."

"İyi ki almışsın nüfusunu."

"Kolay mı oldu sanıyorsun? O nüfus kâğıdı var ya, onu amcamın elinden kurtarana kadar akla karayı seçtim, Nevo. Çiftlik evinin selamlık tarafında, konuk odası vardı, bilirsin, o odadaki dolapta saklardı amcam tapuları, nüfusları filan. Bir gece herkes uyuyunca, elimde fener, odaya girdim, kalbim küt küt, gümbürtüsü taa kayın ağacının oradan duyuluyor nerdeyse. Anahtarı kapaklı kâsenin içinde sakladıklarını biliyordum. Hemencecik buldum anahtarı. Dolabı açtım, çekmeceleri talan ettim, aradım aradım, bulamadım. Tapular var, vergi kâğıtları mı desem, makbuzlar mı desem, bir sürü kâğıt parçası var, eski yazıyla yazılmış mektuplar filan var, ama gel gör ki nüfus kâğıtları yok! Çöktüm yere, dayadım sırtımı masaya, ağlamamak için zor tutuyorum kendimi. Ne yapalım, dedim onsuz giderim. Ama biliyorum ki çok kızacak Alişan. Nüfusumu almam şart. Döküp saçtığım kâğıtları teker teker topladım yerden, her birini yeniden gözden geçirdim. Yok!Yok! Yerlerine koydum hepsini, kapattım dolabın kapağını, kilitledim. Tam anahtarı kâsenin içine bırakacağım, bir ayak sesi duydum dışarda. Feneri söndürdüm, yere çömelip bekledim. Allah'ım, diyorum, şimdi beni burada, elimde fenerle bulurlarsa ne diyeceğim. Feneri kilimin üstünde benden uzağa yuvarladım, nefesimi tuttum, çıt çıkartmadan durdum öyle, taş kesilmiş gibi. Ayak sesleri geldi geldi, kapının önünde durdu. Bir aksırık tutmaz mı beni tam o sırada. Yemenimi kapattım ağzıma, boğulacağım. Ne kadar öyle kaldım diye sorarsan Nevo, ben diyeyim bir ömür, sen de bin yıl. Derken ayak sesleri yavaş yavaş uzaklaştı. Ben doğrulmaya çalıştım. Nasıl kasmışım ki kendimi belimi doğrultamıyorum. Ter içinde kalmışım.".

"Ay bayılacağım şimdi. Bari yakalanmadan çıkabildin mi oradan?"

"Yakalanmamak bir dert, kafa kâğıdımı bulamamak ayrı bir dert..."

"Anlat çabuk."

"Nüfusu almadan çıkmaya karar verdim. Tam kapıya yürüyordum geri döndüm, bir de masanın çekmecesi vardı, kilitli filan olmayan, oraya bir bakayım, dedim."

"Orada buldum deme bana!"

"Orada buldum Nevo."

"İnanmıyorum!"

"Ben de inanamamıştım bulduğuma... Açtım çekmeceyi, en üstte bir eski gazete vardı, dedem niye saklamışsa. Gazetenin altına elimi soktum, hepimizin nüfusları orada. Kendiminkini fenerin ışığında ayırdım diğerlerinden, göğsüme bastırdım, çekmeceyi kapattım, feneri söndürdüm, ama hemen çıkıp gidemedim. Biliyor musun Nevo, o defter parçasını göğsüme bastırmış tutuyordum ya elimde, ilk kez kendimi hayatıma sahip olmuşum gibi hissediyordum o an. Hem dizlerim titriyordu korkudan, hem gözlerimden sevinç gözyaşları dökülüyordu. Hep dolapta kilitli durduğunu zannettiğim kimliğim avucumun içindeydi. Zannettim ki, hayatım da, geleceğim de o an, avucumun içinde. Oysa daha on sekizime basmama yıllar vardı. Tabii zamanla öğrendim, hayatımın, en çok da geleceğimin hiçbir zaman benim avuçlarımda durmayacağını. Kafa kâğıdını elinde tutmak, ne hayatına ne özgürlüğüne sahip olmaya yetiyor."

"Benim de senin gibi kafa kâğıdım var artık," demişti Zelha. Çiftlikte, yer masasında oturmuş, yaygıyı kucaklarımıza çekmiş, Kader Ana'nın ateşten alıp alıp önümüze koyduğu gözlemeleri yiyorduk.

"Nasıl yani?"

Bir koşu içeri gitmiş, elinde nüfus kâğıdıyla geri gelmişti.

"Haa, nüfus kâğıdın var yani."

"Evet! Nüfus kâğıdım var." Çok gururluydu sesi.

"Yok muydu nüfus kâğıdın?"

"Allah razı olsun, baban ısrar etmiş dedeye. Yarın öbür gün diplomasını alacak kız, sonra evlenirken filan da lazım olacak, çıkarın nüfusunu, demiş. Dedem söyledi de amcamgillere, çıkarttılar işte."

Elime alıp bakmıştım arkadaşımın nüfus kâğıdına.

"Ama Zelo, senin adını yanlış yazmışlar, baksana!"

"Neresi yanlış?"

"Senin adın Zeliha değil ki!"

"Zelha işte..."

"Ama orada Zeliha yazıyor!"

Çekip aldıydı nüfus kâğıdını elimden. Dikkatle incelediydi.

"Haa! Doğru be! Anaa, baksana adımı yanlış yazmışlar benim," diye seslenmişti Kader Ana'ya. Bu kez anası incelemişti nüfus kağıdını.

"Neresi yanlışmış kurban?" demişti Kader Ana, okuyabilirmiş gibi.

"Zelha yerine Zeliha yazmışlar."

"N'olmuş kız? Ha Zelha, ha Zeliha. Hepsi de aynı."

"Değil işte Kader Teyze, bir i harfi fazla burada. Zelha böyle yazılmaz ki," demiştim, en bilmiş halimle.

"Hadi, hadi, iş çıkarmayın şimdi başıma. Anası değel miyem, ben taktım onun adını. Dilimiz dönmüyo da ondandır, doğrusu Zeliha'dır."

"Ama ana, Zelha benim koca ninemin adı değil mi?"

"Değel! Burnumdan getiren kocakarının adını mı veriğdim, başıma gelecekleri bileydim," dedi Kader Ana, " kayıtçılar adının doğrusunu yazmışlar, kurban, eyi etmişler."

"Şimdi ben ona Zeliha mı diyeceğim?" diye sordum.

"Ne dersen de, loo. İşleri karıştırma da bacak kadar boyunnan."

"Benim adım Zelha," diye diretti Zelha.

"Eyi öyle ossun. Zaten herkescik öyle biliğ," demişti Kader Ana, "bak, bu lafi burada bitir gız, yoksa sopaya çekirem seni." Boşalan tabaklarımızı alıp, mutfağa yürümüştü acele acele.

Evimize döndüğümde babama sormuştum bu İ harfi işini.

"Ortalığı karıştırma Nevra," demişti babam, "Türkçe'de bu isim Zeliha yazılır, tamam mı kızım!" Yüzüne dik dik baktığımı görünce, " Zeliha yazılır, Zelha okunur. Sen nasıl ona Zelo diyorsun, o da sana Nevro mu ne diyor..."

"Nevo, diyor."

"İyi işte, her yörenin kendi ağzı vardır... yörelere göre kelimeler, isimler değişir biraz."

"Ama baba..."

"Yetti Nevra," demişti babam, "rahat ver bana, eve evrak getirdim, çalışacağım. Sus artık."

ZELHA

"Nüfusunda adın hâlâ Zeliha mı?" diye sordum.

"Hâlâ öyle. Alıştım artık. Nüfus kâğıtları değişirken de itiraz etmedim. Şehirde Zeliha'yım köyde Zelha. İki ruhlu insanlar gibiyim. Belki de öyleyim Nevo, iç içe yaşayan iki kişiyim ben. Esas Zelha içimde, derinlerde bir yerde duruyor. Mahpusta yatan, Zeliha'dır. Işıklar kapanıp da karanlıkta kaldığımda, bazen sorarım kendime burada ne aradığımı. Sonra içimden bir ses, burada yatan Zelha değil, Zeliha'dır, der. Adıma i harfini ekleyenler, mahpusa da düşürmüş Zeliha'yı. Böyle düşününce, rahatlarım. Bilirim ki bir gün gelecek, yine Zelha olacağım. Köyüme, evime döneceğim. Üstümdeki giysileri çıkartıp, alacalı entarimi giyeceğim, başıma yazmamı örteceğim, bacağımı kırıp sedirime oturacağım.Yine Zelha olacağım, ama bu kez de Zelha olmanın acılarını çekeceğim. Sanma ki adıma İ harfini ekleyen o kayıt memuru, tek dayatmacıdır hayatımda. Ben, yanlış zamanda, yanlış yerde doğmuşum. Bu dünyaya hep başkalarının istediğini yapmak için gelmişim. Ben diye biri yok da hep başkalarının dediğini yapmaya çalışan biri var, sadece... "

"Ah Zelo," dedim içtenlikle "adına bir harf eklemekle mi başladık seni, sen olmaktan çıkartmaya, acaba."

"Hayır," dedi Zelha, "yazgım, nüfusumdaki i harfinden çok önce alnıma yazılmıştı Nevo. Dünyaya Sarıcadam'da bir aşiret kızı olarak gelmenin bir vebali vardır. Babamın ben daha çok küçükken ölmesi, Alişan'a kaçmam, aşiretime geri dönmem, şimdiki kocama varmam, hatta seni, sizleri tanımam... bunlar benim alın yazımdı."

"Bizim alın yazında yer alacak kadar önemli olduğumuzu sanmıyorum."

"Yapma Nevo! Sizleri tanımasaydım, evinizde kalmasaydım, ilçedeki okula gitmeseydim aynı Zelha olabilir miydim? Aşirette yetişen her kız gibi, harfleri okuyup yazamadan, on üçümde kocaya gidecektim. Amcama sevdiğime varacağım diye, Alişan'ın dayısına da diploma alacağım diye tutturur muydum, kuma yüzünden çeker gider miydim, hayatıma girmemiş olsaydınız?..."

"Alişan'ın dayısına mı tutturdundu ilkokul diploması için? Sahi nerede bitirdin ilki sen?"

"Dayının evinde kaldımdı ya, askerliği bitene kadar. İşte o sırada evde çalıştım, ilkokulu dışardan bitirdim sınavlara girerek. Allahtan baban ısrar etmiş de, amcamgiller bana kafa kâğıdı çıkartmışlar zamanında."

"Aferin sana. Akıllı Zelo'm benim."

"Akıl, şans olmayınca işe yaramıyor."

"Şansını kendin kapatmışsın. Bekçinin oğluna kaçılır mı hiç? Ya öldürselerdi sizi!"

"İnsan gençken ölümden korkmuyor pek. Sevmediğim herifin koynuna gireceğime, ölüveririm diye düşünmüştüm, ölmek kolaymış gibi. Şansımız varmış ki sıyırttık kurşunlanmaktan, Nevo. Alişan, askerde olmasının yüzünden, ben de dedemin sayesinde kurtulduk."

"Yaa?"

"Alişan'ın söylediği gibi kışlaya gitmişler aşiretin adamları. Komutanlarla konuşmuşlar. Asker herif kızınızı getirdi de, erlerin arasında mı saklıyor, demiş komutanlar. Başka birine kaçmıştır kızınız, demişler, onu başka yerde arayın. Böylece kelleyi kurtarmış Alişan. Benim için de dedem mani olmuş töre kararı çıkmasına."

"Sahi mi?"

"Torunuma bir şey yaptığınızı duyarsam, bu tarlaları, bağları, bahçeleri vallahi billahi devlete bağışlarım, kalırsınız açıkta, diye gözdağı vermiş."

"Yok yahu! Seni çok sevdiğini bilirdim, ama bu kadarını beklemiyordum."

"Bir nedeni varmış meğer. Benim bir büyük amcam varmış, Nevo. İlk göz ağrısıymış dedemin. Üzerine titrermiş dedem. Amcam aramızın bozuk olduğu, aşağı aşiretten bir kıza âşık olmuş. Ailesi vermemiş, o da kaçırmış kızı. Kızın akrabaları bulmuş bunları, kurşunları boşaltmışlar göğsüne, kafasına amcamın. Yüzü tanınmaz hale gelmiş. Çok yanmış ilk göz ağrısına dedem, yıllarca yasını tutmuş. Babam da kan davasında öldü ya zaten. Bu yüzden mani olmuş bizi öldürmelerine. Sonradan duydum, Cevahir Ana'dan."

"Zelha, madem tehlike içindeydin kaçtığında, yerin yurdun yoktu, beni, bizleri aramak aklına gelmedi mi hiç?"

"Gelmez olur mu! Ama siz kim bilir nerelerdeydiniz. Adresiniz yoktu bende. Önceleri okumak isterim diye, Alişan meselesi çıktıktan sonra da, sizi bulur, babanın kanatları altına girerim diye, senin mektuplarını hep yok ettilerdi analarım. Alişan'la sevdamız başladıktan sonra çok baskı altına aldılardı beni. Az mı dayak yedim ben, o sıralar!"

"Sonra ne oldu?"

"Askerliği bitince, dayısının yanından aldı beni Alişan, Antalya'ya göçtük, o inşaatlarda çalışmaya başladı. Bir yolunu bulup, boya işlerine girdi. Oralarda çok inşaat vardı o yıllar. İyi para kazanıyordu. Yaz aylarında hiç işsiz kalmıyordu. Yağmur mevsiminde azalıyordu iş ama, o zaman da bekçilik yapıyordu inşaatlarda. Zaten bekçilik ettiği bir inşaatın şantiyesinde kalıyorduk. Ev kirası ödemiyorduk bu yüzden. Sonra ben hamile kaldım. Sevindik. Doğurunca ailemle barışırım diye düşündüm, dedem araya girer, bebenin hatırına bağışlatır bizi. Analarımı da özlemiştim. En çok da Kader anamı tabii. Kokusu burnumda tütüyordu. Ama tek umudum, dedemdi. Yaparsa o yapardı bu işi. Ona ne düşkündüm, bilirsin."

"Bilmez olur muyum! O da seni çok severdi. Nur içinde yatsın. Bağışlandın mı, doğum yapınca?"

"Doğuramadım ki Nevo, altı aylık hamileyken erken doğum yaptım. Ölü doğdu bebe."

"Ne diyorsun Zelo! Vah canım..."

"O kadar erken doğan bebe zaten yaşamazmış. Ben de ölüyordum az daha. Çok kan kaybettim. Yataklara düştüm, toparlanamadım uzun zaman. Bir zamanlar senin annene olduğu gibi, doktorlar yatak istirahati verdiler, en az dört hafta yataktan çıkmayacaksın dediler. Ben ne yaptım? O halimle evin işine koştum, yemek pişirdim, yer sildim, avlu suladım. Alişan'ın üstünü başını yuvup, ütüledim. Dinlenemeyince, ağrılarım, kanamalarım hep sürdü. İyileşir gibi oluyorum, on gün sürmüyor iyilik hali, haydi yine kan boşalıyor benden, zamanlı zamansız. Tekrar doktorlara taşındım. İçinde parça kalmış dediler. Kürtaj yaptılar. Uzun süre bana el süremedi Alişan. Biliyor musun Nevo, meğerse Alişan'ın gönlünde aşirete damat olmak yatıyormuş. Çocuğu doğurabilseydim, bizi affederler, yanlarına çağrırlar diye düşünmüş olmalı. Ama ben bebemi ölü doğurunca bundan umudunu kesti. Ona ağır gelmeye başladım. "

"Olur mu hiç! O da seni sevmiş, belli."

"Başlarda evet. Ama bir nikâh bile kıymadı bana yaşım erince."

"Nikâhlanmadınız mı siz?"

"Nasıl nikâhlanalım ki? Benim yaşım tutmuyordu. On sekizime bastığımda ise... o başkasına âşık olmuştu."

"İnanmıyorum," dedim kızgınlıkla, "bu kadarı da olmaz ama!"

"Bizim şantiyenin orada bir bakkal vardı, bakkala gidip gelen genç bir kıza gönül düşürmüş Alişan. Onunla da yetinmemiş, işi pişirmiş. Benim bundan aylarca haberim olmadı. Kendi kendime eseflenip dururdum, karılık vazifelerimi yapamıyorum, ama bir gün olsun beni zorlamıyor diye. Meğer yolunu tutmuş o yılan."

Masanın üzerinden uzanıp elini sıkıyorum Zelha'nın. Gözleri buğulu ama ağlamıyor.

"Nasıl öğrendin?"

"Kendi söyledi. 'Sen hastasın,' dedi. 'Bir kız var,' dedi, 'hem sana bakacak, hem evin işini görecek. Sen de dinlenir, çabucak iyileşirsin,' dedi. Önce inandım söylediklerine. 'Kaç para vereceğiz bu kıza,' diye sordum. 'Para istemiyor,' dedi, 'boğaz tokluğuna kalacak burada.' 'Ne demek burada kalacak Alişan,' dedim. 'Yani geceleri de bizde yatacak, çünkü yatacak yeri yokmuş,' dedi."

Bir an susuyor Zelha, yutkunuyor.

"'Alişan sen kendine avrat mı buldun, bunu mu söylemek istiyorsun bana,' dedim. 'Hastasın sen,' dedi. 'Sen iyileşene kadar kalsın, her ikimizin de işini görür, sonra yollarız, gider,' dedi. Çocuk kandırıyordu sanki."

"Bu yüzden mi ayrıldın ondan?"

Yine uzun bir sessizlik oluyor. Zelha gözlerini dikmiş karşı duvara bakıyor, duvarda sanki ilginç bir film oynarmış gibi. Nihayet konuştuğunda, tarazlı sesi.

"Sonra bir gün eve getirdi onu. Çektim Alişan'ı bir köşeye, 'kıza söyle, bohçasını alsın gitsin,' dedim, 'yoksa ben giderim, analarıma bana yaptığını anlatırım, aşiret senin peşine düşer. Dedem bu kez durdurmaz onları, bilesin,' dedim."

"Yolladı mı kızı?"

"Yollamadı. Karnında bebesi varmış meğer kızın!"

Yine bir süre hiç konuşmadan oturduk karşılıklı. Gözlerime bakmadan konuşuyor Zelha, suç Alişan'da değil de ondaymış gibi.

"Ben gitmeye kalkışınca, yalvardı bana kalayım, diye. Nasılsa alıştığımız şeymiş kumayla yaşamak. 'Alişan, senin için ölümü göze aldım ben, aşiretime karşı çıktım. Bana yapacağın bu muydu?' diye sordum. Hüngür hüngür ağladı. Ayaklarıma kapandı, yalvardı, yakardı. Eve dönersem, akrabalarım onu vurur diye korktuğundan herhalde, gitmemi de istemiyordu."

"Hiç utanmadan?"

"Hiç utanmadan! O, minareye kılıfını hazırlamıştı Nevo. Yine gebe kaldığımda, ya yine düşürürseymişim bebemi, ya düşürürken ben de ölüverirseymişim. Zor kurtulmuşum zati. Bana bir şey olur diye, benim doğurmamı istemiyormuş. İşte bu yüzden getirmiş kumayı eve, çocuklarımızı kuma doğururmuş, evin işini kuma görürmüş, ben de baş köşede otururmuşum kocamın baştacı olarak."

Zelha sigarasını yere atıp üstüne bastı. Benimkinin uzayan külü, eteğime dökülmüş çoktan. Silkeledim eteğimi.

"Bir tane daha içer misin?"

"Ver."

Bir sigara daha uzattım masanın üzerindeki paketten. Ona verdiğim çakmağı cebinden çıkarıp yaktı sigarasını, derin bir nefes çekip ciğerlerinin tüm gücüyle üfledi.

"Ne yapacağımı, nereye gideceğimi bilemediğim için dayanmaya çalıştım bu duruma. Alişan'la yattığımız döşeğe kuruldular mı bir güzel! Ben oturma odası diye kullandığımız holde, çekyatın üzerinde yatmaya başladım. Hiçbir işe elimi sürmüyorum. Tek bir kelime olsun konuşmuyorum ikisiyle de. Gündüzleri, pencereden dışarısını gözlüyorum, minderlere sırtımı dayayıp yün örüyorum, surat sarkıtıp oturuyorum. Geceleri ellerimi yumruk edip ağzıma bastırıyor, başımı yastıkların altına sokuyorum, ağladığımı duymasınlar diye... Başlarda dikkatliydiler. Benim önümde cilveleşmiyorlardı. Zaman geçtikçe saygıları azaldı. Sonra bir gece, yatak odasından gelen iniltilerini dinledim, sevişirlerken. Bebeği düşürürken içim nasıl aktıysa kan olup, bu kez alev olup aktı, Nevo. Karnımda büyüyen bir alev topu usul usul kasıklarıma indi, oradan bacaklarıma yürüdü. Belimden aşağısı ateş sanki. Yüreğimse kıpkızıl kor. Kendimi dar attım evin dışına. Bedenim ve ruhum ayrılmış gibi birbirinden, sanki iki parçaya bölünmüşüm. Oturdum ayazda, sabaha kadar. Sabah her yanım uyuşmuş. Üç-beş gün ateşler içinde yattım. Kuma kız baktı bana. Hiç konuşmadım. Ne onunla ne de Alişan'la. Tek bir kelime çıkmadı ağzımdan. Biraz güçlenince, bir sabah Alişan işe gittiğinde çıktım evden, yürüdüm durdum sokaklarda, sonra bir eczaneye girdim. Bir kutu aspirin alıp eve döndüm. Bir kupa suyu da koydum başucuma. Başladım teker teker yutmaya aspirinleri. Kaç tanesini yuttum, bilemiyorum ama, birden koca ninenin cesedi geldi gözümün önüne. Bumburuşuk yüzü, kirli sarıya çalmıştı, ağzını bağlamışlar, göğsünün üstüne bir bıçak koymuşlardı. Cevahir Ana, yatağının başına çöktürüp, damarlı elini öptürmüştü bana. Ödüm patlamıştı. Günlerce uyku uyuyamamıştım. Öylesine tiksinmişim ölüden. Alişan eve dönünce benim cesedimi bulacak diye düşündüm. Aklında hep o ölü halimle kalacağım. Belki ağzımdan salyalar akmış olacak. Altıma yapmış da olabilirim. O halimi görünce, memnun bile olur benden kurtulduğuna. Bunları düşününce, sürüne sürüne helaya gittim. Parmaklarımı boğazıma sokup öğürdüm. Başladım kusmaya. Kız geldi peşimden, yerdeki takunyayı alıp fırlattım kafasına. 'Geber', diye bağırıp içeri kaçtı. Yine sürüne sürüne yatağıma gidip yattım. Akşam oldu, hâlâ yaşıyorum ama, midem deliniyor sanki. Sabaha da ölmemişsem, ölmem artık diye düşündüm. O kadar halsizdim ki, uyuyakalmışım. Ertesi sabah uyandım. Evde ne Alişan var ne de kız. Başım dönüyor, ayağa kalkamıyorum. Eyvah, dedim, dün ölemedim, şimdi öleceğim. Başladım dua etmeye yattığım yerde, Allah'ım beni affet, canımı köyüme varana kadar bana bağışla. Öleceksem, evimde, anamın kucağında öleyim, canımı Alişan uğruna yuttuğum haplar değil, amcalarım, yeğenlerim alsın, namuslarını temizlesinler. Beni vurduktan sonra Alişan'ı da sağ koymazlar, nasılsa. İyi ederler. Ben nasıl ödüyorsam suçumu, o da ödesin... Zar zor, tutuna tutuna helaya kalktım. Dönüşte, halsizliğimden, daha yakın olduğu için Alişan'la kızın yattığı yatağa, yani bir zamanlar benim olan yatağıma yığıldım. Uyuyakalmışım. Korktuğum başıma gelmiş, uykumda kusmuşum da. Bunlar akşama doğru dönmüşler, beni kusmuk içinde yataklarında bulunca, hiç ellememişler, oturma odasındaki çekyata sıkışıp yatmışlar o gece. Neyse, ben ertesi gün de aynı yatakta yattım, kızın getirdiği çayı, çorbayı içtim, yoğurdu yedim. Biraz kendime geldim. Tanrı bağışlamış canımı ya, artık Allah'ıma söz verdiğim gibi köyüme dönmeliyim, ölmeye. Birkaç gün daha bekledim güçlenmek için. Sonra, bir gün Alişan çıkıp gittikten sonra, kalktım, giyindim, kapıya geldim. Nereye gidiyorsun abla, diye sordu kuma. Yanıt vermedim. Hiçbir şey de almadım evden kendime ait. Ne bohça ne çanta ne de torba vardı elimde, tıpkı geldiğim gibi çıktım koca evinden, otobüs durağına kadar yürüdüm. Otobüsleri değiştire değiştire köyüme vardım ikinci günün sonunda.

"Çiftliğe mi gittin?"

"Çiftliğe gittim. Başka nereye gidecektim ki? Ölümü göze almış insan dayaktan, azardan, aşağılanmaktan korkar mı?"

"Ne yaptılar seni görünce?"

"Kara çarşaf vardı üzerimde, kapıda duranlar tanımadılar. Biliyorsun, epey yoldur kapıdan eve kadar. Yavaş yavaş yürüdüm, her adımımda bir başka hatırayı gözlerimin önüne getirerek. İnanır mısın Nevo, anamla kaymakam konağına gelmek için o yolda el ele yürüdüğümüz günü bile hatırladım. Nasıl da heyecanlıydım! Önce babanın makamına gitmiştik, o yollamıştı bizi evinize. Neyse lafı uzatmayayım, kadınların avlusuna girince çıkardım çarşafımı. Beni ilk gören Halide oldu. Bastı çığlığı. Başıma üşüştü kadınlar, bağrışmaya başladılar. Kader Anam bayıldı kaldı beni görünce. Cevahir Ana, herkesi susturdu. Kapıları kapattırdı. Amcama ve erkeklere bir şey duyurmadan önce, dedeye haber yollattı. Dede artık yürüyemiyormuş, eskisi gibi değilmiş. Beni tekrar çarşaflayıp, hiç kimseye göstermeden, dedenin yanına götürdüler. İlk ifademi o aldı yani."

"Ne sevinmiştir döndüğüne."

"Tir tir titremeye başladı. Ölecek diye çok korktum Nevo. Yokluğumda epeyce kocamış. Ya da ben yanındayken, her gün gördüğüm için, fark etmemişim yaşını. Araya zaman girince, baktım, bir ulu çınara dönmüş dedem, ellerinde kalın damarlar, lekeler var, gözünün feri kaçmış, iki tane dişi kalmış ağızında. Öte dünyaya gitti gidecek! Hepsinden de kötüsü, yüzündeki ifade. Boşlamış hayatı, ölümü bekler bir halde. Ayaklarına kapandım, Allah'ım benim ömrümden al, ona ver diye dualar ettim. O titrer, ben ağlarım. Alişan'dan niye ayrıldığımı söylemedim dedeme. Üzülsün istemedim. Pişman oldum, dedim sadece, evimi, köyümü, analarımı özledim, dedim. Af diledim. Ellerinin birini bırakıp ötekini öptüm. O beni her zamanki gibi kanatları arasına aldı.Yatağımı odasının karşısındaki odaya serdirdi, ne olur ne olmaz, başıma bir şey gelmesin, diye. Yeniden kocaya verilene kadar, onun yanında kaldım. Amcalarımla, yeğenlerimle dedem teker teker konuştu. Onları ikna etti. Biraz dayak attılar ama fazla hırpalayamadılar, dedenin yüzüsuyu hürmetine."

"Sonra?"

"Analarıma çocuk düşürdüğümü, hastalıktan çok çektiğimi anlattım. Beni günlerce balla, kaymakla beslediler. Şifalı otlar içirdiler. Yüzüme renk geldi, toparlandım. Birkaç ay sonra iyileşince de, beni kocaya verdiler işte..."

"Seni Karançi aşiretine gelin edeceklerdi, hani! Kader Ana söyleyip dururdu."

"İyi hafiza varmış sende Nevo."

"Hafizam güçlü olduğundan değil. İkinci sınıfi bitirdiğimiz yıl babam, bir günlük hediye etmişti bana. Ben de kargacık burgacık yazımla doldurmuşum sayfaları. Birkaç yıl önce yeni bir eve taşırken sandıkların içinde buldum günlüğü. Hemen çöktüm yere, baştan sona okudum neler yazdığımı da o yüzden hatırlıyabiliyorum, aşiretin adına kadar."

"Alişan'a kaçan kızı ister mi hiç Karançiler? Allah'tan beşik kertmesi filan yokmuş başımda. Yoksa Karançiler sağ koymazlardı beni."

"Hiç içinden şu Alişan'ı öldürmek gelmedi mi be Zelo?"

"Gelmez olur mu? O kızı eve getirdiği ilk günlerde, uyurlarken, kafalarını ezivermek geçerdi içimden. Ama insanın içinde kötülük yoksa, katil olamıyor, ne kadar kızarsa kızsın. Söyledim ya sana, dedeme ve amcalarıma da şikâyet edemedim onu."

"Akrabalarının başını belaya sokmak istememişsindir."

"Yok ondan değil Zelo. Ado vardı ya, Ado... hani hepimiz korkardık ondan... Cevahir Ana, onu yavru kedinin kafasına çivi çakarken yakalamıştı da odunla dövmüştü hani..."

Vaktinden evvel irileşmiş, kocaman elli, kalın kaşlı, kıllı Ado'yu hatırlayınca ürperdim. "Hatırlamaz olur muyum? Günlerce ağlamıştık zavallı kedi için."

"İşte Ado hiç vazgeçmedi o huyundan. Birkaç kere adam vurdu, defalarca hapse düştü ve her seferinde aflarla çıktı. Ben eve döndükten sonra Nevo, bu bir gün yanıma geldi bahçede,

"'Bacım,' dedi, 'seni kaçıran şu herifin yerini söyle de gidip bitireyim işini. Belli ki seni hoş tutmamış. Cezası neyse vereyim.'

"'Git başımdan Abdullah,' dedim, 'belaya sokma başımızı.'

"'Ne belası bacı be' dedi, 'bu işler benim için oyun, oyun. Zaten aşiretin kirli işlerini hep bana gördürür amcan. Sen söyle, yeter. Neredeyse o it, giderim, işini bitirir dönerim. Kimsenin ruhu bile duymaz.' Bir an, içimden adresini vermek geldi Alişan haininin. Ama yapamadım. Demek çok sevmişim onu ki, onca acıya karşın bir sevgi kırıntısı hâlâ kalmış yüreğimde. Sevgimi yanlış adama harcamışım, ne yazık ki."

"Şimdiki kocan, Alişan'a kaçtığını bile bile seni kabul ettiyse, seni yürekten seven birini bulmuşsun sonunda, öyle değil mi?"

"Doğru. Şiyar bir gün bile başıma kakmadı kusurumu."

"Kusur denmez ona Zelha. Bir gençlik hatası işlemişsin işte, hatasız kul mu var?"

"Olsun, bir başkası olsa öyle davranmazdı! Yüzüme vurup dururdu evimden kaçmış olduğumu. Şiyar'ın karısı öleli üç yıl olmuştu. Benden çok yaşlıydı. Ben yeni basıyordum on dokuzuma, o kırkına varmıştı. Çocukları vardı. Elbette ona da gönülsüz gittim, ama kusurluydum bu kez Nevo, direnecek yüzüm yoktu. Ben ölümlerden ölüm seçmeye razı olmuşken, yaşlı kocaya verilmek ceza bile sayılmazdı. Neyse, böylece gelin gittim işte yukarı vilayete. İyi ki gitmişim. Şiyar hem sevdi hem saydı beni. Çocuklarına da saydırttı, el üstünde tuttu. Evliliğimizin yılında, yine hamile kaldım. Kader Anam yanıma geldi, beni yatağa yatırıp, nerdeyse kuş sütüyle besledi dokuz ay. Gebe kaldığımda, çok korkmuştum yine düşürürüm diye bebemi. Şiyar, doğumu hastanede yaptıracağına söz verdi. Tuttu da sözünü. Düşünsene kız, doğumumu hastanede yaptım, ben. Nerede görülmüş bizlerde, hastanede doğurmak! Evin ihtiyarları ebeyle doğurmadığım için çok kızdılardı ama, kocam kimseye laf söyletmedi. Bir oğlum oldu. İki yıl sonra da ikizlerimi doğurdum.

Senin anlayacağın, bu olaylar başlayana kadar, evimin kadınıydım, çocuklarımı büyütüyordum, keyfim yerindeydi. Neylersin ki, önce Şiyar'ın büyük oğulları girişti bu işlere. Babaları da haliyle sürüklendi peşlerinden. Kaç kere söyledim, 'çocuklar gençtir, delikanlıdırlar, sen burnunu sokma,' dedim. Ama bir evden birisi bulaşmaya görsün, bulaşmayanlara rahat verilmiyordu ki hiç. Her iki tarafın da düşmanı oluyorsun, taraf tutmadıysan. Hele de yörende tanınan, sevilen, sayılan biriysen, mir torunuysan, hiç rahat bırakmazlar adamı. Bir tarafı tutacaksın çaresiz. Ya devletten ya örgütten yana olacaksın. Yoksa yalnız kalırsın, olmaz. Şiyar da mecburen kendi tarafını tuttu. Senin anlayacağın Nevo, kahpe kader yine çıktı karşıma, tam rahat ettim diyordum, bu kez de devrim belasına altüst oldu hayatım."

"Sade seninki mi, kaç aile altüst oldu böyle."

"Öyle. Bizim oralar yaşanmaz olmuştu, ben huzursuzdum, çocuklarımı tehlikeden uzak tutmak için ne zamandır dırdır edip duruyordum, buralardan gidelim diye. Biraz da bu yüzden girdi Şiyar siyasete. Zaten dayıları taa ilk meclisin kuruluşundan beri hep siyasetle uğraşmışlar, hani şu meşhur Miroğulları ailesi, duymuşsundur... Neyse, kocam adaylığını koyup da milletvekili seçilince, kalktık geldik Ankara'ya. Gelmez olaymışız! Geldik ve göreceğimizi de gördük işte! Benim ısrarım yüzünden gelmişiz ya buralara; kocam tutuklanınca, davasına sahip çıkmak bana düştü. Hiç hesapta yokken, ben de kendimi boğazıma kadar politikanın içinde buluverdim. Sonrası malum..."

"Vah Zelha," dedim, "sen milletvekili değil, günah keçisi seçilmişsin. Keşke tek duraydın da başına bunlar gelmeyeydi. İyi işler yapaydın. Bölgene hayrın dokunaydı. Sorunları teker teker çözeydin."

Sigarasını yere atıp üzerine bastı, "Kaşıma beni kız," dedi Zelha, "Bu yolun yolcusu olduk bir kere, daha da çok çekeceğim var, öyle gözüküyor. Zamanı gelince hayrım da dokunur inşallah bölgeme."

"Keşke bu işlere hiç bulaşmasaydın..."

Yüzünden bir gölge gelip geçti. Bu işlere gönüllü bulaşmadığı besbelliydi. Biz, otuz beş yıl öncesinin yakınlığını, anında yakalayabilmiş olduğumuz için, rahat rahat anlatıyordu yüreğindekileri ama, her şeyin de bir sınırı vardı elbette. Dikildi kaykıldığı sandalyede Zelha,

"Bu işler dediğin, bizim davamız Nevo. Mevlam bana da bir rol biçmiş bu davada. On dördüme basar basmaz Karançilere gelin gidip, dokuz-on çocuk da doğurabilirdim. Alişan'ın evinde, yüreğim yana yana kumamın bebelerini büyütüyor olabilirdim. Sarıcadam'da analarımla birlikte yufka açıyor da olabilirdim. Nereden baksan, kurtuluşum yoktu benim. Hiç olmazsa kendi insanlarım için onurlu bir kavgam var şimdi. Bırak beni de, sen kendini anlat gayrı. Evli misin? Çocukların var mı?"

"Evliydim. Boşandım. Bir oğlum var."

"Allah bağışlasın. Neden boşandın Nevo? Senin üzerine de kuma gelmedi ya!"

Konuşamadım hemen. Neden boşandığımı tam olarak ben bilemiyorum ki, ona anlatabileyim. Tahta iskemlenin üzerinde ellerimi bacaklarımın arasına sokmuş, omuzlarım düşük, başöğretmen karşısında oturan suçlu çocuk gibi duruyorum. Hikâyemi dinledikten sonra, beni suçlayacak olursa arkadaşım, kendimi savunmak için söylenecek tek sözüm yok. Suçluyum çünkü. Suçum, şımarık ve savurgan olmak. Payıma düşen sevgilerin değerini bilemediğim için şımarık, önüme serilen fırsatları har vurup harman savurduğum için savurganım. Aynı ülkenin sınırları içinde doğup, arkadaşımın hayalini dahi kuramayacağı tüm nimetlerden yararlanarak büyüyen ve evliliğinden sıkılınca, gönlü bir başkasına kayar gibi oldu diye yuvasını yıkan ben, kaderini törelerin çizdiği, üstüne kuma geldiği için aşkından vazgeçmek zorunda kalan, karşımdaki onurlu kadına ne cevap vereyim.

"Sen mi istedin ayrılmayı?" diye soruyor.

Evet anlamına başımı sallıyorum.

"Neden? Aldattı mı seni?"

Evet deyip kurtulmak geçiyor içimden ama, dokuz yaşındayken küt uçlu bir çiviyle kan kardeşi olduğum insana nasıl yalan söylerim?

"Hayır."

"Dövüyor muydu?"

"Hayır, asla!"

"Eee, niye ayrıldın o zaman?"

"Kocam gitti..."

"Başka kadına?"

"Hayır dedim ya! Anlaşamadığımız için gitti."

Aldatılmanın dışında boşanma nedeni düşünemeyen Zelha'ya, kocam bir mutfak robotu yüzünden gitti desem, inanır mı? Kendimi suçlamamak, kendimle yüzleşmemek için bunca yıldır ben inanabilmişsem buna, belki o da inanır. Ama bir süredir gayet iyi biliyorum, gidenin aslında Murat değil, ben olduğumu. Üstelik pişmanım da biraz. Karşımda oturan ve doğulu bir kadın olmanın tüm ezilişlerini ve zorluklarını yaşamış olan arkadaşıma, kendi hikâyemi aktarmaya dilim varmıyor. Kocamın evden gidişini hızlandıran son yirmi dört saat, film şeridi gibi akarken gözlerimin önünden, yüzüm kızarıyor, boğazım kuruyor. Sıkıyorum kendimi, gözyaşlarım sel gibi boşalmasın diye.

NEVRA

Evliliğimizin onuncu yılını kutlamak için yaptığımız akşam programının dışında, sıradan bir gündü, o yağmurlu kasım çarşambası. Sabahın yedisine kurulu başucu saati, her zamanki gibi tam zamanında çalmıştı ve yine her zamanki gibi Murat benden önce davranmıştı yataktan çıkmak için. Çay suyunu çoktan koymuş, kahvaltı masasını kurmuştu. Ben yatakta bir süre daha yattıktan, gerine gerine kalkıp tuvalete gittikten, sokak kapısının dışına bırakılan gazeteyi aldıktan sonra, girmiştim mutfağa. Gözüme, içeri adımımı atar atmaz ilişti mutfak masasında, kahvaltı tabağımın yanında duran parlak kırmızı kağıda sarılmış büyük paket. Duraladım. Yüzümde kocaman bir gülümsemeyle,

"Aaa, bu da nesi?" diye sordum.

"Aç da gör," dedi kocam.

Paketi sarmalayan kağıdın üzerinde hiçbir yazı, logo, marka

yoktu. İçinde ne olabileceğini anlayamıyordum, o yüzden. Kesin olan şu ki, romantik bir hediye olamayacak kadar iri bir paketti. İçinden bir yüzük, bir broş ya da bir çift küpe çıkmayacağı kesindi. Yumurtasına tuz eken kocama sorgulayan gözlerle baktım.

"Kocaman bir paket... ama içinden bir araba çıkacak kadar da büyük değil," dedim.

"Hayır."

"Peki ne çıkacak?"

"Uzun zamandır istediğin bir şey."

Gözlerimi yumup hayal ettim. Zahmete girmiş ve armağanını kutu kutu içine koyarak, bana müthiş bir sürpriz mi hazırlamıştı kocam? Minik bir elmas yüzük... Hindistan'a seyahat bileti... Armani'nin vitrininde görüp hayran olduğum ve iç çekişlerle seyrettiğim kadife ceket. Bunların üçü de büyük bir fedakârlık gerektiren armağanlar olurdu bütçemiz için. Ama bir evliliğin onuncu yılı, fedakârlığa değmez miydi? Tahminimi yüzünden okuyabilmek için, dikkatle baktım kocama.

"Çayını koyayım mı?" diye sordu.

"Koyma, önce oğlanı kaldırayım."

"Açmayacak mısın paketini?"

"Açmaz olur muyum?"

Keşke açmasaydım. Ama açtım. Parlak kırmızı kağıdı biraz da aceleyle yırtarak sıyırdım, kağıdın altından çıkan beyaz karton kutunun ipini bıçakla kestim, ana karnından çocuk çıkartan bir doktorun dikkati ve özeniyle, iki elimle tutarak, kutusundan çıkartıp masaya koydum armağanımı. Bir mutfak robotuydu. Bakakaldım.

"On iki ayrı işlem yapıyormuş," dedi Murat, gururla. Hayal kırıklığımı belli etmemek için, önce dolandım bir süre mutfakta, bunu beceremeyeceğimi anlayınca, masanın karşı köşesinde, kocamın tam karşısında durdum. Yumuşatmaya çalıştığım tarazlı sesimle,

"Sen bana evliliğimizin onuncu yılında, bunu mu aldın?" diye sordum.

"Beğenmedin mi?"

Yanıtlamadım. Ne zaman yumuşatmaya çalışsam, büsbütün cırlak çıkar sesim, sinirliyken.

"Ne zamandır istiyordun, Nevra..."

"Robot istiyordum, öyle mi?"

"İstemiyor muydun? Bir alet olsa da şu soğanları doğrasa, yumurtaları çırpsa diyen sen değil miydin. Üstelik bu, bir sürü iş daha yapıyor. Mesela..."

"Sus! Anlatma! Duymak istemiyorum!"

"Neden ama..."

"Çünkü bugün bizim evliliğimizin onuncu yılı. On yıl önce, bugün evlendik biz."

"İşte ben de bugün için sana, hem istediğin hem de işine yarayacak bir hediye veriyorum."

"Bana bir mesaj mı veriyorsun bir hediye mi? İyi bir ev kadını olmadığımı kafama kakıyorsan, haklı olabilirsin. Ne var ki ben çalışan bir kadınım ve asla saçlarını süpürge eden kadınlar takımından olmadım. Benimle bunu bilerek evlendin."

"Benim bugüne kadar senin ev kadınlığından şikâyet ettiğimi duydun mu?"

"Duymadım, ama bir şikâyetin varsa, ima yollu değil, açık açık söyle."

"Yok!"

"O halde daha da kötü. Sen incelikten, romantizmden, kadın ruhundan hiç nasibini alamamış birisin. Yazık!"

"Bütün bu dediklerini hak etmek için ne yaptım, söyler misin Allah aşkına?"

"Bana onuncu yılımızı kutlarken mutfak robotu hediye ettin."

"Kızılacak bir şey mi bu?"

"Neden kızdığımı anlamıyorsan ben kendimi şu pencereden aşağı atayım," diye bağırdım.

"Yetti ama! Ortada fol yok yumurta yokken, ne bağırıyorsun sabah sabah?"

"Bağırmak için sebebim yok mu, Murat?"

"Bence yok."

"Bence var! Söylüyorum işte... Onuncu yılımızda bana bunu mu layık gördün? Bunu mu? BUNU MU?"

Elimle pat pat robota vuruyorum. Sesim giderek daha tiz ve cırtlak, suratım daha çirkin bir hal alıyor, biliyorum. Yine de bağırıyorum avaz avaz. Murat'ın şaşkınlığı telaşa dönüşmeye başlıyor.

"Nevra, bağırma, Cengiz duyacak... komşular duyacak..."

Benim duygularımı değil de başkalarını düşünmesine büsbütün illet oluyorum kocamın. İyice yükseltiyorum sesimi.

"BUNU MU? BUNU MU?"

"Sadece bu değil ki!" diyor, beni yatıştırmak için, "akşama arkadaşlarımızı tiyatroya davet etmedim mi? Sonra da hep birlikte lokantaya gitmeyecek miyiz? Onları saymıyor musun?"

"Allah bilir her biri kaça patlıyor, alt alta yazıp hesaplamışsındır sen!"

"Bir hesap yaptım elbette. Nevra ben Karun değilim, kafama gökten para yağmıyor."

"Bunu sık sık dile getiriyorsun zaten. Bu nedenle hiçbir zaman bir şey isteyemiyorum senden. Kırk yılın birinde çıkıyoruz dışarı. Doğru dürüst bir yerde yemek yemek için, doğum günlerini, evlenme yıldönümlerini bekliyoruz. Karun değilsin diye, birden fazla çocuk bile yapmadık."

"Benim kabahatim mi lokanta fiyatlarının zıvanadan çıkmış olması? Bu zamanda çocuk yetiştirmek kolay mı? Ayrıca niye benim başıma yıkıyorsun çocuk olayını. İkinci çocuğu istemeyen asıl sendin."

"Konuyu saptırma! Konumuz, bana aldığın bu robot! Onuncu evlilik yıldönümü armağanım olan robot!"

"Lütfen yeter ama..."

"BİR MUTFAK ROBOTU."
"Kaça para ödedim buna, biliyor musun sen?"
"PAHALI BİR MUTFAK ROBOTU!"

Beni susturamayınca mutfak kapısını sertçe çekip çıkıyor. İskemleye çöküp avaz avaz ağlamaya başlıyorum. Ancak Cengiz mutfağa girdiğinde toparlıyorum kendimi.

"Beni niye kaldırmadın anne?" diyor, "bak servise yetişemeyeceğim şimdi. Nerede benim kızarmış ekmeğim?"

"Bu sabah kendimi iyi hissetmiyorum oğlum. Babana söyle o versin kahvaltını."

"Kahvaltımı kendim hazırlarım. O beni okula bıraksın."

Oğlumu mutfakta bırakıp yatak odasına gidiyor, yatağa uzanıyorum. Boğazıma bir şey takılı, takılmış. Gözlerim yanıyor. Biz buraya nasıl geldik diye düşünüyorum, neler yaptım da ben, onuncu evlilik yıldönümümde armağan olarak, bir mutfak robotu hakettim. Evlenirken annesinin koluma taktığı altın bilezikle, Murat'ın parmağıma taktığı nikâh yüzüğünün dışında, Tuna ailesinden hiç hediye görmüş müydüm bunca yıldır? Eline bir buket çiçek alıp gelmişliği var mıydı kocamın, evine? Bir sürpriz yapmışlığı, sevgililer gününü kutlamışlığı? Baş başa bir tatile çıkmışlığımız? Hatta baş başa bir restorana gitmişliğimiz? Görünüşe bakılırsa, en iyi kocaydı Murat. Arkadaşlarla aramızda kocalarımızı çekiştirirken, Murat'tan yakındığım zamanlar azar işitirdim hep. "Allahına şükret," derdi Nazan, "Murat her ay kazancını getirip senin avucuna koyuyor. Harcadığının hesabını da sormuyor. Bir de beni düşün. Ben kocamın ne kadar kazandığını bilmediğim gibi, bir çift ayakkabı almak için dahi ondan icazet almak zorunda kalıyorum."

İş yerindeki bir başka arkadaşım, "Benimki bana ne diyor biliyor musun, madem sen de para kazanıyorsun, kişisel harcamalarını kendin yap, diyor hiç utanmadan," diye eklerdi.

Sevim'in derdiyse başkaydı; "Sen çapkın koca nedir bilmediğin için, bunların üstünde duruyorsun, Nevra. Benim yerimde olsaydın, aklına bile gelmezdi hediyeyle, sürprizle uğraşmak. İnan bana, erkeğin eve elinde bir buket çiçek veya armağanla gelmesi, kaçamağını bağışlatmak içindir. Keşke kocam bana ömrü billah hediye vermese de, iç huzuruyla yaşasam, kim bilir yine kimin peşindedir diye, içim içimi yemese," diye yakınırdı Sevim. Böyle endişelerim olmadığı için, arkadaşımın kırılgan yüzüne hayretle bakardım. Hayır, benim bu tür sorunlarım olmadı hiç. Murat evine, eşine, çocuğuna bağlı, sevecen ve sakin biriydi. Onunla hiç yokuş yukarı vurmadan, dolayısı ile yokuş aşağı da hiç koşmadan, nefes nefese kalmadan, yorulmadan, dalaşmadan, heyecanlanmadan, üzülmeden, ama fazla da sevinemeden, düzayak bir yolda yan yana yürümekteydik uslu uslu. Evliliğimin son yıllarında yaşamıma renk katan tek şey, işimdi. İşimi hep severek yapmıştım. Birkaç yıldır, bir reklam şirketinin basınla ilişkilerini düzenliyordum. Her gün gitmem gerekmese de, ben haftanın en az dört günü gitmeyi yeğliyordum şirkete. Çünkü, evimin bana vaktinden önce cennete düşmüşüm hissi veren sükûnetinden ve düzeninden bunalıyordum. Uğultulu, gürültülü, koşuşturmalı ve her anı telaşlı yaşanan işyerinde kimyam değişiyordu. Çalışma hayatımın dördüncü yılında, beni sıkan cennetimi, cehenneme çevirmeyi başardım.

Yattığım yerden sokak kapısının kapandığını, birilerinin pıtır pıtır merdivenleri indiklerini duyuyorum. Yataktan kalkıp, pencereden bakıyorum; tuhaf bir dayanışma içinde, arka avluda park edilmiş arabaya doğru yan yana yürüyorlar baba-oğul. Oğlum, kalın kitaplarla dolu çantasını, babası zor evliliğini sırtlamış omuzlarına. Her ikisinin de ağır yüklerinden ötürü omuzları düşük, başları önlerine eğik.

Fazla mı üstüne gittim kocamın? Değer miydi bu kadar bağırmak bir hediye için? Mutfağa geri dönüyorum, allahın cezası robotu evirip çeviriyorum. On iki ayrı işlevi olduğu yazıyor el kitabında. Hızlı hızlı göz atıyorum sayfalarına. Kesiyor, çırpıyor, parçalıyor, ufalıyor, mufalıyor, yor, yor, yor. Hırsla atıyorum el kitabını masanın üstüne. Yorgunum. Sinirliyim. İşe gitmeyeceğim. Yatağıma geri dönüyorum, uyumak için. İyi ve kötü her şeyi kalın bir perde gibi örten uyku ne muhteşem bir lokman hekim!

Başucumdaki telefonun cırlak sesiyle sıçrayarak uyanıyorum.

"Kaçta buluşuyorduk?" diye soruyor Nazan.

"Yedi buçukta, tiyatronun kapısında."

"Sesin bir tuhaf... iyi misin?"

"Uyuyakalmışım da..."

"Sen uyumazdın bu saatte. Bir şeyin mi var kuzum? Herkes grip. Eğer kendini iyi hissetmiyorsan, çekinme söyle... bu akşamı iptal edelim."

"Yok bir şeyim Nazan. Dün gece geç yattık... açılırım birazdan."

"Sizi gidi sizi! Onuncu yıl kutlamalarına dünden başladınız demek!"

"Saçmalama be!"

"Anlaşılan sadece uykun değil, huysuzluğun da var senin bugün."

"Haklısın. Canım sıkkın."

"Yine şu Hollanda meselesi mi? Hallettinizdi hani!"

"Ettik. Gitmeme kararı aldık."

"Tepilecek fırsat değildi, yine de hayırlısı olsun."

"Murat kesin kararını henüz Hollanda'ya bildirmedi ama, gitmeyeceğiz. Benim çalışma şansım yok oralarda. Cengiz de hele okulunu bitirsin. Kolay mı yeni okula yeni ülkeye alışmak."

"Aman sen de, o bir ay içinde alışırdı yeni okuluna. Sana gelince, sıkılmayasın diye bir dil kursuna filan yazılırdın."

"Bu yaştan sonra dünyamı değiştiremem."

"İnternet diye bir şey var kızım. Dünyanın orası burası mı kaldı artık. Herkes istediği anda her yerde. Yani siz bilirsiniz, ama bana sorarsan bir kez daha düşünün."

"Sana sormuyoruz Nazan. Düşündük yeteri kadar. Kesin kararımızı da verdik. Akşam sakın açma bu konuyu e mi, sakın açma!" diyorum sinirli bir sesle,

"İstemiyorsan açmam elbette."

"Akşama görüşürüz."

"Dur dur kapatma... bir taksiye atla, arabasız gel e mi, park yeriyle uğraşma akşam akşam. Dönüşte biz sizi bırakırız," diyor Nazan.

Kapatıyorum telefonu. İçimde bir huzursuzluk var. Bana kızgın olduğu için, bu akşamın programını iptal etmeye veya gelmemezliğe kalkar mı acaba Murat? Benim bildiğim kocam böyle bir saygısızlık yapmaz arkadaşlarına. Yine de son dakika rezil olmamak için, emin olmalıyım. İsteksizce tuşluyorum ofisinin numarasını. Dargınken, ilk adımı atmayı hiç sevmem. Allahtan tahmin ettiğim gibi, sekreteri Esma hanım, açıyor telefonu.

"Günaydın Esma'nım, nasılsınız?" diyorum.

"Sağolun Nevra Hanım, sizleri sormalı."

"Murat Bey'e bir mesajım var."

"Bağlıyorum..."

"Yok yok, bağlamayın. Sadece akşam yedi buçukta, kararlaştırdığımız gibi, tiyatronun önünde buluşacağımızı bildirin. Grip mi oluyorum nedir, sabah uyuyakalmışım, görüşemedik çıkmadan önce."

"Geçmiş olsun. Murat Bey hangi tiyatro olduğunu biliyor mu?"

"Biliyor. O, doğru AKM'ye gelsin."

"Söylerim Nevra Hanım. Ha, ayrıca tebrikler, daha nice mutlu yıllara."

"Pardon?"

"Yani şey... sizin..."

"Ha evet. Nereden biliyorsunuz?"

"Kuşlar söyledi."

"Geveze kuş!" diyorum. Kıkırdıyor Esma Hanım.

"İyi günler efendim. Mesajınızı ileteceğim."

Ahizeyi yerine koyup tekrar giriyorum yatağıma. Murat yerine Ferdi'nin karısı olsaydım, hayatımın ne kadar değişik olabileceğini tahmin etmeye çalışıyorum. Ferdi, çalıştığım şirketteki müdürlerden biri. Yakışıklı ve uygar bir adam. Bir süreden beri bana olan aşırı ilgisinin farkındayım. Benimle konuşmak için bahaneler buluyor, işimi övüyor, bilgisayarıma mesajlar yolluyor. Neyimi beğeniyor acaba? Suratımdaki bezgin ifadeyle, özensiz giysilerimle bir erkeğin dikkatini çekebildiğime şaşıyorum. Murat'la yılların içinde sıradanlaşan, heyecanını kaybeden ilişkimizin bendeki yıkımı, üstüme başıma boş vermişlik olarak yansımaya başlamıştı, çünkü. Beni kırmamaya itina gösteren annem bile, kilo almaya başladığımı, yediklerime dikkat etmem gerektiğini söyleyip duruyordu. Aldığım kilolar yediklerimden değil içtiklerimden dolayı, diyemiyordum, her akşamüstü kendime bir koca bardak cin tonik hazırladığımı bilmeyen anneme. Yedi haberlerini dinlemek için televizyonun karşısına mutlaka elimde bir içkiyle çöküyordum, uzun zamandır. Murat henüz eve dönmemiş oluyordu. Uzun, sıkıcı günlerimin mutluluk veren tek anı, buzlu içkimle kafa bulduğum akşam saatleriydi. Çekirdek ailemin sıradan günlük sohbetlerine, oğlumun beni pek de ilgilendirmeyen okul haberlerine, kocamın banka dedikodularına dayanabilme gücümü arttırıyordu bir bardak içki. Sinirlerimi yatıştırıyordu. Ne var ki, Ferdi'nin bana olan ilgisini fark ettiğimden beri, kilo vermek uğruna vazgeçmiştim cin toniğimden. Saçlarımı kısa kestirip röfle yaptırmıştım. İndirimden faydalanarak kendime yeni bir ceket, bir çizme ve iki bluz almıştım. Tırnaklarımı, rujumla aynı tonda sedefli ojelerle boyamaya başlamıştım.

"Bak ne güzel olmuşsun!" demişti annem, iki haftada bir yediğimiz öğlen yemeği için Akmerkez'de buluştuğumuzda, "Kızım sakın bırakma kendini, kadın dediğin hep bakımlı olmalı. Güzellik yetmez!"

Oysa o gün hak verdiğim annemden, her zaman bakımlı, rujlu, ojeli olduğu, daha lüks ve rahat bir hayatı babamdan daha zengin bir koca ile yaşamayı seçtiği için nefret etmiştim bir zamanlar. Hatta bir süre yüzünü bile görmek istememiştim. Annem gibi olmamaya and içmiştim. Erkeğine güzelliğinden başka hiçbir şey sunamayan, bakımlı, makyajlı kadınlardan olmayacaktım. Bir dünya görüşüm, ideallerim ve mutlaka bir işim olacaktı. Bu yüzden üniversitemi bitirmeye kararlıydım. Ve bir gün evlenirsem, kocamın önce arkadaşı sonra sevgilisi olmalıydım. Ne kadar safmışım! Sarıcadam'ın çocukları ve bahçelerinin dışındaki dünyadan habersiz kadınları kadar safmışım. Yine mi Sarıcadam'a döndüm? Yalnız yaşamımın değil, huyumun da en güzel olduğu yılları orada geçirdiğim için mi, bir türlü kopamıyorum Sarıcadam'dan?

Sarıcadam'dan ayrılınca, Ankara'da birkaç ay kalmış, sonra Karadeniz'e, derken yine Doğu'ya, en sonunda da Ege'de bir ilçeye atanmıştı babam. Kardeşim, biz Ankara'dayken doğmuştu. Annemle babam ne kadar da sevinmişlerdi bir oğulları olduğu için. Küçük ailemize bir dördüncünün katılması hepimizi mutlu etmişti. Ama güzel günler uzun sürmedi. Birkaç yıl sonra, babam yine doğuya atandığında o mutlu, uyumlu aileden eser kalmamıştı artık. Annem huysuz ve bedbaht bir kadına dönüşmüştü. Babamın onun hiçbir beklentisini karşılayamayacağı belli olmuştu. Kardeşim ailedeki huzursuzluğu fark edecek yaşta değildi, ama ben annemle babamın bitmez tükenmez tartışmalarından her geçen gün biraz daha yıpranıyordum. Kavgalarını her ne kadar odalarına kapanarak yapsalar da, sesleri dışarı taşardı, duyardım.

"Beni doğunun ilkel ilçelerinde dolaştırıp durduğun yetmiyor gibi, valiliğinin de önünü kestinnn! Bıktım artık bıktım bu senin saçmalıklarındannn! Sana ne onlardannn? Onların haklarını aramak sana mı düştü? Sana bir hayırları mı var? Yoksa sen de mi onlardansın? Ha? Ha? Söylesene, haydi söyle..."

Kulaklarımı tıkar, odama kaçar kapıyı kilitlerdim, sanki kilidi vurursam, seslerini duymayacakmışım gibi. Annem, babamı ne olduğunu anlamadığım bir şey olmakla suçlarken, babam da onun bencilliğinden, süsüne ve paraya düşkünlüğünden şikâyet ederdi.

"Yüreğinde insafın, insanlığın zerresi yok, ne biçim kadınsın sen," diye bağırırdı anneme.

Zaman içinde kavgaları yatak odalarını aşıp, evin her bir köşesine en çok da yemek sofralarına taşmaya başladı. Kavgalarından kaçmak için, artık kulak tıkamak, başı yastıklara gömmek yetmiyordu. Ne kadar mutsuz olduklarını sadece duymuyor, görüyordum da.

"Sen hep başkalarını mı düşünürsün? Senin de bir ailen yok mu? Biraz da bizim için yaşa. Çocukların var. Ben varım!"

"Sen... hep sen! Dünyanın ekseni sensin. En önemli varlık sensin. Her şey hep sana göre ve senin istediğin şekilde olacak! Hepimiz sadece seni düşüneceğiz."

"Ben kendimi değil seni düşünüyorum."

"Benim neyimi düşünüyorsun, Nermin?"

"Senin kademendekilerin hepsi bir yerlerde vali oldular. Bu inadın olmasa, biz de İstanbul'da, İzmir'de valiydik, şimdi. Ahhh benim kara kaderim, ahh! Bula bula seni mi buldum altmış milyonun içinde! Devlete karşı gelinir mi? Devlete kafa tutulur mu? Sana mı kaldı düzeni eleştirmek! Siyaset yapacaksan bir partiye gir bari. Hiç olmazsa, milletvekili olursun."

"Ben siyaset yapmıyorum. Küçücük kafanla anlamadığın işlere burnunu sokma. Haklıyla haksızı ayırmanın adı düzeni eleştirmek değildir. Devletin memuru adil olmalı."

"Adil olduğun için sürünüp duruyoruz Anadolu'da."

"Anadolu vatan değil mi?"

"Vatan, ama yokluk içinde bir vatan. Madem doğuda çakılıp kalacaktık, bari vali olaydın da gün göreydim. Hiç olmazsa emrimde çalışan aşçım, uşağım olurdu. Vali karılarının kıçını öpmek zorunda kalmazdım."

"Böyle bir mecburiyetin yok. Ben üstlerime yaltaklanıyor muyum?"

"Sen yapmadığın için bana düşüyor ya bu işler. Senin iyiliğin, senin geleceğin için."

"Benim adıma boş yere uğraşma, Nermin. Beni vali yapmayacaklar."

"Nasıl bu kadar rahat olabiliyorsun, bunu söylerken?"

"Rahatım çünkü bana hiç fark etmiyor ne olduğum. Ben hep görevimi ve doğru bildiğimi yapacağım."

"Bana fark ediyor ama. Ben ilçe ilçe dolaşmak için evlenmedim seninle. İnsanda biraz da hırs olmalı! Ne oldu o geleceği parlak genç adama? Söylesene ne oldu?"

Benim lise ikiye geçtiğim yıl boşandılar.

Annem güzel kadındı. Boşanır boşanmaz çok zengin bir Sökeli toprak ağasıyla evlendi, İstanbul'a yerleşti. Orhan, annemle gitti. Liseyi bitirmeme yakın okul değiştirmem uygun görülmediği için, ben babamla kaldım. İki yıl boyunca annemi görmeyi kabul etmedim. Annemle, ben üniversitedeyken barıştık. Onu bağışlamam için hep hediyelere ve paraya boğdu beni. Üniversite yıllarımda, haftada bir, fakülteye yakın kahvelerde çay içmemiz, evlendikten sonra da iki haftada bir buluşup yemek yememiz onun fikriydi. Son yıllarda, yine onun ısrarıyla Akmerkez'de buluşuyorduk ki, yemek sonrasında, bana oradaki dükkânlardan bluz, etek ya da ayakkabı gibi hediyeler alabilsin. Kaybolan sevgimi, yıllarca hiç pes etmeden bu armağanlı buluşmalarla geri getirmeye çalıştı, annem. Bu buluşmalarda içimden hep elimi uzatıp, berberden yeni çıkmış gibi duran spreyli saçlarını karıştırıvermek, özenli makyajını yüzüne bulaştırıvermek gelirdi, onu doğal ve sıcak bir insana dönüştürmek adına. Şimdi düşünüyorum da, doğallaşması, kendini bırakması gereken o değil de benmişim meğer.

Yorganımı başıma çekip, yastığıma sarılıyorum ki, yeniden derin bir sabah uykusuna dalayım, ruhumun yaralarına mucizevi bir merhem gibi derman olsun uyku. Uyuyabilirsem, her şeyi unutacağım; bu sabahki fiyaskoyu, yılların bıkkınlığını, sıkkınlığını, muhafazakâr taşrada annesi babası boşanmış bir kız olmanın, o yıllarda içimi yakan utancını, evliliğimin penceresiz hücresinde havasızlıktan boğuluyormuşum hissini, hatta Ferdi'nin beni sarsan bakışlarını da.

Uykumu yine kapının zili bölüyor. Sabahlığı sırtıma geçirip kapıya koşuyorum yalınayak. Kapıda, kollarında büyük olasılıkla sekreter Esma Hanım'ın telefonla ısmarladığı uzun saplı güllerle çiçekçinin çırağı duruyor. Şimdi bahşiş de ister bu oğlan. Nereden bulacağım bozuk parayı evin içinde? Hiç rahat yok mu bana, kuzum!

Oğlanı savdıktan sonra, çiçeğe iliştirilmiş kartvizite bakıyorum. Küçük beyaz bir karta, büyük harflerle Murat Tuna yazılmış, çiçekçinin el yazısıyla. Tek bir kelime ilave ettirmemiş Murat. Ne bir özür, ne de bir sevgi veya kutlama sözcüğü. Nasıl iliştirilebilir ki böyle sıcak sözcükler, telefonda ısmarlanmış çiçeğe! İster istemez bir mukayese yapıyorum hemen; gülleri bana yollayan Ferdi olsaydı, kesinlikle aşka dair kısa bir şiir olurdu kartın üstünde, kesinlikle!

Yediyi çeyrek geçe, serpiştiren yağmura aldırmadan, dikiliyorum AKM'nin kapısında. Önce Nazan geliyor. Dudaklarımız yanaklarımıza değmeden öpüşüyoruz, şehir kadınlarına özgü biçimde.

"İyi misin? Uykunu aldın mı?" diye soruyor Nazan. Sitem kokuyor sesi.

"Biraz uyku sersemiydim sabah. Ters bir şey söyledimse..."

"Yok canım. Kabahat bende, ne karışıyorum başkalarının hayati kararlarına."

"Aşkolsun. Ben başkası mıyım?"

"Değilsin de ondan zaten. Hani bizimle paylaştınızdı, gitseniz mi kalsanız mı, sordunuzdu diye söyledim fikrimi. Yoksa bana ne."

"Haydi uzatma artık."

Koşar adımlarla Burhan geliyor yanımıza.

"Uff bu ne hava be! Siz on yıl önce evlenirken de böyle yağmur yağıyor muydu?"

"Yağıyordu vallahi. Berekettir, demişlerdi."

"Eh, bereketsiz sayılmaz evliliğiniz. Demek bu kocakarı laflarında bir doğruluk payı var," diyor Burhan, " Nerede kaldı seninki?"

"Trafiğe takılmıştır," diyorum, tarazlı bir sesle, "yağmur var ya..."

İçim hiç rahat değil. Ya gelmezse! Sabah beni evde bıraktığında avaz avaz bağırıyor muydum? Yok, yok, kapıyı gümm diye çarparak odama kapanmıştım. Bir daha konuşmadık Murat'la. Esma Hanım mutlaka iletmiştir mesajımı. Kaç gün öncesinden planlandı bu gece. Önce Nazanlarla tiyatro seyredeceğiz, sonra da bir akşam yemeği yiyeceğiz Sıraserviler'deki o ünlü lokantada. Bana ne kadar kızmış olursa olsun, başkalarının programını bozmayacak kadar uygardır benim kocam.

"Bak şu adam, o değil mi?" diyor Nazan, yağmurluğunu başının üzerine çekmiş birini göstererek. Gösterdiği yöne bakınca, sevincim kursağımda kalıyor.

"O değil. Murat trençkotunu kafasına geçirmez," diyor Burhan.

"İçeri girelim. Islanıyoruz burada," diyorum.

Biz içeri girmek için sıradayken, kocaman siyah şemsiyesinin altında yaklaşıyor Murat.

"Kusura bakmayın ıslandınız benim yüzümden. Korkunç bir trafik var," diyor. Onu öpmek için hamlediyorum ama, şemsiye mani oluyor yaklaşmama.

İçerde, şemsiyesini kapadığında da öpmeye yeltenmiyor beni. Göz göze bile gelemiyoruz kocamla. Nazan'la merdivenlerin başında durup, erkeklerin yağmurluklarını vestiyere bırakmaklarını bekliyor, sonra yukarı çıkıp yerlerimize oturuyoruz. Murat'ın kulağına, "Güllerine teşekkür ederim," diyorum yavaşca. Gülümsemekle yetiniyor. Demek ki bana hâlâ kızgın.

Oyundan sonra, Sıraselviler'deki lokantaya yürüyerek gidiyoruz. Yağmur dinmiş, sadece rutubeti kalmış havada. Ben Nazan'la kol kola önden yürüyorum. Kocalarımız birkaç adım arkadan takip ediyorlar bizi. Lokantanın kapısında bize yetişmelerini bekliyor, içeri hep birlikte giriyoruz. Oldukça loş bir yer burası.

"Barda bir içki alır mıydınız?" diye soruyor garson.

"Yok, tiyatrodaydık, zaten geç oldu," diyor Murat.

Masamıza yerleşiyoruz. Şarabımızı Burhan seçiyor. Neden? Ev sahibi olan bizleriz, şarabı Murat'ın seçmesi gerekmez mi? Ama o böyledir işte, şarap seçimini bile başkalarına bırakır, pasif kalır hep. Kimseyi kıramaz, üzemez, münakaşadan nefret eder. Her zaman uyumludur. Kocamın gözlerini yakalamaya çalışıyorum, şarabı onun seçmesini işaret etmek için, ama başaramıyorum, bu gece hiç göz göze gelemeyeceğiz anlaşılan. Az sonra kocaman cam kadehlere konan içkimizi yudumluyoruz. Ohh! Ne kadar iyi geliyor güzel bir kırmızı şarap.

"Yemeklerinizi seçtiniz mi çocuklar?" diye soruyor Murat, "buranın bonfilesi iyidir, tavsiye ederim."

Bir saatin sonunda yemeklerimizi ve iki şişe şarabı bitirmiş durumdayız. Gevşemişiz, neşelenmişiz, kocamla aramızdaki gerginlikten eser kalmamış. Kafalarımız dumanlı. Lokantanın gürültüsüyle müziğin birbirine karışmasından çıkan uğultuda, seslerimizi birbirimize duyurmak için mi, yoksa sarhoşladığımızdan mı, bağırarak konuşuyoruz ve sürekli gülüyoruz.

"Bir on seneye daha!" diyor Nazan, kim bilir kaçıncı kere kadehini kaldırırken.

"Bu adam bir on sene daha nasıl çekilir?" diye soruyorum Murat'ı göstererek, "kavga bile etmiyor insanla, doğru dürüst."

"Oysa koca dediğin hem dövmeli hem sevmeli, öyle değil mi?" diyor Burhan.

"Dayaktan nasibini aldığı söylenemez," diyor Murat, bardağını kafasına dikip şarabını bitiriyor.

"O halde şuna eve gidince bir güzel dayak at Murat," diyor Nazan, "onuncu yıl armağanı olarak."

"Ben onuncu yıl armağanımı aldım bile," diyorum gülmekten kırılarak.

"Şu yakandaki broş mu yoksa?" diye soruyor Nazan.

"Ne yazık ki yıldönümü hediyemi yakama takamadım. Biraz büyük geldi," diyorum.

"Ne! Büyük mü geldi? Büyük bir hediye mi aldı sana?"

"Büyük evet. Çok büyük."

"Bir araba mı yoksa?"

"R ile başlıyor, T ile bitiyor. Müthiş bir şey. İnanamazsın."

"Söyle haydi. Söyle, söyle!"

"Sen bul!"

"İpucu ver."

"Verdim ya. R ile başlıyor T ile bitiyor."

Bir süre gözlerini tavana dikip düşünüyor Nazan, sonra bağırıyor, "Renault! "

"Bir Renault mu aldın?" diyor Burhan, sesinde gizleyemediği kıskançlıkla, "oğlum herkes işten çıkarılırken, sana ikramiye mi verdiler, yoksa sen de mi banka boşaltmakla meşgulsün ufak ufak."

"Yarın bana uğra da hediyemi göstereyim sana," diyorum Nazan'a, "ama gözünün kalmayacağına dair söz ver."

"Maalesef karıma hediye olarak bir Renault almadım," diyor Murat, sesini duyurmak için bağırarak, "çok isterdim ama, böyle bir imkânım olmadığını biliyorsunuz, çocuklar." Bana bakıyor. Gözlerinde tuhaf bir ifade var. Ben hâlâ gülüyorum ve kadehimi kaldırıp, "Evde beni bekleyen RT'nin şerefine içelim," diye bağırıyorum. İyice sarhoşum. Dizlerim kesiliyor, başım da dönüyor hafifçe.

"Vallahi ben anlayamıyorum seni Murat. Hem parasızlıktan şikâyet ediyorsun hem de gül gibi teklifi geri çeviriyorsun. Amsterdam'a gitsen değil karının, oğlunun altına bile bir araba çekersin," diyor Burhan.

"İşte ben de o yüzden gitmiyorum ya, bizim oğlan henüz araba kullanacak yaşa gelmedi diye."

Yine gülüyoruz. Nedense içimden hep gülmek geliyor. Belki de bilinç altımdaki ağlama isteğini bastırmak için, her söylenen lafa yerli yersiz gülüyorum ve tüm ısrarlarına karşın Nazan'a armağanın ne olduğunu söylemiyorum. Nazan bu kez Murat'a soruyor bana ne verdiğini.

"Bir robot," diyor Murat, sakin sakin.

"Nasıl yani?"

"Robot işte."

"Özelliği nedir?"

"On iki ayrı işlevi var," diye atlıyorum.

"Şey de yapıyor mu?" diye soruyor Burhan, elleriyle 'şey'in ne olduğunu belirtmeye çalışarak.

"Seni terbiyesiz!" Gülerken ağzımdan yemeği püskürtüyorum istemeden. Murat bana kızgın bir bakış atıyor.

"Eğer öyleyse, bir tane de ben isterim," diyor Nazan.

"Neden, benden bir şikâyetin mi var?" diye soruyor Burhan.

"Düşün bakalım," diye yanıtlıyor karısı.

Konuşma giderek çiftlerin birbirini incitmek için fırsat kolladığı bir laf ebeliğine dönüşüyor. Şarabın başta neşe veren sarhoşluğu yerini gerginliğe ve gereksiz alınganlığa bırakmaya başlıyor. Sıra tatlılara geldiğinde artık buz gibi bir hava esiyor masamızda. Murat hesabı istiyor. Hiçbirimiz fazla konuşmadan, bir an önce bu karanlık ve gürültülü mekândan ayrılma arzusu içinde, hesabın görülmesini bekliyoruz.

Bizi evimize, kararlaştırdığımız gibi Nazanlar bırakıyorlar. Arabada hiç kimsenin sesi çıkmıyor. Nazan önde başını cama dayayıp sızmış. İndiğimizi bile fark etmiyor.

"Bu güzel gece için teşekkür ederiz, çocuklar," diyor Burhan. Gazlayıp giden arabanın arkasından el sallıyorum.

"Yürü haydi," diyor Murat, ters bir sesle. Apartmanın kapısını açıyor bana, giriyorum. Asansördeki aynada yüzümü görünce, arkamı dönüyorum kocama. Makyajım akmış, gözlerimin altı çökmüş, saçlarım rutubetten kafama yapışmış. Yediğim tatlının kreması mideme oturmuş. Eve girince bir bardak su içmek için doğru mutfağa yürüyorum. Murat peşimden geliyor. Suratı bembeyaz.

"Hediye konusunu onların önünde dile getirmen şart mıydı?" diye soruyor.

"Bir mahzuru mu vardı?"

"Beni rezil ettin."

"Rezil olacaktın madem ne diye bana robot aldın?"

"Daha önce de söyledim ya, sen hep isterdin bir tane, işine yarayacağını düşündüğüm için aldım. Üstelik özel olarak ısmarlayıp getirttim."

"Sen onu götür annene armağan et. O sana elcağızıyla pastalar yapar."

"Nevra, senin neyin var? Nedir derdin?"

"Derdim sensin."

"Neden? Her istediğini yapmıyor muyum? Hollanda teklifini bile, sen işinden ayrılmak istemediğin için geri çevirmeye karar vermedik mi? Neyin eksik Nevra? Ne derdin var benimle, senin?"

"İlişkimizde bir şeyler eksik... olmuyor... istediğim gibi değilsin."

"Sana robot hediye ettiğim için mi?"

"Beni anlayamadığın için. Anlamaya çalışmadığın için. Yaşamımızda hiçbir heyecan, hiçbir hoşluk kalmadığı için. Bıktığım için anladın mı, bıktığım ve sıkıldığım için. Bıktım Murat, bıktım."

"Otur şuraya." Kolumdan sertçe çekip beni mutfak masasına oturtuyor, kendi de karşıma oturuyor.

"Hayatında biri mi var?"

"Ne!"

"Ne sorduğumu duydun. Bana cevap ver. Uygar bir insan olduğumu biliyorsun. Eğer biri varsa, bana söylersin, gerekeni yaparız. Maskaralıklara, robot bahanelerine gerek kalmadan..."

Fırlıyorum yerimden, mutfak tezgâhının üzerinde duran robota koşuyorum.

"Allah belasını versin bu robotun!" diye avaz avaz bağırarak pencereyi açıyorum, robotu fırlatıyorum dışarı. Gümm diye bir ses geliyor bir an sonra. Kim bilir kimin arabasının üzerine düştü. Korkudan eğilip bakamıyorum pencereden. Camı kapatıp döndüğümde, Murat çıkmış mutfaktan. Buzdolabından sürahiyi alıp bir bardağa su dolduruyorum, masaya çöküp viski içer gibi yudum yudum içiyorum suyumu ama sakinleşemiyorum. İçimden mutfakta ne varsa kırıp dökmek geçiyor. Ağlamaya başlıyorum. Ellerim titriyor. Murat'ın gelip neden ağladığımı sormasını bekliyorum. Neden yatağa gelmediğimi, neden mutfakta takılıp kaldığımı... kimse gelmiyor. Zaman geçiyor. Üşümeye başlıyorum. Neden sonra mutfaktan çıkıp yatak odama gidiyorum. Kocam odamızda değil. Yastığını ve yatağın üzerindeki örtüyü almış, başka bir yere gitmiş uyumak için. Misafir yatak odasında olamaz, orada bu gece, biz dışardayken Cengiz'i beklemesi için çağırdığımız Fatma'nım uyuyor. Ayak uçlarıma basa basa oturma odasına yürüyor, kapıdan başımı uzatıyorum. Murat, kanepede yatmış. Odama geri dönüyor, soğuk çarşafın altına kayıyorum ürpererek. Sımsıkı yumuyorum gözlerimi, uyumak ve bu korkunç geceyi unutmak için.

Sabah karanlığında, kocamın ışığı yakmasıyla uyanıyorum.

Elinde yatak örtüsü ve yastıkla başımda dikiliyor Murat. Doğrulup oturuyorum yatağın içinde.

"Uyandın mı?" diye soruyor.

"Sen uyandırdın beni... Saat kaç?" Başucumdaki saate bakıyorum, "Daha yedi olmamış!"

"Fatma'nım kalkmadan geldim... salonda yattığımı bilsin istemedim."

"Yatmasaydın salonda."

"Sana söyleyeceklerim var."

"Bu saatte mi?"

"Evet." Kocam yatağın kenarına ilişiyor. Gözlerini gözlerime dikiyor. "Bugün Hollanda için kesin yanıt bekliyorlar benden. Nevra, dün geceden sonra, kararımı değiştirdim. Onlara işi kabul ettiğimi söyleyeceğim."

Başımdan aşağı bir kova su dökülüyor sanki.

"Benim Hollanda'ya gitmek istemediğimi biliyorsun. Ben bu saatten sonra yaşamımı değiştiremem. Çocuğun da okulu var..."

"Senden yaşamını değiştirmeni istemiyorum. Sen ne istersen öyle yap. Ben gideceğim."

"Böyle karar vermemiştik ama..."

"Verdiğimiz karar dün geceden önceydi."

"Evliliğimiz bir kavgaya dayanamayacak kadar güçsüz, öyle mi?"

"Mesele bir kavga değil, senin tutumun Nevra. Dün gece hiç uyumadım. Çok taraflı düşünmeye çalıştım. Sen mutlu değilsin. Bu şartlarda benim de mutlu olabilmem mümkün değil. Hayatımızda bir şeylerin değişmesini ben değil sen istiyordun. Haklıymışsın. Bir şeyleri değiştirmenin zamanı gelmiş. Kararım kesin, ben Hollanda'ya gidiyorum. Eğer istersen sen de gelebilirsin. Bir mekân değişikliği, evliliğimize iyi gelebilir belki."

"Böyle saçma kararlara varacaktın madem, dün gece düşüneceğine uyusaydın keşke. Ben İstanbul'dan başka yerde yaşayamam."

"Sen bilirsin. Bir süre ayrı kalalım o halde," diyor Murat. Suratıma yumruk yemiş gibiyim. Yanıtlayamıyorum kocamı. Yataktan çıkıp mutfağa yürüyorum. Pencerenin önünde durup apartmanların arasından yer yer gözüken gökyüzüne bakıyorum. Güneş yeni doğmakta olduğu için bir kızıllık var havada. Camı açıp, aşağı eğiliyorum. Beş numarada oturan öğretim görevlisi kadının küçük lacivert arabasının üzerinde iki parçaya ayrılmış duruyor, dün gece aşağı fırlattığım robot. Tıpkı evliliğim gibi.

Zelha'yı nasıl yanıtlayacağımı bilemiyorum. Meraklı kara gözlerini yüzüme dikmiş, benim için üzülmeye hazır, bekliyor.

"Anlaşamadık işte. O Hollanda'da bir firmadan geri çeviremeyeceği kadar mükemmel bir iş teklifi aldı. Ben İstanbul'dan ayrılmak istemedim. O gitti ben kaldım."

"Neden kocanla gitmedin Nevo?"

"İşimden memnundum. Yurtdışında çalışma imkânım yok, biliyorsun, çalışma izni vermiyor bu gavurlar insana."

"İşinden memnunmuşun ama kocandan memnun değilmişin. Dövüyor muydu seni, doğru söyle, utanma."

"Ne münasebet!"

"Çok mu kıskançtı? Kıskançlığıyla sıkıyor muydu seni?"

Zelha'dan kurtuluşum yok anlaşılan. Onun ilham ettiği yalana başvurmak zorunda kalıyorum.

"Sıkıyordu." İçim biraz rahatlıyor. Murat'ın beni sıktığı gerçeğe uygun düşüyor ama kıskandığı doğru değil. Belki biraz kıskansaydı, her şey başka türlü olurdu diye düşünmeden edemiyorum. Ben reklam şirketinde çalışmaya başladıktan sonra, bazı akşamlar iş arkadaşlarımla birlikte, yol üstündeki barda içki içmeye gitmemizi, ofis yemeklerine katılıp eve geç dönmemi anlayışla karşılamıştı hep. Son zamanlarda kendime aşırı özen gösterdiğimin, kilo verdiğimin, saçlarımın rengini ve şeklini değiştirdiğimin, üstüme başıma para harcamaya başladığımın da farkında değildi. Farkına varabilseydi, belki bendeki bu değişikliğe kafa yorardı. Sonuç değişir miydi, bunu ben de bilmiyorum.

"Oğlun nasıl karşıladı ayrılmanızı?"

"Her annesi, babası ayrılan çocuk gibi üzüldü elbette, ama çok olgundur benim oğlum. İkimizi de suçlamadı. "

"Seninle kaldı herhalde."

Bir ateş basıyor yüzüme. Yanaklarım yanmaya başlıyor. Arkadaşımın gözünde, evliliğini yürütememiş, becereriksiz kadının yanısıra, bir de kötü anne olacağım şimdi. Derin bir nefes alıyorum ve itiraf ediyorum,

"O babasının yanında."

"Yaa!" Zelha'nın sesinde hem şaşkınlık hem hayal kırıklığı var.

"İlki bitirirken o korkunç sınavlara sokmak istemedik oğlumuzu, dil öğrensin ve iyi eğitim görsün diye... yani sırf onun iyiliği için... zaten ben de çalışıyordum, yeterince zaman ayıramıyordum Cengiz'e..."

"Cengiz mi adı?"

"Cengiz."

"Bu adı baban seçti değil mi?"

"Nereden biliyorsun?"

"Hani ölen kardeşin vardı ya..."

Birden toparlayamıyorum ne demek istediğini, "Orhan ölmedi ki!" Tahta masaya vuruyorum parmaklarımı, "Allah korusun!"

"Yok canım, Orhan değil. Hani annen erken doğum mu ne yapmıştı... Sarıcadam'da hani..."

"Eeee?"

"İşte o bebeğin adını Cengiz koymuştu baban."

"Zelha, sen nereden biliyorsun bunu?"

"Biliyorum," diyor Zelha, "bazı şeyler hiç unutulmaz. Çocukluk anılarım hep taptaze kaldı bende."

"Tamam da, babamın oğluna koyacağı adı nereden biliyorsun sen?"

"Baban bizim çiftliğe gelmişti Nevo, dedemle yemek yemişti, sonra da büyük evde... Hani çiftliğe girdin miydi sol tarafta selamlık vardı ya, orada işte, baş başa konuşmuşlardı, sedirli odada. Hatta analarımdan biri tepsiye ayran kupalarını koyup elime vermişti onlara götüreyim diye."

"Eee?"

"Sonra baban gitti, dedem de amcama dedi ki; 'bu işe oldu gözüyle bak. Kaymakamın oğlunun adı da Cengiz'miş meğer, onun hatırına elinden geleni yapacak,' dedi. Ben de duydum işte. Aklımda kalmış."

"Allah allah! Hiç bilmiyordum. Kimdi Cengiz?"

"Amcaoğlumdu. Dedem onun için, yardım istemiş de babandan."

"Sen ne çok şey biliyorsun, Zelha."

"Biz çocuklar hep ayak altında dolaşırdık, her yere girer çıkardık. Çok şey duyar öğrenirdik böylece. Hatta size gönderileceğimizi de anamdan önce ben duymuştum."

"Sahi mi?"

"Sahi ya... yine öyle, odalara girip çıkarken. Dedem Cevahir Ana'yla konuşuyordu. Kaymakamın hanımı hastalanmış, evine yardımcı lazım olmuş. Oraya herhangi birini yollamak olmaz, Kader'i gönderelim, ebeliği de vardır, az buçuk Türkçesi de, icabında hanımının derdine derman olur, diyordu. Ben koşup, anama yetiştirmiştim duyduklarımı. İki gözüm iki çeşme ağlamıştım gün boyu, ana ben senden ayrılmam, diye. Kızım, ben gidersem sana Cevahir Ana bakar, Satı Teyze bakar dediyse de dinletememişti bana. Kıyameti koparıyordum. Sonra anam, o evde Zelha yaşında bir kız varmış madem, Zelha'yı da yanıma alayım, ben iş tutarken o da çocuğu oyalar, beraber oynarlar diye, razı ettiydi dedemi."

"İyi ki etmiş," dedim içtenlikle, "Zelha inan, benim hayatım boyunca bir daha senin gibi bir arkadaşım olmadı."

Masanın üzerinden uzanıp elimi tuttu Zelha, "Sen şimdi

Cengiz'ini babasına bıraktın, öyle mi?" diye sordu onaylamayan bir sesle.

"Önceleri benim yanımdaydı. Babası Amsterdam'da kendine bir düzen kurana kadar benimle kaldı. Murat gittikten bir yıl sonra ben iş değiştirdim. Gazeteciliğe başladım. Tüm gün çalışıyor, geç saatlere kadar eve dönemiyordum. Aklım çocuğumda kalıyordu. Cengiz'i babasına yollamaya işte o zaman karar verdim. Orada iyi bir okula gidiyor, üç dil birden öğreniyor. Yaz tatillerini birlikte geçiriyoruz, ben de bayramdı seyrandı ne zaman bir fırsat bulsam, gidip görüyorum oğlumu."

"Kaç yaşında şimdi."

"Ayrıldığımızda on yaşındaydı. Yakında on beşine basacak. Koca oğlan oldu artık. Anneden çok bir babaya ihtiyaç duyacağı yaşa geldi. Babasıyla da arası çok iyi. Murat yumuşak ve nazik bir insandır, oğluna da çok düşkündür."

"Özlemiyor musun oğlunu?"

"Özlemez olur muyum. Önceleri çok koydu, inan. Hatta geri getirtmeyi bile düşündüm. Ama Cengiz Amsterdam'da kalmayı tercih etti. Burada olsaydı okuldan eve döndüğünde bomboş bir ev bulacaktı, okula gidip gelmesi İstanbul trafiğinde saatler sürecekti. Oysa orada okuldan çıkınca spor kulübüne gidiyor, tenisini oynuyor, yüzüyor, akranlarıyla bir arada oluyor. Babası eve dönerken uğrayıp oğlunu alıyormuş kulüpten. Eve birlikte dönüyorlarmış. Hiç yalnızlık çekmiyor böylece, trafik derdi yok, anarşi korkusu yok. Küçücük medeni bir şehir Amsterdam."

"Resmen boşandınız mı siz."

"Sonunda evet."

"Neden soyadın hâlâ Tuna?"

"Tuna hem kulağa hoş geliyor hem de yazılarımın sonunda, imzaya yakışıyor. Kısa ve öz. Oğlu ile biten soyadlarını ezelden beri sevmemişimdir. Murat'ın itirazı olmadığı sürece, kullanacağım bu adı."

"Bir daha evlenmedi mi kocan?"
"Evlenmedi."
"Belki seni bekliyordur, Nevo."
"Hiç sanmıyorum," dedim.
"Ya sen? Sen niye evlenmedin? Bak kaç yıl olmuş boşanalı, o gün bu gündür yalnız mısın?"
"Yok, pek sayılmaz."
"Biri var demek ki. Kim bu hayatındaki adam? Söyle haydi, anlat!"
"Şu anda kimse yok Zelo. Onunla da bozuştum, nerdeyse bir yıl oluyor."
"Neden?"
"Anlatması zor."
"Ben sana her şeyi anlattım ama kan kardeşim."

Zelha'nın üstüme dikilmiş kara gözlerine baktım. İçimden yanına gidip ona sarılmak, başımı göğsüne dayamak geliyor. Beni hiçbir şekilde yargılamayacak, sorgulamayacak en has arkadaşıma, can dostuma bunca yıl sonra kavuşmuş olmanın verdiği gönül rahatlığıyla, hiç kimseye söyleyemediklerimin hepsini ona anlatmak ve kollarında hüngür hüngür ağlamak istiyorum. Gözyaşlarımla yıkanıp aklanmak, içimi kavuran acılardan, pişmanlıklardan kurtulmak, hafiflemek ve arkadaşımı elinden tutup Sarıcadam'ın kırlarında nefes nefese koşmak... Dere kenarına inip papuçları, çorapları fırlatıp atarak serin suda ayaklarımı ıslatmak, üstümü başımı sırılsıklam etmek ve annemden azar işitmek... Dağ yamaçlarında sapsarı katırtırnaklarını, dev papatyaları toplayarak eteğime doldurmak ve üstümü başımı polen lekesi içinde bırakıp bir azar daha işitmek... Zelha'yla alt alta üst üste çimenlerde yuvarlanmak, tek vücut olmak, tek yürek olmak, bir olmak tıpkı çocukluğumuzdaki gibi, içimi, gönlümü, ruhumu arkadaşıma açmak, her şeyi paylaşmak...
Zar zor duyulur bir cümle çıkıyor ağzımdan,

"O evli, Zelo."

Uzun süren bir hüzünlü sessizlik düşüyor aramıza. Neden sonra,

"Yuva yıkma, kardeşim," diyor Zelha, "yuva yıkma! Kendine başka adam bul."

"Ayrıldık zaten."

"Karısına mı döndü? "

"Bilmiyorum. Herhalde."

"Sen mi bıraktın?"

"Evet."

"İyi etmişsin Nevo. Çok iyi etmişsin. Bu dünya erkek dolu. Bekâr birini bul Allah aşkına. Yoksa derdin hiç bitmez. Çilen hiç dolmaz."

"Sen de mi evli birine âşık oldun yoksa?"

"Hayır canım. Allaha şükür başıma bir o gelmedi. Ama kuma acısı nedir bilirim. Analarım da bilir. Ninelerim de bilir. Teyzelerim, halalarım, hepsi bilir. Bakma sen onların bu işe alışmış durmalarına. Başka çareleri yoktur da ondan. Birbirleriyle iyi geçinir görünselerde, yüreklerinde bir ateş yanar her birinin. Yalnız kaldıkları akşamlar, kıskançlıktan, kederden uyku tutmaz gözlerini. Yan odada yorganın altında neler olduğunu düşünmekten helak olurlar. Tilki gibi pusuya yatar nefes sesleri dinlerler. İçleri acıdan kavrulur. Sabahı zor ederler. Gündüz oldu muydu, birbirlerinin yüzüne gülerler ama hep arkalarından birbirlerini çekiştirirler. Çok zordur Nevo, üzerine gül koklanması, çok zordur. Katil eder insanı. Katil edemediğini kıskanç eder, fitne eder, huysuz eder, mutsuz eder."

"Biliyorum," diyorum arkadaşıma, "bilmez olur muyum?" Sıcak bir yaş damlası yanağımdan çeneme doğru akıyor. Elini uzatıp siliyor Zelha gözyaşımı, çocukluğumuzda kaç kez yapmış olduğu gibi.

"Nereden bileceksin sen? Kumaların arasında mı yaşadın benim gibi? Benim anam, Cevahir Ana'nın üstüne gitmiş, Nevo.

Beni severdi ama, anamın burnundan getirirdi Cevahir. Bir değil de iki kaynanası var gibiydi anacığımın. Anam da erkek çocuk doğuramadı diye, ninem Makbule'yi almış babama, ben üç yaşındayken. Çok canı yanmış anamın. Daha taze gelin sayılırdım, kaynanam olacak kocakarı üstüme Makbule'yi getirdiğinde, diye anlatırdı anam."

"Baban itiraz etmemiş mi Zelo."

"Cazgırdı ninem. Bir şey tutturmaya görsün. Neymiş, her oğlundan en az bir tane erkek torun görecekmiş."

"Allah allah! "

"Soyu sürsün diye. Bizim oralarda kan davası filan sürekli can alıyor ya... biri ölürse, öteki kalacak, ninemin soyu hiç kurumayacak. Gelinlerle uğraşmaktan kendi kurudu gitti, haberi yok."

"Kader Ana bir tane daha doğuraydı ya."

"Hamile kalmış da, düşük yapmış üst üste. Aslında ninemin maksadı erkek torun sahibi olmanın yanı sıra, biraz da gelinlerine eza etmek. Kendi çok çekmiş de zamanında kaynanasından, o günlerin acısını çıkarmak istermiş kendi gelinlerinden. Bu iş bizim oralarda hep böyledir Zelo. Gelinler ezilir ezilir, sıra kendilerine gelince de intikam peşine düşerler. Kimden intikam alıyorlar diye sorarsan, kara kaderlerinden tabii. Benim anam bile farklı değilmiş. Koca nine, eve yeni gelini getirince, bu kez de anamla Cevahir bir olup, Makbule'ye kan kusturmaya başlamışlar. Zavallı Makbule gebe kalıp bir erkek çocuk doğuramadan, vuruldu gitti babam. Makbule bir- iki yıl kadar yanımızda kaldı, sonra baba evine döndü. Bir kısmeti çıkmıştı galiba... hayal meyal hatırlarım onu. Beni, evin arkasındaki meşeye kurulu asma salıncakta sallarken türkü söylerdi yanık yanık. Kendi de çocuk gibi bir şeydi zaten... Adını beceremez, Makana diye çağırırmışım onu. Makbule Ana'm! Kim bilir nerelerdedir şimdi. Görsem tanımam. Neyse, diyeceğim şu ki, üstüne kuma gelmesi zor iştir."

Üstüne kuma gelmesi şart değil insanın bu acıyı tatması için, evli erkeği sevmesi yetiyor. Kollarının arasında olmak istediği kişinin, bir başka kadının koynunda uyuduğunu bilmek, yüreğinin dağlanması, gururunun un ufak olması demek. Nikâhın hangi tarafında durursa dursun bir kadın, ister eş olsun, ister sevgili, hatta kuma olsun, sevdayı paylaşmak zor iş. Bunu Zelha'ya anlatmaya çalışsam, senin üstüne kuma gelmiş, oysa ben kuma sayılırdım, inan bana yürek acısı eş değerde desem, anlar mı acaba?

"Nasıl tanıştın o evli adamla?" diye soruyor bana.

"Aynı işyerinde çalışıyorduk."

"Gazetede mi?"

"Hayır, reklam şirketinde. Gazeteye sonra geçtim."

"Onun yüzünden mi ayrıldın reklamdan?"

"Öyle sayılır. Kocam Hollanda'ya gittikten sonra, çok yalnız kalmıştım Zelo. Yalnızdım ya, Ferdi de benim üstüme fazla düşmeye başlamıştı..."

"Ferdi mi adı?"

"Evet."

"Adı batsın."

"Ne istiyorsun adamdan ayol."

"Evli herifin senin peşinde işi ne? Yalnızlığından istifade edecek domuz... neyse anlat sen."

"Şirkette dile düşmekten korktum. Herkesin gözü üzerimdeydi. Ayrıca düşündüm ki, başka bir yerde çalışmaya başlarsam belki kıymete binerim, harekete geçer, boşanma işlemlerini başlatır..."

"Pek safmışsın."

"Bilemezdim ki, ısrarla, karısıyla arasında her şeyin bittiğini söylüyordu."

"Hep öyle yapmazlar mı! Çok mu sevdin onu?"

"Bilmiyorum."

Yüzüme şaşkın şaşkın bakıyor Zelha. Oysa ben gerçekten bilmiyorum bu sorunun yanıtını. Arkadaşımın sevgilerle nefretlerin, iyilerle kötülerin, yasaklarla helallerin net çizgilerle belirlenmiş olan siyah-beyaz dünyasında, grilere yer yok. Ya seversin ya sevmezsin! Ona, başlarda sevdiğimi zannettim, belki de bir boşluğu dolduruyordum, eğer çok sevmiş olaydım, ondan vazgeçmeyebilirdim, tarzında şeyler söyleyemem. Kafası karışır. O, ilk erkeğini ölümü göze alacak kadar sevmiş. İhanetinden ölümü göze alacak kadar yaralanmış. Şimdi de kocasını sadakatle ve tüm kalbiyle seviyor. Kocasından devraldığı bir savaşı, bir davası var ki, aslında onu belki de hiç ilgilendirmiyor, ama bir eşin vazifesinin erkeğinin yolunda yürümek olduğuna inandığından, yıllardır hapiste. Dostluk, sevgi ve sadakat adına her şeyi yapar o, yaptığının doğruluğuna inansa da inanmasa da...

"Sana bir şey sordum ama cevap vermedin," diyor bana.

"Ha... dalmışım... pardon. Ne sormuştun?"

"O adamı sevip sevmediğini nasıl bilmezsin, Nevo?" Yüreğimin içini ısrarla öğrenmek istiyor Zelha.

"Sevdim. Ama öyle köklü, derin bir sevgiyle mi, bilemeyeceğim. Nasıl anlatayım sana, mesela seni sevdiğim gibi değil."

"Ben senin sevgilin değilim ki."

"Olsun, fark etmez. Sevgi sevgidir. Onunla kırk yıl görüşmesek ve kırk yıl sonra bir yerde karşılaşsak, içimde bugün olduğu gibi binlerce ampul yanmayacaktır. Geçmişe dönecek olsak, böyle seninle olduğu gibi, saatlerce konuşacak laf bulamayız. Birbirimizin hayatlarını da merak etmeyebiliriz. Bitmiş onunla işim benim. Sevgisi sönmüş içimde. Henüz küllenmemiş, ama sönmüş. Duymak bile istemiyorum benden sonra neler yaşadığını. Oysa bak, şimdi ben şurada oturmuş, senin hayatının her dakikasını öğrenmek ve paylaşmak istiyorum. Neden biliyor musun Zelha?"

"Neden?"

"Çünkü aradaki otuz küsur yıla rağmen, sana duyduğum sevgi asla tükenmemiş. Sen benim gerçek dostumsun."

"Sen de öyle! Ben de senin yaşadıklarını öğrenmek, bilmek istiyorum. Anlat bana Nevo, her şeyi anlat."

"Öyle uzun boylu anlatacak bir şey yok, canım. Ne istiyorsan sor, söyleyeyim."

"Boşanmadığı için sen mi bıraktın onu, yoksa karısı kapına mı dayandı?"

"Bu ayrıntıları neden öğrenmek istiyorsun, kuzum?"

"Çektiğin acının derecesini bilmek için. Gönül yarasının yanısıra, utanca katlanmaya da mecbur kaldın mı öğrenmek istiyorum."

"Neden ama?"

"Çünkü, acılarımız pişiriyor bizi, olgunlaştırıyor. Çektiklerimizin ölçüsünde daha dayanaklı, daha insaflı, daha duyarlı oluyoruz."

"O halde dinle de yeterince pişmiş miyim, söyle bakalım! İlişkimiz başladığında evli olduğunu bilmiyordum desem yalan olur. Biliyordum. Karısını aldatan her koca gibi, bana eşiyle arasında uzun süredir hiçbir iletişim olmadığını, yatak odalarını çoktan ayırmış olduklarını anlatmıştı. İnanmıştım. Ya da, inanmayı tercih etmiştim. Murat aylardır Hollanda'daydı. Kocamın gidişiyle, etrafımdaki arkadaş çevresi birdenbire azalıvermişti. Her hafta sonunu birlikte geçirdiğimiz arkadaşlarımın hiçbiri beni aramıyordu artık. Bana olan sıcak ilgileri ve koruma duyguları sadece birkaç hafta sürmüştü. Yalnızlığım dayanılır gibi değildi. İşte o sıralara denk geldi onun bana kur yapmaya başlaması."

"Nasıl yani? "

Ah Zelo, diyorum içimden, sorarsın elbette, sen nereden bileceksin bir kadına nasıl kur yapılacağını. Aşiretlerde kadınlara kur mu yapılır! Sadece emir verilir, bilmez miyim. O emir de kısa ve kesindir. Falanca seni istetmiş. Uygun gördük, onunla evleneceksin, işte bu kadar! Adam birkaç armağanla eve konuk edildiğinde, evleneceği kızla göz göze gelir de o bakışlar biraz uzun sürerse, bu flört olur. Ya da aşk uğruna ölümü göze alıp, dağları devirirsiniz ve töre sizi gencecik yaşınızda kara toprağa gömer. Bizim flörtlerimiz, fingirdeşmelerimiz, evlenmeden, imam nikâhı filan kıymadan birlikte yaşamalarımız ne kadar da uzaktır size. Ben nasıl anlatırım bizim usulleri şimdi sana. Aramızda bu konuda dünyalar kadar fark var. Zelha'ya kendi hikâyemi naklederken, bazı ayrıntılara girmemiştim. Ferdi'nin benimle, kocamın gitmesinden çok önce ilgilenmeye başladığını ve bu ilginin pek hoşuma gittiğini de saklıyorum Zelo'dan, annemle babamın boşanmış olduklarını sakladığım gibi. Bunu yalan söylemek adına değil, onu hayal kırıklığına uğratmamak için yapıyorum. Aileme ve bana olan duygularında ona sarsıntı yaşatmamak, onu incitmemek için.

"Nasıl mı kur yapıyordu? Masamın üzerine her sabah bir konca gül bırakıyordu, örneğin. Bilgisayarıma aşk şiirleri yolluyordu. İş çıkışlarında bazen bir bara takılıp içki içiyorduk arkadaşlarla, o da katılıyordu bize. Beyaz şarap sevdiğimi öğrenmiş, her seferinde en iyi marka buz gibi bir şarap açtırıyordu benim için. Doğum günümde kapıdan zor sığan upuzun saplı güller yollamıştı, her gülün sapına küçücük bir hediye paketi bağlamış... böyle şeyler işte... güzel sözler, uyumadan önce ya da sabah kalkar kalkmaz telefonda hoş laflar, benim için yazılmış şiirler, ilgimi çekeceğini düşündüğü kitaplar... başımı döndürdü benim."

"Ama karısından hiç boşanmadı değil mi?"

"Hayır. Ben de sabırlı olup yeterince beklemedim. Gittim. Daha doğrusu onu evimden kovdum."

"İyi etmişsin. Çünkü evli erkekler asla boşanmazlar. Beklediğinle kalırdın. Kaç yıl bekledin onu?"

"Yeteri kadar bekledim Zelo. Dedim ya, her gün ve her an elinin altında olmamak için iş bile değiştirdim, bir gazetede çalışmaya başladım. Bir başka işyerinde yeni insanlarla birlikte olmamı kıskanacağını ummuştum. Yanılmışım."

"Senin evinde mi kalıyordunuz?"

"Hayır. Birlikte yaşamadık hiç. Önceleri oğlum vardı evde zaten. Cengiz gittikten sonra da babamdan dolayı birlikte oturamadık. Kızının sevgilisiyle nikâhsız yaşıyor olması, yüreğine indirirdi babamın. Her ikimiz de kendi evlerimizde kalıyorduk. Bazı hafta sonlarını benim evimde geçirirdik. Kırk yılın birinde hafta içinde bende bir gece kaldığı da olurdu. Yıllar geçti, ben hep, karısına boşanmadan söz edeceği uygun zamanı bulmasını bekledim. Onuruma dokunduğu için fazla üstüne gitmiyordum."

"Vah canım. Vah Nevo'm."

"Dur, dur acıma bana o kadar. Bak sonra ne oldu... Yurtdışına bir iş seyahatine gitmişti. Dönmeden önce aradı beni, döneceği günü ve saati söyledi. Uçaktan inince doğru bana gelecekti. O gün gazeteden erken ayrıldım, deli gibi alışverişe koşturdum, sevdiği yemekleri hazırladım, sofrамı kurdum, mumlarımı yaktım, süslenip püslendim. Baş başa geçireceğimiz uzun bir geceye hazırlandım. On beş gündür görüşmediğimiz için özlemiştim çok. Saat sekize doğru, elinde CD'ler, kitaplar ve hava alanından alınmış bir şişe parfümle geldi. Zelo, ne yaptı biliyormusun?"

"Ne yaptı?"

"İçeri girer girmez, bin bir özenle hazırlanmış sofraya şöyle bir göz attı, yemeğe kalamayacağını, çok önemli bir iş toplantısı olduğunu söyledi. Yanında şirkete ortak olmak isteyen birileriyle dönmüş, adamlar bütün hafta İstanbul'da kalacaklarmış, çok meşgulmüş. Akşam yemeğini de onlarla yiyecekmiş. Bir viskimi içip gidecekmiş. Hayal kırıklığına uğradım, ama sesimi çıkarmadım. İnandım söylediklerine. İnanmak zorundaydım. Getirdiği kitapları, CD'leri ve parfümü elinden alıp, koltuğun üzerine bıraktım. Viskisini hazırlayıp dizinin dibine oturdum. Bir kadeh içki içimi kadar zamanı değerlendirebilme umuduyla çırpınıyordum. Ama aramızda görünmez bir duvar varmış gibi, ulaşamıyordum sevgilime. Ona doğru hamlettiğimde, fark ettirmeden geri kaçıyordu. Boynuna sarılmak istediğimde, beni kendinden usulca ve ustaca uzaklaştırıyordu. Ferdi'ye hoş vakit geçirtmek için şakıyıp dururken, aniden sustum. Neden ve nasıl oldu bilmiyorum, ama bir göz kırpımı kadar kısa bir zamanda, gözlerimden bir bağ çözüldü sanki ve içinde bulunduğum acıklı durumu apaçık görüverdim. Öyle, birdenbire oldu, Zelo! Kim bilir kaç yıldır, artık sevmediği, dokunmak bile istemediği için ayrı odalarda yattığı, ama üzülmesin diye boşanacağını bir türlü söylemediği karısına gidecekti. Ona da armağanlarını verecek ve bir iş toplantısına katıldığı için, geciktiğini anlatacaktı. Besbelli ki, benim süründüğüm koku üstüne sinmesin, rujum gömleğine bulaşmasın, saç tellerim ceketine takılmasın diye özel bir gayret içindeydi. Ben, onun yazıp sahnelediği oyunda figürandım sadece. Neden bunca zaman fark edememişim de, o akşam açıldı gözüm? Bunu sonradan da çok düşündüm, sebebini bulamadım. Belki de bir bardak doluyor, doluyor ve son damla en beklenmedik yerde, en olmadık şekilde taşabiliyordu. Neyse Zelo, işte o an, bardağımın dolduğu o an, bir saniye dahi düşünmeden ayağa fırladım ve avazım çıktığı kadar bağırdım, hemen kalk ve çık git evimden, diye.

'Anlamadım!' dedi.

'Gayet iyi anladın. Hemen git evimden!'

'Aklını mı kaçırdın sen?'

' Evet! Şu lavanta şişesini açıp üstüne bocalamadan, ceketini gömleğini parçalamadan, çık git. Hemen! HEMEN!'

Şaşırdı, kızdı, ama yüzümdeki kararlı ifadeyi görünce, üstüme gelmedi. Beni daha fazla bağırtmadan kalktı, usulca çıktı kapıdan. Hediye paketlerini arkasından fırlatıp attım. Parlak kâğıtlara sarılı CD'lerin, kitapların her biri bir tarafa saçıldı. Parfüm şişesi şangır şungur kırıldı. Merdivenlerden, başını koluyla koruyarak, aceleyle indi... apartman kapısının kapandığını duydum. İşte o zaman ben de kendi evimin kapısını kapadım, yere çöktüm ve öylece kaldım. Saatlerce."

"Bir daha aramadı mı seni?"

"Aradı. Ertesi sabahtan başlayarak, sürekli çiçekler, mesajlar yolladı bana, gece yarılarına kadar yanıtlamadığım telefonlar etti, hiçbirini açmadığım mektuplar yazdı, telgraflar çekti. Bu tür jestlerin üstümdeki eski etkisi kalmamıştı. Hatta abartılı ve çocukca buluyordum yaptıklarını. Daha da ileri gitti, bir müşterek arkadaşımızla haber yolladı, boşanma davasını açmış, bir başka eve taşınmıştı. Yakında özgürlüğüne kavuşacaktı. Sıfırdan başlayabilirdik. Görüşme tekliflerini geri çevirdim. Çünkü ne yazık ki geç kalmıştı. Benim cinim çıkmıştı bir kez şişeden ve asla geri giremiyordu."

"Boşanabilmiş mi karısından?"

"Bilmiyorum. İlgilenmedim."

Zelha masanın üzerinden uzanıp şefkatle yanağıma dokunurken, beni kocamdan, oğlumdan, evimden, işimden, arkadaşlarımdan ettikten ve yapayalnız bıraktıktan sonra, ne hali varsa görsün, diye mırıldandığımı duyamadı.

"Ne dedin?" diye sordu.

"Büyük bir ihtimalle karısına dönmüştür," dedim.

Muratla arama girenin bir mutfak robotu değil, aslında Ferdi olduğunu söyleyememiştim arkadaşıma. Utanmıştım. Belki kocamla arama giren, Ferdi dahi değildi, annemdi. Ömrüm boyunca az gördüğüm, az sevdiğim, az bulduğum ama öldüğü gün beni çok etkilemiş olduğunu anladığım annem!

Annem bizi terkettikten sonra, gözlerimi tavana dikip sabahladığım gecelerde hep onun babamı ve beni bırakıp giderken neler hissetmiş olabileceğini düşünmüştüm. Utanmış mıydı? Üzülmüş müydü? Vicdanı sızlamış mıydı acaba? Pişmanlık duymuş muydu? Özlemiş miydi beni? Bizi? Geceler boyu bunları düşünmeme rağmen, kimseye ne bir şey söylemiş ne de soru sormuştum. Babamla aramızda hiç konuşmadan kararlaştırdığımız bir tabu oluşmuş gibiydi. Anne lafını ağzımıza almıyorduk. O kadar ki, Orhan okul tatillerinde yanımıza geldiği zamanlarda dahi annemden söz etmemeye özen gösterirdik. İki yıl boyunca sanki hayatımda annem hiç olmamış gibi yaşamıştım. Telefonlarına çıkmamış, mektuplarını yanıtlamamıştım. Üniversiteye başladığım yıl, annem okulun kapısına gelmişti. Arkadaşlarımın yanında hiçbir tepki gösterememiş, "Aaa anne!" diyebilmiştim sadece. Annem çok doğal bir şey yapıyormuşcasına,

"Benim bugün bu taraflarda işim vardı. Gel şurada bir yerde oturalım, bir kahve içelim," demişti. Arkadaşlarımdan ayrılıp, peşine takılmıştım. Yakınlardaki bir kahvede oturmuştuk.

"Anne, neden böyle pat diye geldin? Bir haber verebilirdin," demiştim.

Duymamazlığa gelmişti beni. Masanın üzerinde duran ve titreyen elimi tutmaya çalışmıştı. Çekmiştim elimi.

"Kocaman bir kız oldun artık. Birbirimizi anlamanın ve bağışlamanın zamanı geldi," demişti.

"Ben bağışlanacak bir şey yapmadım."

"Sen değil, ama ben yaptım."

"Doğru."

"Beni bağışlamak için, bir de benim yönümden bakmak istemez misin olanlara."

"Hayır."

"Kafan babanın anlattıklarıyla dolu olmalı."

"Babam tek bir kelime bile etmedi, anne. Seni hiç konuşmadık biz."

"Bu daha da sağlıksız, kızım. Keşke beni suçlasan da ben de kendimi savunsabilsem."

"Suçluyorum işte; bizi bırakıp gittin! Babamdan daha zengin bir koca için terkettin bizi. Savun haydi kendini."

"Bu, benim hayatımdı, Nevra. Her insan hayatını istediği gibi yaşamalı. Baban da öyle yapıyor. Kendi prensiplerinden ödün vermeden, istediği gibi yaşıyor."

Üç yıldan beri ilk kez gördüğüm, hayli kilo almış olan anneme baktım. Doğru söylüyordu, bu balık etindeki süslü kadın.

"Haklısın," dedim, "babam ilkelerinden ödün vermez. Bundan kızı olarak gurur duyuyorum."

"Herkesin aynı olması mümkün değil, Nevra. Onun ilkeleri vardı benimse beklentilerim."

Bir süre hiç konuşmadan oturduk. Sinirli sinirli çayımın şekerini karıştırıyordum.

"Anlıyorsun beni değil mi?" diye sordu.

Sesimi çıkarmadım. Bağışlamam ya da bağışlamamam pek fark etmiyordu annemi. Uzak düşmüştüm ona. Evden ayrıldığı ilk aylarda kokusunu özlediğim annem, çocukların resim defterlerine önce özenle çiziştirip sonra bir hata yaptıklarında, silgiyle silmeye çalıştıkları, ama tamamen yok edemedikleri, soluk, silik, hayal meyal bir resim gibiydi ne zamandır. O anda ise, teli oynamayan kabarık saçları, farlı göz kapakları, rimelli kirpikleriyle şişmanlamaya yüz tutmuş, karşımda oturan kadındı. Salaş masanın üzerinde kaka rengi o çok pahalı, rüküş, markalı çantası duruyordu. Bir şeyler hissetmeye çalıştım, beceremedim.

"Kızım, Nevra'm, annelerle evlatlar birbirine küsemez. Etle tırnak gibiyiz biz. Bak kocaman bir kızsın artık. Türlü türlü ihtiyaçların olacak... ben senin annenim... ne istersen... ne lazımsa..."

"Hiçbir ihtiyacım yok, anne."

"Şu anda değil, ama bir gün... evlenirken mesela."

"Evleneceğim de yok."

"Hayatında biri yok mu?"

"Yok."

"Ama olacak bir gün. Benimle paylaşmak istemez misin?"

"İstemem."

Annem sigarasını söndürdü, "İnatçı kızım benim," dedi. Yine bir süre hiç konuşmadan oturduk.

"Haftaya perşembe günü ben yine geleyim, buluşup çay içelim."

"Haftaya geç saatlere kadar dersim var."

"Başka bir gün buluşalım. Cuma ya da çarşamba."

Onu zora sokmak için, "Salı," dedim. İrkildi. Salı günleri oyun oynadığını, kardeşimden duymuştum.

"Tamam, salı olsun."

Söyleyecek söz bulamadım. Gözlerinin içine baktım, "Salı günleri oyun günün değil mi senin?"

"Madem kızımla ancak salı buluşabileceğim... oyunun ne önemi var."

Çayları ödedi kalktık.

"Yurtta kalıyorsun, değil mi?" diye sordu.

"Evet"

"Araba var... seni yurduna bırakayım mı?"

"Hayır. Yürüyeceğim. Yakın zaten."

Sarıldı bana. Yanaklarımı öptü. Ben heykel gibi hareketsiz durdum kollarının arasında.

"Salıya," dedi kırık bir sesle. Arkasını dönüp gitti. Uzun topuklarının üzerinde seke seke uzaklaşmasına baktım annemin. Hep böyle yürürdü, küçük ve hızlı adımlarla... kuş gibi.

Annemin ısrarıyla buluşmalarımızı sürdürdük. Randevularımıza hep tanımadığım biriyle buluşacakmışım gibi, ne konuşacağımızı bilememenin rahatsızlığı içinde giderdim. Çay bahçelerinde, postanelerde buluşup, havadan sudan konuştuğum, ama hayatımın içine sokmadığım bir yabancı gibiydi. Kocasını hiç sormadım. Mutlu mu değil mi, öğrenmek istemedim. Evine gitmeye ve kocasıyla tanışmaya direndim. Birkaç yıl sonra, Murat'la evlenirken ilk kez nikâhımda gördüm üvey babamı. Hayalimde canlandırdığım gibi, göbekli ve kaba saba bir kasaba ağası değildi. Babacan bir adamdı. Evlendikten sonra, anneme dair duygularımı ve direncimi kocama açmak istemediğim için, annemle karşılıklı ev ziyaretlerimiz kaçınılmaz oldu. Oğlumun doğumuyla da sıklaştı. Hiçbir zaman bir ana-kız ilişkisinin samimiyetini yakalayamamış da olsak, iyi kötü yaşamıma kattığım ve çocuğumu görmesine izin verdiğim bir annem vardı artık. Tıpkı şiirdeki gibi, **Ne içindeyim zamanın/ Ne de büsbütün dışında**; ne öksüzdüm ben, ne de tam anlamıyla anneli.

Annem, kocaya ihanet sırası bana geçince, bir suç ortağı gibi, Ferdi'yle eş zamanlı, geri döndü hayatıma. Bunca zaman sonra, farkına bile varmadan, içimin gizli köşelerinden alıp, nihayet gün ışığına çıkarmıştım annemi. Sabahları işe gitmeden önce giyinirken, taranırken, Ferdi'ye güzel görünmek için süslenip püslenirken, annem de mi böyle yapardı... böyle dakikalarca aynalarda sinsi sinsi... parfüm sürerdim boynuma, saçlarıma... annem de mi böyle kokardı... kaçamak bakışmaları oldu mu o Sökeli adamla, Ferdi'yle benim bakışmalarımız gibi... akşam evde kocamın gözlerinden kaçırırken gözlerimi, en çok da koynunda yatarken, yüreğimdeki o suçlu çırpıntı... babamın koynundayken ne yapardı annem, ne düşünürdü? Fırlayıp kaçmak ister miydi yataktan? Bunalır mıydı? Utanır mıydı? Aklı Söke'liye mi kayardı? Ben, evli bir kadın olarak bir başka erkeğe yeşil ışık yakarken, annemin duygularını çözer, anlarım sanıyordum onu. Olmadı. Yüreğim yine bağışlayamadı annemi. Kendi ayıbımın iç acısıyla kaldım hep, anneme uzak... Oysa, onu bağışlayabilseydim, tıpkı onun gibi evliliğinden ve kocasından sıkılan bir kadın olarak, annemin de neler çekmiş olabileceğini anlayabilseydim, iç huzurumu yakalayabilirdim belki. Daha sakin olurdum. Uykularım derinleşirdi, rüyalarım keyiflenirdi. Tanrım, niye başaramadım bunu! Yoksa, farkına bile varmadan için için hep yakınlaşmayı mı istedim, nefret ettiğimi sandığım anneme? Belki de, annemi çözebilmek için başlamıştım Ferdi ile olan ilişkime, kim bilir? Ben de, onun yürüdüğü aynı dikenli yoldan geçmek istemiş olabilirim, dikenler bana da batsın, beni de kanatsın diye, sırf onu anlamak, ona erişmek, onu tanımak için. Bu beyaz tenli, sarışın, kırılgan annenin kucağında yeterince oturamadığım, koynunda yeterince yatamadığım, kokusuna doyamadığım için miydi ona olan nefretim ya da gizli özlemim? Ferdi'yle başlardaki platonik yakınlaşmam sırasında ilişkimi sürekli anneminkiyle karşılaştırıyor olmamın sebebi bilinçaltımda yatan, gizli bir rekabet duygusu muydu? Bir öç alma mı? Yoksa neden bunca merak edeyim ve usanmadan aynı sorunun peşinde koşayım; annem de acaba benim gibi miydi, babamı aldattığını varsaydığım yıllarda, diye? Kimseyle konuşmadan, benimle ve kardeşimle ilgilenmeden, bir köşede dalgın dalgın oturduğu günlerin hangi yaşıma denk düştüğünü hatırlamaya çalışmıştım... bizden giderek uzaklaştığı, kardeşimle beni azarlayıp durduğu yılların... babamın karısı olmakla yetinemediği günlerin... kara bahtlı bir zavallı olduğuna inandığı ve bu inancını avaz avaz haykırdığı anların... Hayır, aynı suçu işlemiş olsak da, benzeşmiyorduk annemle. En azından ben, daha iyi bir hayat için onun kadar çok dırdır etmemiştim kocama. Ayrıca annem benden çok daha şanslıydı, çünkü, gönül düşürdüğü zengin Sökeli, evli değil, duldu. Ferdi ise evliydi ve ben, televizyonun karşısına, annemin şişmanladığıma dair ihtarından beri, elimde cin tonik yerine, bir diet-kola bardağı ile oturmuş, Ferdi'nin gün boyu benimle konuşabilmek için yarattığı bahaneleri sevinçle düşünürken, bu ilişkinin hiçbir yere varmayacağını peşinen biliyordum. Ferdi'yle önceleri arama mesafe koymamın, bana olan ilgisini görmemezliğe gelmemin, iş çıkışlarında beni arabasıyla evime bırakma teklifini reddetmemin ardında, benim evliliğim değil de, onun evliliği yatıyordu. Kendi evliliğimi yok sayıyordum adeta. Murat'ın ilgisizliği miydi, bana kendimi bekâr hissettiren, yoksa annemden dolayı boşanmaya şerbetli olmam mı?

"Ah Nevo, siz şehirli kadınlar hep böyle güzel sözlere, çiçeklere, hediyelere kanmaya ne kadar da hazırsınızdır. Terbiyesiz adam, birkaç sap gülle metres eylemiş seni baksana," dedi Zelha, uzun bir sessizliğin sonunda. "Heyy Nevo... Nerdesin kızım?" Elini gözlerimin önünde sallıyor Zelha, beni daldığım rüyadan uyandırmak ister gibi. Anılardan kopup hapishane odasına dönüyorum.

"Kalbimi kırma, Zelo. Metres dediğin, erkeğin parasını yer. Metrese katlar, yatlar, kürkler, mücevherler alınır. Oysa ben, onun bana kitap, CD ve çiçeğin dışında armağanlar getirmesine izin vermiyordum. Birlikte bir yolculuğa dahi çıkamadık. Kısacası, metreslikten bile nasibimi alabilmiş değilim. Anlayacağın hiçbir şeyi beceremiyorum Zelha," gülüyorum ama dudaklarımın kenarında çirkin bir yırtık gibi duruyor gülüşüm.

"Köylü, kasabalı ya da şehirli, ortak bir kaderimiz var biz kadınların. Sonunda ayvayı yiyen hep biz oluyoruz. Bak sen dört yılını yakmışsın, o adamı beklerken. Ben de öyle yapmadım mı Alişan'a kaçarak?"

"Haklısın."

"Neden erkeklerin düzeni asla bozulmaz, ha? Sen, evinde iki kocayla yaşayan birini gördün mü? Ya da hafta içi evinde kocasıyla kalan, hafta sonlarını ise aşığının evinde geçiren evli bir kadın duydun mu hiç?"

"Duymadım, duymak da istemiyorum, inan bana. Çünkü şu anda değil iki, çeyrek erkeğe dahi tahammülüm yok. Bir süre eksik olsunlar hayatımdan," dedim.

"Yaralanmışsın sen, kız. Canın fena yanmış senin, farkında mısın?"

"Şu anda sadece açlığımın farkındayım Zelo. Dilaver Bey dışarda olacağım demişti. Bize birer çay getirir miydi acaba?"

Zelha yerinden kalkıp kapıya yürüyor. Kapıyı aralayıp dışarı bakıyor. Kimseyi görmemiş olmalı ki, "Kimse yok mu orada" diye sesleniyor.Ben de çantamdan çıkardığım bisküvileri diziyorum masaya. Beş çeşit değişik bisküvi almışım, ne olur ne olmaz diye.

"Bu adamlara güven olur mu hiç! Yok meydanda," diyor Zelha.

"Boş ver. Gel bunları yiyelim biz. Çok acıktım vallahi. Kaç saattir çene çalıyoruz burada."

"Bunca yıl sonra karşılaşmışız. Olacak artık o kadar."

Paketlerin kâğıtlarını yırtıp, masanın üzerine döküyorum bisküvileri. Zelha hemen on adet bisküviyi ayırıp benim önüme itiyor, on tanesini de kendi önüne çekiyor. Gözlerimin içine bakıyor,

"Var mısın?"

"Varım!"

"Saat tut."

Saatime bakıyorum. "Tuttum.Tam otuz saniyen var. Bir, iki, üç!"

Her ikimiz de hızla bisküvileri birbirine dayayarak ev yapmaya çalışıyoruz. Benim evim iki kez devriliyor. Onun elleri biraz daha mahir benimkilerden. İki bisküvinin üzerine yerleştiriği üçüncüyü yıkılmadan tutturabiliyor. Oysa çocukken hep ben onu yenerdim bu oyunda.

"El becerini kaybetmemişsin, aferin" diyorum.

"Çocuklarımla oynardım da ondan."

Ben hiç öğretmedim Cengiz'e böyle oyunlar. Masallarını bile babası okurdu uyumadan önce. Sadece kendiyle dolu, kendine dönük, kendi dünyasıyla haşır neşir bir annenin elinde büyümüş benim zavallı çocuğum. Oğlumu, kendi çocukluğumun oyunları, renkleri, anılarıyla tanıştırmaya üşenmişim. Ne kadar pişmanım şimdi, pek çok şey için. Ne büyük yazık ki, kaçırdıklarını fark etmekte, çok geç kalabiliyor insanoğlu. Kendimi cezalandırmak istercesine soruyorum,

"Zelo, söyle bana. Başka neler oynardın çocuklarınla? "

"Dedemin bize öğrettiği taş oyunları vardı, hatırlıyor musun Nevo?"

Hatırlamaz olur muyum. Sadece taş oyunları mı... dede bize

masal da anlatırdı. Yarı kurgu, yarı gerçek öykülerini can kulağıyla dinlerdik. Ayaklanan Kürt mirlerinin destanlarını ara sıra da türkülerle süsleyerek anlatırdı.Ama ben en çok Anadolu'nun düşmandan kurtuluş hikayelerini dinlemeyi severdim. Ağzım bir karış açık, dalar giderdim Kürtlerle Türklerin, işgalci ordulara karşı, omuz omuza verdiği savaşa. Köylülerin ellerinde mavzerle kayalara tırmandığı, kağnılarda tepeleme silahların taşındığı lacivert geceler, rüyalarıma girerdi. Yıllar sonra, büyüdüğümde, Şair'in kitaplarında okumuştum o öykülerin çoğunu. Hepsi bildik gelmişti bana destanların.

"Aaa, ne yapıyorsun Zelha?"

"Hatırlamadın mı?" diye soruyor Zelha, bisküvileri ufak ufak kırarken, masanın üzerine. Gözlerinde muzip bir ifade var. Bu kışkırtıcı bakışı iyi biliyorum.

"Elbette hatırladım. Başlıyoruz. Biir, ikii, üüç. Haydi!"

Ellerimizi arkamızda kavuşturup, başımızı eğerek masanın üzerinde duran bisküvi parçalarını dilimizle toparlamaya çalışıyoruz. Kim önüne ufalanmış parçaları diliyle kürekliyerek daha çabuk yerse, o kazanacak. Elleri kullanmak yasak! Gülmekten ölüyoruz bir taraftan da. Biri içeri girse ve bizi görse, kesin tımarhaneye kaldırtır.

"Kader Ana'dan dayak yemiştik bu yüzden," diyorum.

"Ben gardiyan karıdan yiyeceğim gayrı dayağımı. Sen çekip gideceksin, bana sorulacak burayı nasıl bu hale soktuğumuz."

Masanın üstü ve yerler bisküvi kırıntısı dolu. Biz masaya eğilmiş, kuzular gibi otlarken, kapı açılıyor. Suçüstü yakalanan iki yaramaz, kıpkırmızı oluyor, doğruluyoruz aceleyle.

"Hanımlar, bir arzunuz var mı diye sormaya geldim... aaa ne yaptınız buraya? Ne bu masanın hali?" Dilaver Bey de bizim kadar şaşırmış gözüküyor.

"Kırıldı bisküviler..." diyorum.

"Aman toplayın onları çabuk..."

"Bize birer demli çay mümkün mü, Dilaver Bey?" diye soruyor Zelha.

"Elimden geleni yapacağım Zeliha Hanım, malum bugün pazar, ocak kapalı ama... siz de şurayı temizleyiverin bir zahmet."

"Bize kâğıt peçete gibi bir şey bulabilirseniz..." Lahavle çekiyor adam. Kapıyı kapatıp çıkıyor. Gülme krizine tutuluyoruz Zelha'yla. Çocukken de böyle yapardık. Karnımıza ağrılar girene kadar gülerdik, olur olmaz her şeye. Çantamdan kâğıt mendil çıkartıyorum.

"Sen buraya levazım subayı gibi gelmişsin," diyor Zelha, "o çıkında daha neler var?"

"İki tane de elma var. İster misin?"

"Yok, onları daha sonra yeriz."

Zelha, kâğıt mendillerden birini masanın kenarında tutup, kırıntıları eliyle içine süpürüyor. Bir diğer mendille yerdekileri toparlıyor.

"Hep böyleydin sen, hamarat, titiz."

"Mecburen. İstersen olma, sopa yerdim analarımdan."

"Ben de çok azar işitirdim, ama senin gibi tertipli olamadım, işte."

"İyi ki olamadın. Sen yapmazsan, işini başka biri yapar, toplar eteğini senin için."

"Zelo, söylesene, çok mu boktan biriyim sence? Hiç iyi bir yanım yok mu?"

"Hiş be! O nasıl söz!" Zelha kalkıyor yerinden, yanıma geliyor, diz çöküyor önümde, başımı elleriyle tutup omuzuna yaslıyor. Bir bebek gibi sallıyor beni kollarında.

"Nevo, sen dünyanın en altın kalpli çocuğuydun. Seni tanıdığım o ilk gün var ya, ben ayağımda papuçlarımın üstüne anamın zorla giydirdiği lastik şosonlarımla, en şık giysim zannettiğim yerlere kadar uzanan kadife elbisemle, çiftliğinin dışına ilk kez çıkan bir Kürt kızı... sense saçında kocaman kurdeleler, prensesler gibi kaymakam çocuğu... beni iteleyip kakalayacağını sanmıştım. Anam yol boyu tembih etmişti, sen bana hor davranacak olursan, karşılık vermemem için. Ben horlanacağımı sanarak, korkarak geldim evinize... sen ne yaptın, o gün? Oyuncaklarını, bebeklerini, boyalarını önüme serdin. Her şeyini paylaştın benimle. Beni hiç ezmeden, bildiklerini bana aktardın. O beş yılı birlikte yaşamamış olsaydık, ben bugünkü ben olamayabilirdim. Ne çok şey öğrendim sizin evinizde, yaşama dair."

"Ben de sizlerden çok şey öğrendim."

"Sevgi doluydu yüreğin. Apayrı dünyalardan iki çocuk, birbirimizi yadırgamadan, incitmeden yaşadık onca yıl."

Yine ağlıyorum. Bu kez başka nedenlerle. Bana bilmediğim bir dünyanın kapısını açtığı için minnet duyduğum Zelha'ya benim de bir şeyler vermiş olabilmemin sevincini mi yaşıyorum? Yoksa, beni gerçekten seven bir insanın sıcaklığını mı özlemişim? Uzun zamandır oğlum yanımda değil. Annemi bir yıl önce yitirdim. Babam başka bir şehirde, kardeşim başka bir ülkede yaşıyor. Gerçek sevgiye nasıl susamışım, tanrım! Sevgi arsızı olmuşum, yalnızlıktan. Kopmak istemiyorum Zelha'nın kollarından.

"Zelha," diyorum, bana çocuklarını anlatsana. İsimleri nedir? Neler yapıyorlar? Sana benziyorlar mı?"

"Sadık, en büyükleri... sonra ikizler var. Bir kız, bir oğlan."

"Sadık... dedenin adını vermişin oğluna... nasıl bir çocuk, sana benziyor mu?"

"Küçükken benziyordu. Şimdi babasına benden daha çok benziyor. Uzadı, yakışıklı bir delikanlı oldu, İletişim Fakültesinde okuyor, İzmir'de. "

"İzmir'de mi? Sahi mi söylüyorsun?"

"Evet. Okulda benim kızlık soyadımı kullanıyor... şey olmasın diye. Eksik olmasın hâkim anlayışlı çıktı da değiştirmiş soyadını fazla kurcalamadan... hele şu işler yatışsın, geri alırsın adını demiş amcası, itiraz etmemiş Sadık. Uyumludur, akıllıdır benim oğlum."

"Bak ne düşündüm, babamın adresini verelim ona, telefonunu verelim, arasın. Ara sıra buluşurlar... ona can yoldaşı olur babam, bir şeye ihtiyacı filan olursa... Urla yarım saatlik yol, İzmir'e. Ne dersin?"

"Baban belki istemez Nevo... bir mahkûmun çocuğuyla... yani ne bileyim..."

"Saçmalama! Babamı tanımazmışsın gibi!? Hem sana bir şey söyleyeyim mi, hiç unutmadı babam seni. Ne zaman eskilerden konuşsak, hep senden bahsederiz."

Gözleri parlıyor Zelha'nın. Masanın üzerindeki bloknotu işaret ediyor, "Şuraya babanın adresini ve telefonunu yazsana."

"Hemen yazayım. Çok sevinir. Torununu o kadar özlüyor ki, onun için de çok iyi olur."

"Sahi mi... sahi mi Nevo?" sesi de gözleri gibi buğulu Zelha'nın. O kendini tutmasını biliyor ama, ben sulugözün tekiyim. Ne kadar kolay ağlayabiliyorum. Rimellerim akmış, gözlerime bulaşmış olmalı.

"Karagöz'e benzedim mi?" diye soruyorum arkadaşıma.

"Karagöz benim, unuttun mu?" diyor. Gülmeye başlıyoruz yine.

Dilaver Bey elinde iki bardak çayla geri dönüyor. Aceleyle ayağa kalkıp yerine koşuyor Zelha.

"Hayrola?" diyor Dilaver Bey, biraz endişeli.

"Gözüme bir şey battı. Kirpik herhalde... Zeliha Hanım, eksik olmasın çıkarmaya çalıştı da..."

"Tevekkeli değil, ağlamış gibi kızarmış gözleriniz."

"Geçer şimdi."

"İkişer şeker attım çaylarınıza, hanımlar."

"Sağolasınız," diyoruz bir ağızdan.

"Nasıl gidiyor?"

"İyi."

"Bir sorun yok ya?"

"Hiçbir sorun yok."

Oyalanıyor bir süre odada. Yanında konuşmadığımızı görünce, "Ben uğrarım yine," diyerek çıkıyor dışarı.

"İkizlerin adları ne?" diye soruyorum.

"Daryal ve Helin."

"Ne güzel adlar takmışın çocuklarına. Kızın da senin gibi güzel mi?"

"Ben güzel değilim ki."

"Sen dünyanın en güzel esmerisin."

"Çocukken de esmer meraklısıydın sen! Gözlerin siyah değil diye üzüm üzüm üzülürdün. Kocan esmer miydi bari?"

"Hayır, sarışındır Murat. Cengiz de ona çekmiş."

"Bir resmi var mı yanında Cengiz'in?"

"Olmaz olur mu!"

Çantamdan cüzdanımı, cüzdanımdan da oğlumun resimlerini çıkartıp uzatıyorum arkadaşıma.

"Bak şu resimde üç yaşındaydı... Şu da ilkokula başladığı yıl... okul üniformasıyla."

Vesikalık fotoğrafından, üzerinde eğreti duran lacivert ceketi ve papyon kravatı ile, büyümüş de küçülmüş gibi ciddi ciddi bakıyor Cengiz.

"Bu da son resmi Zelo, babam Urla'da çekmişti yazın."

Zelha, oğlumun, bir sandalda elinde olta ile çekilmiş resmini tetkik ediyor uzun uzun.

"Senden daha açık renkliymiş. Annene de benziyor baksana... hatta babandan da almış."

"Aşkolsun, bana benzetemedin mi?"

"Şu vesikalık resimde sana da benziyor, senin o yaşlarına. Ahh çocuklar!" diyor Zelha, "Çok özlüyorum çocuklarımı. Burada en çok da onları göremediğim için üzülüyorum Nevo..."

"Hiç mi göremiyorsun?"

"Ziyaretime geliyorlar. Ama yetiyor mu diye sorsana."

"Yetmez, bilmez miyim. Ben de Cengiz'imi çok özlüyorum."

Hüpür hüpür çaylarımızı içiyoruz karşılıklı. Çocuklarından ayrı düşmüş analar olarak, paylaştığımız ortak bir duygu var ki, odanın çıplak duvarlarında yankılanan ve sesini ancak ikimizin duyduğu hazin bir müzik gibi, içimizden geçiyor, yüreğimizin tellerine dokunarak.

"Keşke seninkilerin de resimleri olsaydı yanında," diyorum, "nasıl merak ediyorum onları. Acaba arasam... annenizin çok eski bir arkadaşıyım desem... hiç olmazsa kızını mesela... nerede İstanbul'da mı çocuklar?"

"Ahh, Nevo," diyor Zelha. İçini çekiyor, "Söyledim ya Sadık İzmir'de. Kız Ankara'da yatılı okuyor. Daryal da... onu göremezsin sen Zelo., "

"Neden?"

"Daryal uzakta."

"Yurt dışında mı?"

"Uzakta Nevo. O bu işe gönül koydu... onunla pek anlaşamazsın."

"Kızını bulabilirim. Telefon eder konuşurum. İlgilenirim. O da... şey mi?"

"Kızın o taraklarda bezi yok. O, varsa yoksa giyinsin, gezsin, eğlensin. Tam yaşının çocuğu. Eğlenmekten başka bir şey düşündüğünü zannetmiyorum. Sabahtan akşama kadar kulağında kulaklıklar, elleri havada şıkıdım şıkıdım müzik dinlesin, o abuk subuk moda dergilerini karıştırsın. Bizim gibi bu davaya baş koyanlara deliymişiz gibi bakıyor. Bu dünyada güzel güzel yaşayıp, hayatın keyfini çıkarmak varken, nelerle uğraşıyormuşuz. İçimizden böyle bir çocuk nasıl çıktı anlaşılır gibi değil."

"Gençlik şimdi böyle Zelo."

"Kardeşleri de genç, ama böyle deli fişek değiller. Hele Daryal... o tam bir militan. Bir keskin sirke. Başına bir şey gelecek diye çok korkuyorum."

"Şimdi bana kızacaksın ama, sağlıklı olan belki de... neydi adı?"

"Helin."

"Sağlıklı olan Helin'dir. Bu yaşta delilik etmeyecek de ne zaman edecek? On sekiz yaşında silaha sarılsa, kinle dolsa daha mı iyi olurdu?"

"Belki birazcık haklısın. Düşünüyorum da, ben hiç gençliğimi yaşayamadım. Çocukluğumu bile. Sen gittikten sonra, ben birdenbire büyüyüverdim Nevo. Çiftlikteki kadınların arasına karıştım. Git tarlaya hasat kaldır, çık ağaca meyve topla, gir mutfağa patates soy, kocaya gideceksin ev işi öğren, akşamları otur tığ işi yap, çeyizini hazırla. Bazen içimden diyorum ki, acaba Helin iyi mi ediyor böyle yapmakla. Bir gün gelecek, evlenecek, çoluk çocuğa karışacak, hiç vakit bulamayacak dergi bakmaya, şarkı dinlemeye."

"Bırak gençliğini yaşasın kızın."

"Ben bırakıyorum da, Daryal nefes aldırmıyor kardeşine. Okul biter bitmez, köye babaannesinin yanına yollatıyor. Cep telefonuna el koyuyor... Yaman bir oğlan... Tam bir aşiret reisi, mübarek!".

"Daryal ne karışır ki ona? Yaşı ne başı ne? "

"Ağabeyi değil mi?"

"İkiz değil mi bunlar?"

"Olsun! Ağabey sayılır. Bizim oralarda erkek kardeşin sözü emirdir bilirsin."

"Ya kocan? O ne der bu işlere?"

"Kocam şaşkına dönmüş Nevo. Hangi birimizin derdine yetişsin zavallı. İşi başından aşkın, çocuklarıyla uğraşacak vakti yok onun."

"Sadık... o nasıldır? Adını taşıdığı dedesine benzer mi?"

"Benzer. Onun gibi filozoftur. Barıştan yanadır. Sadık bir an önce üniversitesini bitirip bir baltaya sap olmak istiyor. Senin anlayacağın, her telden çalıyor benim çocuklar. Ben de her anne gibi, önce hayırlısıyla kızımı başgöz etmek istiyorum ki..."

"Sorumluluk senden gitsin, öyle değil mi Zelo?"

"Bak şimdi! Neden böyle dedin?"

"Kızları neden hemen evlendirmek ister anaları? Başlarına bir şey gelecek olursa, hesabı analardan babalardan sorulmasın... analar nerede hata yaptık diye vicdan azabı çekmesinler..."

"Hiç de değil."

"Bal gibi de öyle! Bu düşüncemden ne zaman emin oldum biliyor musun?"

"Ne zaman?"

Tam, annem beni evlendirmek için hiç telaşa düşmedi, çünkü benim sorumluluğumu taşımıyordu, diyecektim ki, Zelha'ya annemle babamın boşanmış olduklarını söylemediğimi hatırladım. Yutkundum, sustum. Acaba söyleyeyim mi diye düşündüm, hazır sırası gelmişken. Zelha, benim ailemle ilgili bir mit yaratmıştı kafasında. Erdemli bir baba, güzel bir anne ve iki şeker çocuk... model aile! Hayatım boyunca özlemini çektiğim ailem, parçalanmamış haliyle sadece Zelha'nın belleğinde yaşıyordu. Bir ömür çekmiş olduğum anne ve kardeş hasretine inat, ideal aile hayali, biraz Zelha, ama en çok da kendim için, varsın Zelha'da yaşamayı sürdürsün! Vazgeçtim söylemekten. Zelha benden ses çıkmayınca, ısrar etmedi yanıtlamam için. Son konuşmalarımız beni nasıl kendi aileme, anneme, kardeşime sürüklediyse, onu da herhalde çocuklarına sürüklemişti.

O, hiçbiri bir diğerine benzemeyen çocuklarını; uçarı Helin'ini, keskin sirkeye benzettiği Daryal'ını ve filozof Sadık'ını düşünüp özlerken, ben de Orhan'ı düşündüm.

Kardeşim, annemle babam ayrılınca, kopup gitmişti hayatımdan. On yaş büyüğü olduğum için, çocukken kendimi annesi sandığım bebek kardeşim, ilkokula yeni başlamıştı ayrıldığımızda. Onu sadece yazları babamın yanına yollandığı on beşer günlük tatil sürelerinde görürdüm. İçine kapanık bir çocuktu. Fazla konuşmazdı. Annesinden söz edilmeyen bir evde yaşamak herhalde gererdi onu. Babama uzak dururdu. Oysa, anneden söz etme yasağını babam değil, ben koymuştum. Benim İstanbul'da üniversiteye başladığım ve annemle buluştuğum yıllarda, o yatılı okuldaydı. Daha sonraları da yurtdışındaydı. Pek ender bir araya geldik. Zaman zaman bir kardeşim olduğunu unuttuğum anlar bile oldu. Kendimi hep tek çocukmuşum gibi, yalnız, yapayalnız hissettim ben. Yıllar sonra, annemi kaybedince, cenaze için Amerika'dan geldiğinde buluşabildik ancak.

Annemin çok hızlı ilerleyen hastalığı ve ölümü sarsmıştı kardeşimi. Teşhis konar konmaz, annem haber vermişti oğluna. İşlerini yoluna koyup, Paskalya tatilinde geleceğini yazmıştı Orhan. Çok acı veren ve çok hızlı ilerleyen bir hastalıktan ölüyordu annem. İki ay içinde mum gibi eridi, inceldi, ufaldı, küçücük kaldı. Hiç bitmeyecek sandığım enerjisi, yaşama sevinci, gözlerinin ışığı giderek azaldı, azaldı ve söndü. Ölmedi de sanki, söndü annem. Sevgili oğlu yetişemedi annesine. Hayat boyu ona uzak duran hain kızının kollarından çıktı gitti, son yolculuğuna.

Kardeşime telefon ettim.

"Paskalya tatiline kadar cenazeyi bekletmeme imkân yok, birkaç gün içinde gelebilecek misin?" diye sordum.

"Abla, en kötü kanser türü bile altı ay yaşatıyor insanı. Nasıl bilebilirdim?" dedi, titreyen sesiyle. Haklıydı. Doktorlar dahil kimse ölümün bu kadar hızlı gelebileceğini düşünmemişti.

"Niyetim sana sitem etmek değildi, Orhan... Kusuruma bakma, ben de çok şaşkınım," dedim.

Şaşkındım gerçekten. Perişandım. Teşhis konduktan sonra anneme, kalan ömrü boyunca özen ve yakınlık göstererek, hayat boyu sürdürdüğüm sevimsizliğimi bağışlatmaya çalışacaktım. Annem müsade etmedi buna. Ne oğlunun onu o korkunç haliyle görmesine, ne de benim, çok gecikmiş sevecen evlat numaralarıma izin verdi.

Cenaze töreninde, cami kapısına yakın bir yerde, yegâne cenaze sahipleri olarak yan yana durduk kardeşimle. Babam ilerde, kalabalığın içinde bir yerdeydi. Bizimle birlikte durmak istememişti. Annemin Sökeli kocası üç yıl önce ölmüştü. Orhan'la birlikte gelenlerin teker teker ellerini sıktık, taziye dileklerini kabul ettik. Her ikimiz de hemen hemen hiç kimseyi tanımıyorduk. Bir sürü yaşlı, orta yaşlı ve genç insan, annemin her yaştan ve cinsten dostları, kulüpten oyun arkadaşları, hatta komşuları Nermin Hanım'ın bir de kızı olduğunu, belki de ilk defa öğreniyorlardı.

"Ahh, ne neşeli, ne hayat dolu bir kadındı! Ahh, ne hoş bir hanımefendiydi! Ahh, hâlâ ne kadar güzeldi! Ahh, ne kadar da bakımlıydı! Ahh, ne büyük bir kayıp, hele siz evlatları için. Başınız sağolsun efendim... Allah sabırlar versin efendim... Allah başka acı göstermesin efendim."

Babam, annem toprağa verildikten sonra, akşam otobüsüyle Urla'ya, Orhan'la ben de annemizin evine döndük. Salondaki konsolun üzerinde, Orhan'la yanak yanağa çekilmiş çocukluk resmimiz duruyordu.

"Bunu alabilir miyim abla?" diye sordu kardeşim.

"Orhan, bu evden ne istiyorsan, bana hiç sormadan al."

"Sadece birkaç fotoğraf. Taa Amerika'ya kadar uçakta ne taşıyabilirim ki?"

"Almak istediğin eşyalar olursa, bir yolunu buluruz. Kargo diye bir şey var."

"Sağol abla. Ben sadece resimleri alacağım... Bir de annemin şu yağlı boya tablosunu... ne kadar güzeldi değil mi? Ben onu hep bu tablodaki haliyle hatırlamak isterim. Bu resim yapılırken, ben ayak altında dolaşır, sinirlendirirdim onu... O, piyanonun yanında oturmuş, poz verirdi, ressama... Şu üzerindeki elbise de, daha koyu bir yeşildi, resimdeki gibi değildi..."

Sanki bir başka dil konuşuyordu kardeşim. Benim hiç bilmediğim bir dünyadan söz ediyordu. Annem bir ressama tablosunu yaptırmış. Bilmezdim. Koyu yeşil bir elbisesi varmış. Bilmezdim. Piyano aldırmış demek kocasına.

"Orhan... annem piyano çalar mıydı?"

"Yok canım! Piyano alındıktan sonra bir ara heves etmişti. Bir piyano hocası gelip gitmişti altı ay kadar... Kavafyan mıydı neydi adı... Daha Dün Annemizin Kollarında Uyurken'i çalmayı öğrenebildi, işte o kadar!"

Ben yabancı gibi dolaşıyordum, tamamı bana kalan eşyaların arasında. Hiçbir anımın olmadığı, bana hiçbir şey ifade etmeyen eşyaların.

"Seni kıskanmam mı gerekiyor acaba Orhan," dedim, "bu evde bir dünyan var senin... bense her şeyin tamamen yabancısıyım."

"O zaman ben de seni kıskanayım abla," dedi, "babamın evinde de senin bir dünyan vardı. Benim de üzerine beyaz pike yayılmış bir karyolam, hepsi bu!"

Yüzüm kızararak hatırladım, Orhan ne zaman yatağına uzanmaya kalkışsa, cırlak cırlak bağırırdım, "Ayakkabılarını çıkarmadan uzanamazsın, çabuk in yataktan!" diye.

Birkaç gün annemin evinde başsağlığı ziyaretlerini kabul ettik. Ben sabahları işe gidiyor, misafir nöbetini öğleden sonra devralıyordum kardeşimden. Ben gelince, iyice bunalmış olduğu için biraz dolaşmaya çıkıyordu. Akşam yemeğini annemin evine yakın pizzacıda yiyorduk, ben evime dönüyordum. Dördüncü günün sonunda, Orhan,

"Kalan bir haftamı, Allah'ın günü tanımadığım insanlara kapı açarak ve aynı lafları konuşarak geçirmek istemiyorum. Seninle birkaç günlüğüne bir yere kaçalım mı abla?" diye sordu, "İzin alabilir misin?"

İki kardeş ilk defa baş başa bir yolculuk yapacak ve birbirimizle yakınlaşma imkânı bulacaktık.

"Bu izni alacağım. Doğum izni varsa, ölüm izni de olmalı, öyle değil mi!" dedim.

Arabama atlayıp Kapadokya'ya gittik. Yol boyunca hiç konuşmadık. İlk bir iki saat, ne konuşacağımı bilemediğim, kanımdan canımdan olan bu yabancının yanında otururken, bu yolculuğa çıktığıma pişman oldum. Nasıl geçecekti önümdeki dört uzun gün?

Kapadokya'ya yaklaştıkça, bölgenin dünya ötesi yapısı her ikimizi de büyülemeye başladı. Hafif hafif kar atıştırıyordu ve doğanın şekillendirdiği peribacalarıyla donanmış araziyi bir uzay ülkesine dönüştürüyordu. Sanki bu gezegende değil, başka bir yıldızdaydık. Sanki bulunduğumuz bu yeni ortamda, anlaşmak için, sese ve söze ihtiyacımız yoktu. Tanrı, gökten inmiş, arabamızın arka koltuğuna kurulmuş, kardeşimle benim aramda konuşmadan anlaşmamızı sağlayan bir sistem kurmuştu. Sessizliğimizin içinde biz konuşuyorduk. Biz anlaşıyorduk. Biz bunca yıllık sevgisizliğimizi bitirmeye karar veriyorduk. Biz anamızı babamızı suçlamanın saçma olduğunda hemfikir oluyorduk. Hayat böyleydi işte, tuhaf bir şeydi... O nedenle bağışlıyorduk, hem birbirimizi, hem onları. Biz, iki kardeş olarak varken, kendimizi yalnız, yapayalnız hissetmenin çok saçma olduğunu anlıyorduk sonunda. Uzaklarda da olsak, bambaşka ülkelerde de, biz birbirimiz için vardık. Biz kardeştik.

Avanos'ta Kızılırmağın kıyısında bir otele yerleştik. Gezilecek görülecek onca güzellik bizi beklerken, dünyanın ender doğa harikalarının bulunduğu muhteşem bir bölgeye gelmişken, ne yaptık biz? Otelin barında birer tabureye tüneyip, şarabımızı içerek konuşmaya başladık. Yılların suskunluğunu unutturmak istercesine, her ikimiz de hayatımızın en ince ayrıntısına girerek rapor verdik birbirimize. Arzularımızı, hayal kırıklıklarımızı, ilk ve son aşklarımızı, işimizi, eşimizi, çocuklarımızı, ne var ne yoksa yaşamımızda hepsini, her birini konuştuk. Annemle babamın boşanmasına kadar olan yaşamımıza ve boşanmanın üzerimizdeki tahribatına hiç girmedik. Onu arabada yol boyunca halletmiştik. Sessizce!

İstanbul'a dönerken bir kardeşim vardı benim. Orhan'ım vardı.

Kolumdaki saate bakıyorum, öğlen olmuş ve ben daha röportajla ilgili tek cümle alamamışım Zeliha Bora'dan.

"Ne o? Vaktin mi daraldı?" diye soruyor Zelha.

"Yok, daha epeyi vaktim var."

"İyi. Senin bana röportaj için sormak istediklerin vardır, herhalde. Onlara da zaman kalsın değil mi ama?"

"Sormak istediğim bir şey var ama... sen söylediğinden beri aklıma takıldı..."

"Sor haydi."

"Kader Ana'yı bize dedem yolladı, dedindi?"

"Annen erken doğum yaptı diye... ölmüştü ya bebek."

"Tamam da niye aşiretten biri yollandı? Sizin kadınlar dışarda çalışmazlardı hiç."

"Dedem istemiş işte, gönül borcu var diye kaymakama, Cengiz yüzünden."

"Ne olmuştu ki Cengiz'e?"

"Kaybolmuştu."

"Nasıl kaybolmuştu?"

"Boş ver... uzun hikâye."

"Zelha, o yıllarda faili meçhuller henüz başlamamıştı. Niye kaybolmuştu acaba?"

"Bir örgütlenme çoktaan başlamış o yıllarda ama, kimsenin haberi olmamış, Nevo."

"Aaa!"

"Yayın yasağı varmış. Dedem bana olup bitenleri anlattığında dahi, sokaktaki adamın haberi yoktu pek çok şeyden."

"Ne zaman anlattı bunları sana?"

"Alişan'dan ayrılıp çiftliğe döndükten sonra, dedemin yanında kalıyordum demiştim ya, o sıralar, geceler uzar da uzar bitmek bilmezdi. Beni de uyku tutmazdı. Hayalet gibi dolaşırdım evin içinde. Dedem de öksürük nöbetlerinden uyuyamazdı. Benim ayak sesimi duydu muydu, kalkar yatağından, yanıma gelirdi. Sofadaki sobayı tutuşturur, üzerine demliği koyardı. Mangalı korlardı. Sedirin üzerinde konuşa konuşa, bir çay ben, bir sigara o, sabahı ederdik. İşte o gecelerin birinde dinlemiştim bu hikâyeyi. Zaten her gece bir başka hikâye anlatırdı dedem. Taa Çaldıran Seferi'nden başlayıp, Dersim olaylarına, Konya'ya sürgüne gönderilmelerinden tut, Cengiz'in kayboluşuna kadar, teker teker nerdeyse ezber ettirdiydi bana, Kürtgillerde ne olmuş ne bitmişse."

Her ikimizde gülmeye başladık.

"Neler olup bitmiş Kürtgillerde, sen de bana anlat, haydi," dedim.

"Sabrın var mı?"

"Sabrım da var, merakım da."

"Ayrıntılıdır dedemin anıları, bilirsin."

"Bilmez miyim?"

Çocukluğumun çiftlikte geçen hafta sonlarında, dede anılarını masallar, destanlar, maniler ve türkülerle süsleyerek, defalarca aktarmıştı torunlarıyla bana. Sevdaya dair öyküleri biz kızlar, vurdulu kırdılı savaş destanlarını yaşıtımız oğlanlar, nefesimizi tutar, ilgiyle dinlerdik. Bu öykülerde gizli, bizi yüzyıllardır hem birlikte tutan hem de karşı karşıya getiren nedenler ise, heder olur giderdi. Anlattıklarını değerlendirebilecek yaşta değildik, ne yazık ki. Zelha, şimdi bana dedesinin yüzyılların ötesinden hortlayan öykülerini aktarırken, bizi birbirimize kenetleyebilecek ipuçları bulabilme umuduyla, can kulağı ile dinliyorum onu, içim titreyerek.

DEDE

Uzun beyaz entarisinin üzerine geçirdiği gri örgü yeleği, bembeyaz sakalı, sigaradan çatallaşmış sesiyle gözümün önünde beliriyor dede. Önce bir bacağını altına alıp sedire kuruluyor, Erzurum işi gümüş tabakasından sigarasını çıkarıp Eskişehir taşı ağızlığına takıyor, mangalın korunda bir süre tutup, tüttürerek ateşliyor sigarasını, derin bir nefes çekiyor, sonra rengi solmuş, feri kaçmış kirpiksiz gözlerini pencereye dikip uzun uzun ufka bakıyor. Bir sinema oynuyor sanki baktığı yerde. Çocukluğu, gençliği, orta yaşı, sevdaları, acıları, kavgaları hatta doğum öncesi ve ölüm sonrası... duydukları, dinledikleri, o güne dek yaşadıkları hatta ölümden sonra da tadacaklarıyla birlikte her ama her şey ufka gerilmiş bir perdede akmakta.

"Bizim aşiret, Osmanlı'dan beri devletine bağlıdır, bunu iyi bilesin, canım ciğerim Zelha kızım, taa Malazgirt savaşına dayanır Türklerle beraberliğimiz. Bizanslılara karşı, omuz omuza savaşmışız diye anlatırdı, benim büyük dedem. Van Gölü'nün kıyısında, Selçuklulara bağlı bir eyalet olmuşuz bir ara, ama aramızda toparlanıp, bir devlet kuramamışız. Gelen ezmiş, giden ezmiş bizleri. Moğolunu mu istersin, Safevisini mi, Akkoyunlusunu mu, Osmanlısını mı... hepsi emdiğimiz sütü burnumuzdan getirmiş. Neden dersen, aşiretler aramızda birleşip, bize eza edenleri tepeleyememişiz de ondan. Sürekli sen-ben kavgasına düşmüşüz. Birbirimizle itişmekten, dalaşmaktan, bir bütün olamamışız. Nasıl olalım ki, kimimiz Sünni, kimimiz Şii, kimimiz Alevi. Hiçbir Kürt beyi bir diğerinin öne çıkmasına, parlamasına aman vermemiş. Oradan oraya savrulmuş, kâh Acem'den kâh Osmanlı'dan yana olmuşuz. Derken, Sultan Selim, Çaldıran'da Şah İsmil'i yenince, yirmi beş adet Kürt beyliği fikir birliği edip, selameti Osmanlı'ya bağlanmakta görmüş. Birine kul olacaksak, aynı peygambere inanana, aynı mezhepten olana kul oluruz diye düşünmüşler, zahir. Bir de mektup yollamışlar Yavuz Sultan Selim Han'a. Aynen şöyle yazmışlar.

'*...Can ü gönülden İslam Sultanına biyat eyledik... İslam Sultanının namı ile şeref bulduk ve hutbelerden dört halifenin ismini yada başladık... Cihada gayret gösterdik ve İslam Padişahının yollarını belledik... Mevlâna İdris-i Bitlisli'yi makamınıza gönderdik ki, hepimiz arzusunu niyaz eylesin: Bu muhlis ve size itaad eden bendelere yardım edesiniz. Bizim beldelerimiz Kızılbaş diyarına yakındır, komşudur ve hatta karışıktır. Nice yıldır bu mülhidler, bizim evlerimizi yakmış ve bizimle savaşmışlardır... Bizleri o zalimlerin zulmünden kurtarmayı merhametinizden bekliyoruz. Sizin inayetiniz olmasa, bir kendi başımıza bunlara karşı çıkamayız. Zira Kürtler, ayrı ayrı kabile ve aşiret tarzında yaşamaktadırlar. Sadece Allah'ı bilip Muhammed ümme-*

ti olduğumuzda ittifak halindeyiz. Diğer hususlarda birbirimize uymamız mümkün değildir...”

Bu mektup iyi mi olmuştur kötü mü, bunu iyice düşünmek lazımdır, kızım. Sünni Kürtlerin Osmanlı'dan yana olmaları, göbek bağlarını bir saymalarındandır, ama bu mektup, Kürtlerin birbirlerinden iyice kopmalarına sebep olmuştur. Çünkü, Sultan Selim Han bu mektubu fırsat bilerek, şikâyetçi Sünni Kürtleri, Şii ve Alevi ateşinden korumak için, Doğu Anadolu topraklarında yaşayan Kızılbaş'ların üzerine yürümüş. Gözünün yaşına bakmadan kesmiş, doğramış hepsini. Şii mezhepli Acemlere de gözdağı vermiş böylece. Bu kıyımla büsbütün birbirine düşmüş mü Kürtler! Aynı soydan gelen insanlar birbirinin düşmanı olmuş mu! Ne diyelim, kendi düşen ağlamaz, kızım. Şunu iyi belle ki Zelha, insanların başına gelen belaların çoğu, din yüzündendir. Yaşlandıkça daha çok düşünür oldum, din ve mezhep ayrılıkları olmasa, insanlar dalaşmadan, savaşmadan, dostça yaşarlar mıydı dünya yüzünde, diye. Kanaatim şu ki, yaşarlardı. Haa, bir şey daha söyleyeyim sana, unutmadan... mezhep ayrılığı yetmezmiş gibi, bir de sınırlarla bölünmesi vardır halkımızın. Dördüncü Murat Han, Bağdat'ı alınca, Kasr-ı Şirin anlaşmasıyla Kürtlerin yaşadıkları topraklarının bir kısmı Osmanlı'da bir kısmı da Acemistan'da kalmak üzere, bölündü mü ikiye... Canım ciğerim Zelha, işte bu savaş bizim soydaşlarımızdan, bu sefer de resmi sınırlarla ayrılmamıza sebep olmuştur.”

Zelha'yı dinlerken, kulağımda dededen öğrenip bir ağızdan söylediğimiz destanların bitmez tükenmez nakaratları çınlıyor. Hafif hafif mırıldanıyorum, “Sıcak, sıcak, sıcak, sıcak..” Kozanoğlu'nun üstüne yürüyen Kürt beyi Sürmeli Mehmet Paşa'nın, Kozanoğlu'nu yendikten sonra ejderha ile savaşmasını anlatan destanın namesi... Zelha da katılıyor bana... derken, Van Gölü ve çevresinin güzelliklerini anlatan türkülerin nakaratları... kollarımız karşılıklı havaya kalkıyor, ellerimiz sağa sola gidip gelirken, oturduğumuz yerde ağır ağır sallanıyoruz. Kürtçe bilgim, destan ve türkü sözleriyle, yılları aşarak belleğime dönüyor kelime kelime. Hayret otuz küsur yıl geçmiş, hâlâ unutmamışım şarkıları. Zelha şarkıyı bitirip, yine dedenin ağzından anlatmaya devam ediyor. Oysa ben çocukluğumun Sarıcadam'ında kalmışım. Düğünlerde çalan davul zurna sesi kulağımda, halay çeken köylülerin arasında hoplayıp zıplıyorum, Hıdrellez ateşlerinin üzerinden atlıyorum, çiftliğin çocuklarıyla. Gül fidanlarını eşeleyip, diplerine Hıdır Aleyhisselam'a ısmarladığımız istek kâğıtlarını gömüyoruz güneş battıktan sonra. Genç kızlar, sevdiklerinin adlarını yazıyorlar kâğıtlara, büyüklere yakalanmamak için, biz çocuklara gömdürüyorlar. Elimde bir kaşık, bileğime kadar çamura batmış, bana verilen kâğıdı gömerken, yakamdan çekip kaldırıyor beni, Cevahir Ana'nın güçlü elleri. Zelha anasının geldiğini görüp, tüymüş çoktan.

"Ne gömdün kız, fidanın dibine, bacak kadar boyunla?"

"Hiiiç."

Cevahir Ana elleriyle eşeliyor toprağı. Az önce gömdüğüm kâğıt parçasını bulup çıkarıyor.

"Bu ne?"

"Dileğimi gömdüm Cevahir Ana."

"Ne dileğin varmış ki bu yaşta, lo?"

"Var işte."

Uzatıyor bana kağıdı, "Oku!"

Hediye'nin sevdiğinin adını nasıl söylerim. Kâğıt elimde bön bön bakıyorum karşımda duran ve benden yanıt bekleyen iri yarı kadının yüzüne.

"Sen okumazsan, başkasına okuturum." Elini uzatıyor almak için kağıdı.

"Bisiklet... bisiklet, bisiklet."

"Ne?"

"Hani var ya Cevahir Ana, tekerlekli hani... oğlanlar biniyor ilçede. İşte ondan istedim."

"Kızlar biner mi hiç, o şeye!"

"Biner... yani babam almıyor bana... istiyorum ama almıyor. Ben de yazdım işte... bu gece ne istersen yaz gülün altına göm, mutlaka olur, dedilerdi."

"Olmayacak duaya amin denmez! Yürü git yatağına yat !"

Kağıdı bumburuşuk edip, cebime sokuyorum. Göstereceğim ben o hınzır Zelo'ya, insan arkadaşına bir haber eder, kaçarken... Eve koşuyorum, Hediye kapı dibinde beni bekliyor, kıpkırmızı olmuş yüzü heyecandan.

"Cevahir Ana'ya kâğıdı okudun mu?" diye soruyor.

"Okumadım." Çamurlu kâğıdı cebimden çıkartıp uzatıyorum Hediye'ye. Sarılıp öpüyor beni yanaklarımdan. "Gece geç vakit yine denerim, xwa (abla)."

"Yok, artık olmaz. Haydi git yat!"

Hediye'nin dileği yerine gelmeyecek mi şimdi, benim yüzümden? Yaşlar birikiyor gözlerime.

"Herkes uykudayken gömerim."

Başımı okşuyor Hediye, "Sibe, sibe... haydi git yat."

Kulaklarımı yeniden Zelha'ya verdiğimde, Botan Emiri Bedirhan Bey'in isyanına gelmişiz.

"Bedirhan Bey sayesinde şöyle bir silkinip kendilerine geldiler Kürtler. İlk kez, ben sen demeyip, toparlandılar, birlik oldular ve seslerini duyurdular kızcağızım. Vee ne yaptılar? Nasturilerin canına okudular! Neden böyle oldu dersen, bak anlatayım sana canım ciğerim Zelha'm."

Sedirde bir ayağını altına almış oturmakta olan dedenin mangala uzanıp ateşi korladığını görür gibi oluyorum. Bir an, alevin yalazında, tunç rengi oluveriyor çizgilerle dolu yaşlı yüzü. Nefesleniyor, boğazını temizleyip sürdürüyor konuşmasını. Gemi azıya almaya görsün bir kere, susturmak mümkün olmazdı artık onu.

"Tanzimat Fermanı'ndan sonra gavur fesadı girdi Kürt'le Osmanlı'nın arasına... Bak bak bak lafıma dikkat et Zelo, Kürt'le Türk'ün arasına demiyorum. Çünkü gülüm, Osmanlı'nın zamanında, Türk'ün de Kürt'ten bir farkı yoktu. O da ezilen, horlanan bir halktı. Aslında, Türk'ü, Kürt'ü, Ermeni'si, Nasturi'si, Keldani'si, Süryani'si, Rum'uyla ne kadar köylü varsa Anadolu'da yaşayan, hepsinin kâbusuydu Osmanlı. Ne demişler, ***ekmede yok, biçmede yok, yemede ortak Osmanlı!*** Gel gör ki, gavur halklar Ferman'dan sonra güçlenip, bitleri kanlanmaya ve Osmanlı'ya kök söktürmeye başlayınca kıymete binmiştir Türkler'le Kürtler Saray'ın gözünde, Müslüman oldukları için."

Dede tekrar nefesleniyor, boğazını temizliyor, bir yandan da çubuğunu tüttürüyor anlatırken, "Ne diyordum kızım... Tanzimat Fermanı'yla gavurlar birtakım haklar elde ettiler, arkalarını da dayadılardı İngiliz ve Amerikan gavuruna, memleketin içinde ellerini kollarını sallaya sallaya gezinir oldulardı. Osmanlı bu işten hiç hoşnut değildi, ama eli kolu bağlıydı. Çünkü memuruna maaş bile ödeyemez hale gelmiş, Avrupa'nın büyük bankalarından faizle borç almıştı. Borç faizinin üstüne, faiz binmişti! Daha çok borç, daha çok faiz... Ha borç, ha faiz, ha borç ha faiz, gırtlağına kadar borca batmıştı. Olmuş muydu gavurun elinde oyuncak! Oturmuş ya gavurun kucağına, artık gavur ne derse onu yapacaktı, çaresiz! Gavur da babasının bahçesinde gezer gibi geziyordu, Osmanlı mülkünde. Amerikan misyonerleri bizim tepelere nah böyle koca koca taş binaları dikip dikip duruyorlardı. Neymiş? Okul yapıyorlarmış. Anadolu'da Amerikalı çocuk mu var, bu okullara gidecek? Yoo! Bizim çocuklarımızı okullara doldurup, kendilerine yandaş eğleyecekler, küçük yaşta kafalarını çelerek. Bak Zelha, iyi dinle kızım, bu da yetmedi, Anadolu'ya doluşan ve kendilerine misyoner diyen bu herifler, Nasturileri başımıza çıkarttılar. Zaten Tanzimat Fermanı ile, iyice şımarmış olan Nasturiler, nerdeyse kendilerine bir devlet kuracaklardı. Kim ne devleti kuruyor, bu topraklarda? Bu topraklar sadece onların mı? Müslümanı, gavuru hep birlikte karışmış, alışmış, yaşayıp durmaktayız. Ama gavur fesadı araya girince, İngiliz misyonerleri de bunları Müslümanlara karşı kışkırtınca, Nasturiler mirlere vergilerini ödemez oldular. Mir, halktan kendi vergisini toplayamaz ise, Osmanlı'ya olan vergisini nasıl ödesin, öyle değil mi ama? İşte meşhur Bedirhan Bey Mir, o esnada mutesellim. Yani vergileri o topluyor, alacağını alıp, kalanını devlete vergi diye ödüyor. Nasturilere diş bileyen Kürt aşiretlerini topluyor etrafına, çanlarına ot tıkıyor. Şiilerin kafasını bir gecede kestiriveren Yavuz Sultan Selim misali, haklarından geliyor, Nasturilerin. Kimi altı bin Nasturi öldürdü der, kimi on bin. Bu işe Osmanlı da için için sevindi sevinmesine ama, o sırada dediğim gibi, Osmanlı borca batmış, inim inim inlemekteydi. Direnecek gücü kalmamış, koynunda beslediği yılana, Mısırlı İbrahim Paşa'ya bile yenilmişti orduları. İngilizler'le Fransızlar da bastırıyorlar, Nasturiler'e kan kusturan bu Bedirhan'ın çaresine bak, yoksa biz senin çarene bakacağız diye. Osmanlı da can havliyle tepeledi Bedirhan'ı. Nasturi'ye bayıldığından değil, çaresizliğinden yürüdü Bedirhan'ın üzerine... Sen sana söylenenlere inanma kızım, bu işler benim sana anlattığım gibi oldu. Osmanlılar Bedirhan Bey Mir'in çanına ot tıkadı ama, Bedirhan'ın da Kürtleri bir araya toplamış olması hiç unutulmadı bir daha. Bu birleşme, Kürtlerin arasında bir kıvılcım olup, oradan oraya sıçradı durdu zaman içinde. İyi oldu gülüm, iyi oldu. Görüldü ki, gerektiğinde Kürtler de birleşip, kenetlenebiliyorlarmış birbirlerine."

Zelha'nın sözünü kesip, "İlahi dede, buna inandıysa, saflık etmiş biraz, insan insanın kurdudur," diyorum, "Anadolu toprağının huyundan mıdır, suyundan mı, insanı pek bir geçimsiz olur. Uzlaşmayı bilemez. Bedirhan'a rağmen, bir türlü birleşemeyen Kürt beylerinin, on altı ayrı devlet kuran Türklerden bir farkı var mı? Hangi kavim, bağrından on altı ayrı devlet çıkartabilmiş şu koca dünyanın üzerinde? Ortaokuldayken say say bitmeyen Türk beylikleri, tarih sınavlarımın kâbusuydu. Dulkadiroğulları, Ramazanoğulları, Germiyanoğulları, o oğulları, bu oğulları, Akkoyunlular, Karakoyunlular... aman be, bölünüp bölünüp birbirinizle savaşacağınıza, birlik olsaydınız da, derdim öğrenciyken, ben de sizin her birinizi ayrı ayrı ezberlemek zorunda kalmasaydım. Siz Kürtler de farklı değilsiniz. Hâlâ birbirlerini yemekte sizin aşiretler."

Zelha beni, Kürtlerin bir türlü devlet kuramamasında Türklerin de suçu olduğuna iknaya çalışıyor. Önemsediği ve sevdiği insanların tesiri altında kalan, iyi yürekli ve saf arkadaşımı itiraz etmeden dinliyorum. Bir farkımız da bu, Zelha ile. Koskoca bir imparatorluk artığı olmanın genlerime işlemişliğinden olabilir mi, hoşgörüm? Başımıza gelen felaketlerde başkalarını suçlamayı hiç bilmedik biz. Türk beyliklerinin birbirini yemesinin ve hepsinin de silinip gitmiş olmasının vebalini örneğin, başkalarının üzerine yıkmak hiç gelmedi aklıma. Ama, çocuklarının suçunu örtbas etmeye çalışan bir ana gibi, Kürtler için hayıflanmak da bana düştü hep. Nasıl ve neden öyle koşullandırılmışsam, dedenin anlatısını dinlerken, Kürtlerin çektiklerinde tek suçlu bizmişiz gibi bir duyguya kapılıp, rahatsız oldum. Oysa mirlerin hiç mi suçu yoktu, Kürt halkının inim inim inlemesinde. Ben payıma düşeni yükleniyorum; Kanuni Sultan Süleyman'ın, hangi akla uyup da işlenen toprakları adil biçimde köylülere bölüştüren **'dirlik düzeni'**'ni, **'kesim düzeni'**'ne çevirmesini, kıyasıya eleştiriyorum, mesela! Düzen değişip de köylünün alın terinin karşılığı, devlete ödeme yapacak olan kesimcilerin insafına bırakılınca, canına okunmuş köylünün. Ama, çoğunlukla Kürt ağaları olan mültezimlerin, yani kesimcilerin, devlete ödemeleri gereken parayı tefecilerden yüksek faizlerle alıp, sonra zavallı köylüden kat kat fazlasıyla çıkarmaları da mı, Türklerin suçu?

Lafını kesip, söyleyemiyorum Zelha'ya; ne Osmanlı kanunları, ne Tanzimat Fermanı ne de Cumhuriyet yasaları, devleti sarmış hırsız ve rüşvetçi memurlarla, yılların içinde, ağa'ya dönüşen mir'lere, şeyhlere, şıhlara işleyememiştir bir türlü, diye. İster Kürt ister Türk olsun, çalışanları sömürmeye alışmış bu kişilerin eli, hep yoksul köylünün gırtlağına dolanık kalmıştır. Cumhuriyetin ilk yıllarında yapılmaya çalışılan Toprak Reformu'na da karşı çıkmışlardır Türk ve Kürt ağalar. Otuz küsur yılın hasretinden sonraki ilk buluşmamızda, diyemiyorum arkadaşıma, Kürt halkını sömürenin, Türk'den çok kendi mirleri, ağaları, aşiret reisleri olduğunu. Susuyorum. O ise aynı heyecanla anlatıp duruyor. İçim köpürüyor, ama kesmeyeceğim sözünü. Ben sana tüm bunları sormadım ki, ne anlatıp duruyorsun, demeyeceğim. O kadar özlemişim ki Zelha'nın sesini, varsın anlatsın. Keşke geceyarısına dek, hatta günlerce, gecelerce anlatsa, ben de karşısında oturup onu dinlesem. Uzun süre kimse ayırmasa bizi.

Derin düşüncelere dalarak sus pus oturup, pek konuşmadığımız bir sigara molasından sonra;

"Dedem bana Hamidiye Alayları'nı da anlattı Nevo, dinle bak," diye tekrar başlıyor Zelha anlatmaya.

"Hamidiye Alayları'nı ben de biliyorum Zelo'm."

"Kürtleri bölmek için kurulduklarını biliyor muydun?"

"Sevgili Zelo'cuğum, sen Kürtleri kazanmak, gönüllerini almak için kurulan bu alaylarda, Kürt beylerinin armağanlar ve madalyalarla onurlandırıldıklarını, aşiret ağalarının çocuklarını İstanbul'da özel eğitime yolladıklarını ve durumlarından da çok hoşnut oldukları için, Abdülhamid'e **'Bavi Kürdistan'** (Kürdistan'ın babası) dediklerini biliyor muydun?"

"Sırtlarını Saray'a dayamış Hamidiye paşalarının yaptığı eziyetleri de, sen biliyor muydun?"

"Hamidiye paşaları Kürt değil miydiler?"

"Evet ama parayla, unvanla satın alınmışlardı. Ermeni tebaasına güvenemez olunca, Ermenilerin üzerine sadık tebaası Kürtleri saldı, Osmanlı. Techir ya da tacizle kaçırttığı Ermenilerden boşalan topraklara ve evlere de Kürtleri yerleştirdi."

Bütün iyi niyetime rağmen, sonunda taşıyor bardağım.

"Zelo, bunca yıl sonra seni yeniden buldum. Buradan seninle dalaşarak değil anlaşarak çıkmak için elimden geleni yapıyorum, ama gözünü seveyim çocuk gibi konuşma. Abdülhamid, Kürtlerden ordu kurmuş, Türkler suçlu. Orduların başına Kürt beylerini paşa tayin etmiş, Türkler suçlu. Onlara armağanlar, rütbeler, madalyalar vermiş yine Türkler suçlu. Hatta şimdi söyletme beni, Ermeni topraklarını peşkeş çeken Osmanlı değildir. İkiyüzlü İngiliz, üstünde birlikte yaşadığınız toprakları, kendi malıymış gibi hem Ermenilere hem Kürtlere söz vermiş aynı anda. Ermenilerle birbirinizi yemişsiniz, bu da Türklerin suçu olmuş! Ermenilerden boşalan yerlere güle oynaya konaklayan Kürtlerin vebali de Türklerde... Biz savaş suçları gündeme geldi miydi, bunların lafını dahi etmeyiz, ilkokul çocuğu gibi, öğretmene parmağımızla Kürtleri işaret etmeyiz gizli gizli, çünkü sizi hiç ayrım yapmadan, kendimizden sayarız."

"Nevo, şimdi bilmezliğe gelip, tepemin tasını attırma, Kürtlerin Ermenilere saldırtılması bir Abdülhamid oyunudur."

"Olabilir canım. Ben tarihçi değilim. Bu konuya açıklık getirmek için yüzlerce belge incelemek lazım. Ama tut ki öyle; Kürtlerde hiç mi insaf yoktu? Biz kıyım yapmayacağız diyememişler mi? Gel biz tarihi bırakıp, bugüne dönelim. Bugün her iki halkın da mutluluğu için ne yapılabilir ona bakalım."

"Bugüne döndüğümüz zaman da aynı şey olacak Nevo. Sen hiçbir suçlamayı kabul etmeyeceksin."

"İlla bir tarafın suçlu olması mı lazım? Her ikimiz de yanlış yaptığımızı kabul edemez miyiz?"

"Dilimizi konuşturmayan, şarkımızı çaldırmayan, türkümüzü söyletmeyen, adımızı koydurmayan kimdi?"

"Tilki dükkânına döner gibi, dönüp dolaşıp yine aynı yere mi geldik, kız? Sabah da söyledim ya, bunları yapan bizdik. Suç bizdeydi. Tamam mı?"

"Tamam"

"Geç de olsa hatalarımızı düzeltme yoluna gitmedik mi?"

"Avrupa Birliği baskısı yüzünden."

"Olabilir. Sen neticeye bak. Bu konuyu daha önce konuştuk Zelo. Hem madem öyle, o zaman benim de sana bir sorum var."

"Sor bakalım."

"Bütün istediklerini yaptığımız halde, Avrupa Birliği bizi hâlâ istemiyor. Sence neden?"

"Samimiyetinize inanmıyor da ondan."

"Sadece ondan mı?"

"Eğitimsiz ve Müslüman kitleden korkuyor."

"Samimiyetine inanmadığı bu eğitimsiz ve Müslüman kitle... dokuz, on çocuk doğuran kadınlar, kızlarını okula yollamayan, töre cinayetlerinde kıtır kıtır kesen babalar, ortaçağı yaşamakta direnen şeyhler, şıhlar, aşiret reisleri, çalışmayan, vergi vermeyen, su, elektrik parası ödemeyen insanlar, çeteler, kadın-erkek eşitliğine inanmayan, bilgiye sırt çeviren yığınlar... Gözünü seveyim Zelha, bana bunları da Abdülhamid yaptı deme. Avrupa Birliği'nin bizi istememesinde size hiç mi pay düşmüyor? Biz sizi suçluyor muyuz bu yüzden?"

"Bizim ortaçağda kalmamızda sizin suçunuz yok, öyle mi?"

"Var. Kürt halkının cahil kalmasında, kinle dolmasında Türk Devleti'nin payı yok, kimse diyemez.. Ama sizlerin inadını kırmak kolay mı?"

"Bak Nevo, yine siz-biz olduk, gördün mü?"

"Sen demin bana AB **sizin** samimiyetinize inanmıyor dedin. O ayırımı ben değil sen yapıyorsun."

"Nelere dikkat etmişsin."

"Ettim elbette. Samimiyetimize inanmıyor diyebilirdin."

"Ben, Türkiye Cumhuriyeti'ni kastettim."

"Sen de Türkiye Cumhuriyeti'nin bir ferdisin."

"İkinci sınıf ferdi."

"Meclise milletvekili olarak girdin Zelo, insaf et."

"Ama kapısında tutuklanıp içeri atıldım."

Susuyorum çaresiz. Bu son söylediğine verecek cevabım yok. Biz hep ölçüyü kaçırırız. İfratla tefrik arasında gider geliriz. Haklıyken haksız durumuna düşeriz. Gözlerimi kaçırıyorum Zelha'dan. Başımın eğik, boynumun bükük kalması yumuşatıyor Zelha'yı.

"Neyse, üzülme. Hiç olmazsa fail-i meçhule kurban gitmedim amcaoğlum gibi," diyor Zelha.

Yine o amcaoğlu meselesi... Hem konuyu değiştirerek gerilen havayı yumuşatmak hem de babamın bu işle alakasını öğrenmek için, "Zelo, babamla bu senin amcaoğlunun arasında ne geçmiş, anlatsana bana da," diyorum.

"Anlatayım, ama benim de bildiğim, dedemin bana aktardığı kadar. Onun yalancısıyım yani."

"Dede bu konuda sana ne söylediyse, hepsini anlat bana. Lütfen Zelo. Kafama fena takıldı bu mesele. Babamın sizin aşiretle ilişkisinin ardında ne vardı, öğrenmek istiyorum."

"Nereden çıktı bu merak, şimdi?"

"Sabahtan beri konuşup duruyoruz ya... bazı ipuçları yakalar gibi oldum, Zelo. Babam neden sizin aşirette çok itibar görürdü? Bunu öğrenebilirsem, hayatım boyunca kafamı kurcalamış pek çok şeyin yanıtını bulacağım gibime geliyor..."

"Allah allah!"

"Lütfen Zelo, ne biliyorsan anlat bana. Lütfen."

"Madem ısrar ediyorsun, kelimesi kelimesine anlatacağım."

"İzin verirsen anlatacaklarını kaydedebilir miyim?"

"Et elbette, belki bir gün romanını yazarsın."

"Ben romancı değilim."

"Bu işler hiç belli olmaz," diyor Zelha, "ben de politikacı değildim. Bak halime!"

Çantamı karıştırıp içinden ses kayıt aletimi çıkardım, pillerini kontrol edip kayıt düğmesine bastım, Zelha'nın önüne doğru ittim. Zelha'nın olayları, tıpkı dedesi gibi, en baştan başlayarak, sırasıyla anlatacağını biliyorum. Çocukken de severdi anlatmayı. Öykülerini, sesinin tonunu inceltip kalınlaştırarak, kişileri taklit ederek ve kendi ağızlarıyla konuşturarak, nakleder, adeta büyülerdi dinleyenleri. Şimdi de belli ki uzun sürecek anlatacakları. Varsın sürsün, babamın hep en yoksul, en ilkel ilçelere atanmasının, vali olamamasının ve annemle boşanmasına neden olan başarısızlığının sebebini öğrenebilmek için sabırlı olmalıyım. Zelha, gözlerini bir noktaya dikmiş, az sonra sahneye çıkacak oyuncu gibi, söyleyeceklerine odaklıyor kendini, rolüne hazırlanıyor.

"'Ben yirmi yaşında var yoktum. Cemal Fehmi'yi kucağıma alalı henüz bir ay olmuştu.' diye başladı dedem anlatmaya, 'Hüseyin hâlâ anasının memesindeydi. Ama yaşını doldurmuş olmalı ki, bir yerlere tutuna tutuna yürüyebiliyordu. Allahı'mıza şükür bir şikâyetimiz yoktu halimizden. Huzurluyduk. Tarlamızı sürüyor, hayvanımızı güdüyor, yaşayıp gidiyorduk. Günlerden bir gün bomba gibi düştü haber evimize. İşkan Kanunu çıkmış dediler, Konya'ya sürülüyoruz. Bu kaçıncı sürgün kızcağızım. Rus orduları Van'a girdiğinde, taa 1915'te, Ruslardan kaçarak inmişiz zaten bu topraklara. Geride bırakmışız bereketli bağları bahçeleri, dumanlı dağları, serin suları, burada yeniden bir düzen kurmuşuz kendimize. Hasret türküleri, zulüm öyküleriyle yaşamışız yıllarca. Sonunda alışmışız yerimize. Sevmişiz topraklarımızı.

"'Bu 1936 sürgününde, rahmetli babam, bir yerlere gitmem diye tutturdu. Sait olayında bile temize çıkmışlığı var. Yüz yirmi kişilik ailede birlik ve dirlik olur mu, amcalarım Şeyh Sait'in peşine düşmüş, Diyar-ı Bekir'e yürümüşler. Babamın düşünceleri değişik. O ve küçük kardeşi gitmemişler akrabaları gibi şeyhin peşinden. Bu yüzden de hâlâ düşmanlık vardır aralarında. Soyadımız dahi başkadır bizim."

"'Dede, neden Şeyh Sait'in peşinden gitmemiş bizimkiler?' diye sordum.

"'Kızım, uzun hikâye... bırak şimdi bunu,' dedi, dedem.

"'Anlat ama dede, haydi n'olur anlat. Şu Şeyh'i çok merak ediyorum.'

"'Nesini merak ediyorsun?'

"'Duyarım hep ondan bundan... Bir Kürt büyüğü işte... Bedirhan'ı anlattığın gibi, bunu da anlatsana.'

"'Madem bu kadar merak ediyorsun, dinle bakalım... Genç vilayetinin köyleri hep bu Şeyh Sait'e aitti.'

"'Ora, nere dede?'

"'Bizim az yukarımızda, Bingöl şimdi oranın adı. Kendisi de Palu'da doğmuştu zaten. Ailesi Diyarıbekir'in Septi Köyü'nden gelmiş.'

"'Ne iş yaparmış, bizim gibi çiftçi miymiş?'

"'Hayır, o koyun ticareti yaparmış. Alim olduğu kadar zengin de bir insanmış. Her yıl on sürü koyunu Halep'e kadar götürür satarmış. Kazandığı altınları heybelere doldurur geri gelirmiş. Görünüşü de pek afilliymiş. Göğsüne kadar uzanan sakalına kına yakarmış. Gözlerine sürme çekermiş. Başına yeşil takke giyer, etrafına beyaz sarık dolarmış, şeyhliğinin ispatı olarak. Yakışıklıymış, yaşını göstermezmiş benim gibi, dinç biriymiş. Hayvanları sürekli artarmış çünkü bizim cahil köylüler, Şeyh aracılığı ile cennette yer edinmek için, koyunlarını kuzularını hediye eder dururlarmış, Şeyhe. Bana sorarsan, cin gibi de akıllıymış, ailesine çok isabetli evlilikler yaptırmış. Kardeşlerini, kızlarını gücüne güç katacak ailelere vermiş, yeğenlerine, oğullarına da böyle ailelerden kızlar almış. Böylece koyunlarının sayısıyla birlikte, gücü de büyümüş Sait'in. Basit bir Nakşi büyüğü olduğu halde, ünü ve etkisi nice Nakşibendi şeyhinden çok daha fazlaydı.'

"'İyi ya dede, bu kadar güçlü bir şeyhin peşinden neden gitmemiş benim büyük dedem?'

"'Çünkü kızcağızım, bu şeyh, Kürtler için değil, şeriat ve hilafeti geri getirme adına isyan ediyordu. İngiliz domuzuyla işbirliği yapıyordu. O kadar güçlenmiş ve semirmişti ki, bana sorarsan, halkını değil kendini düşünür hale gelmişti. Fazla para yaramaz insana. Allah yoluna baş koydun mu, dünya nimetlerinden uzak duracaksın. Yok, madem gelmişim bu dünyaya, tadını çıkarayım diyorsan, o zaman da dindarlık taslamayacaksın. İkisi bir aradaysa, vardır bu işin bir melaneti. İşte bu Sait Efendi'nin, buralarda İslam dinini yeniden kurmak üzere Allah tarafından memur edildiği, konuşulur olmuştu. İslam dinini ıslah için yola çıkan, Hristiyan İngiliz'le işbirliği yapar mı?'

"'Yapmaz.'

"'Yapmaz tabii... Neymiş? Din elden gitmişmiş! Müslüman kadınlar edeplerini kaybetmişlermiş! Cumhuriyet ahlaksızlık getirmişmiş! Biri bunları sıralamaya başladı mıydı, durup düşüneceksin, gül kızım. Bu lafların altında çok cinlikler yatar. Bunu söyleyenin kendine göre bir hesabı vardır. Ben bu sözlerden korkarım. Babam bana öyle öğretti. Şeyh Sait din elden gitti diye bas bas bağırırken, ezanlar da okunuyor, namazlar da kılınıyor, Cuma'lar da tıklım tıkış doluyordu, diye anlatmıştı babam... Bizim aşiretin kadınları da edepleriyle oturuyorlarmış evlerinde. Ahlaksızlık dersen, her devirde var. Dinin elden gittiği filan yokmuş yani. Ben daha çocuktum o yıllarda. Ama hep konuşulurdu evimizde, aşiretimizde, bilirdik neler olup bitiyor. Kısacası kızım, bizim ailenin aklı kesmemiş Şeyh'in peşine düşmeyi.'

"'Yaa!'

"'Bu Şeyh Sait isyanı, '25 yılında olduydu. Ondan bir sene önce, Nasturi isyanı oldu kızım. Tam da Musul davası görüşülürken. Bilirsin değil mi Musul'u?'

"'Bilirim dede. Önce bizimmiş, sonra Araplara verilmiş.'

"'Tamam. İşte o sırada, İngilizler biz Kürtleri ve Nasturileri bölgedeki haklarımızda ısrar edelim diye kışkırttılardı. İngilizler dünyada her miletten daha iyi bilir bu kışkırtma işini. O isyanın adı, Müstakil Kürdistan İsyanı'ydı. Bu Şeyh Sait'in de parmağı varmış o isyanda... Nasturi isyanı, on güne kalmadan çabucak bastırılmış. Sait, şanslıymış, sıyırtmış... Bir sene sonra başlattığı isyanı da, laf aramızda, padişahı ve şeriat düzenini geri getirmek adına değil de, Kürt devleti kurmak adına başlatsaydı, benim dedem de düşerdi peşine, babam da. Ama padişah zamanında ne görmüşüz ki, padişahı geri getirmeye kalkışalım, öyle değil mi? Hele şu yeni kurulan cumhuriyeti bir görelim, tanıyalım, demiş dedem. Cumhuriyete güvenmiş. Kötü de yapmamış. Çünkü, Şeyh Sait ve peşine taktığı aşiretler Palu'yu alıp, Elazığ'ı talan edip, Malatya'ya sarkıp, taa Diyarıbekire kadar gelmişler ve şehri kuşatmışlar ama, Diyarıbekir'de hazır bekleyen ordu karşısında yenilmeye başlayınca, aşiret beyleri, teker teker hükümetin yanında yer almaya başlamışlar. Diyarıbekir, son durağı olmuş isyanın. Varto etrafındaki çarpışmalarda, şeyhin oğullarından biri öldürülünce, iyice bozulmuşlar. Batı Dersim beyleri, Diyarbekir'e kadar gelip, hükümete bağlılıklarını bildirmişler. Doğu Dersim beyleri de milislerini hükümetin emrine vermişler. Kısacası, Kürtlük uğruna her şeyi yapmaya hazır bekleyen Dersim ve hatta Muş beyleri dahi, adamlarını Sait'in emrine vermedilerdi. Sonradan anlaşıldı ki, Sait, bunun sadece dini bir isyan değil, bir Kürt harekâtı da olduğunu, Diyarıbekir'i aldıktan sonra söylemeyi düşünürmüş. Ama kızcağızım, sopaların ucuna Kuran'ları asıp, "Sallallah Muhammet" diye bağıran adamlarla yola çıkarsan, insan bunu din savaşı zannetmez mi? Zaten bir yıldan beri de, yok gazetelerde birtakım dinsiz yazarlar dine hakaret ediyorlar, yok Peygamber Efendimize dil uzatıyorlar, yok bizi dinsizliğe götürüyorlar, ecdadımıza sövüyorlar, diye vaaz veriyormuş her gittiği yerde.'

"'Yakalanınca asmışlar onu değil mi dede?'

"'Astılar kızım.'

"'Zavallı.'

"'Zavallı da... isyanı başarıya ulaşsaydı, senin hayrına olmazdı pek.'

"'Neden ki dede?'

"'Çünkü Medeni Kanun'a karşıydı. Kız çocuklarla oğulların mirası eşit paylaşmasına karşı çıkmış, miras hakkının mecelledeki gibi tecelli etmesini istemişti.'

"'Dede, zaten bize miras bırakmıyor ki erkekler.'

"'Olsun. Yine de bir sus payı veriliyor. Toprakları almasanız bile, aile arasında hallediyor, toprak yerine para, altın, hayvan filan alıyorsunuz, sesiniz çıkmasın diye. İyi kötü bir şey geçiyor elinize, kızcağızım."

"'Sonra ne oldu dede?'

"'Sait adamlarıyla birlikte asıldı. Biz de bin şükür ettik peşine düşmediğimize.'

"'Dede, onu sormuyorum. Sen bana Cengiz'i anlatıyordun ya, dedeciğim.'

"'Haa... Şeyh araya girince laf karıştı. Nerde kalmıştık?'

"'Sizi sürmüşler de gitmek istememişsiniz. Senin deden gitmek istememiş hani, Konya'ya.'

"'Doğru cancağazım. Biz devletimize bağlıyız demişiz... Sait isyanına hiç karışmamışız, diye dil dökmüşüz, ama gel de bunu devlete anlat. Kurunun yanında yaş da yanar misali, gideceksiniz dendi mi gideceğiz, başka çaremiz yok. Yirmi yedi köyü geride bırakıp gideceğiz. Oralarda nasıl yaşarız, neler yaparız, düşünüp duruyoruz. Konya bereketli yerdir diyenler var. Buğday yetiştirirsiniz diyenler var. Duyduklarımızdan medet umuyoruz. Kimi aşiretin kısmetine Ordu'ya gitmek, bir kısmına Giresun, Sinop, Kastamonu köyleri düşmüş. Kimi Denizli'ye, Edirne'ye sürülüyor. Karadeniz'e sürülenler bizden de beter durumdalar. Balıkçılıktan anlamazlar, denizi sevmezler, yağmura alışık değiller. Yapmayın etmeyin efendiler, diyoruz, bizim siyaset ile alakamız yoktur. Dinletemiyoruz. Neymiş? Komünistler azmış askeri okullarda. Bir korku sarmış devleti. Halkını hallaç pamuğu misali oraya buraya savuruyor. İtirazın boş olduğunu biliyoruz. Denkledik eşyaları, çoluğu çocuğu kara trene doldurup, ıngıl ıgış düştük bir bahar günü İç Anadolu yollarına. Konya'da bize bir çiftlik evi, birkaç baş hayvan ve birkaç bahçe verdiler. Aha senin rahmetli babanla büyük halan, Konya'da doğdu işte.'

"'Niye kalmadınız Konya'da dede?' diye sordum.

"'1948'de sürgün yasağı kalktı. Evlerinize, yörelerinize dönebilirsiniz dediler. Bizim köylere Bulgar göçmenlerini yerleştirmişler. Balkan'dan gelen adam, buranın sıcağına dayanabilir mi! Bunalmışlar, hastalanmışlar. Bir kısmı bir yıla kalmadan gitmiş, boşaltmışlar bizim bağları, bahçeleri, evleri. Bunu duyunca, başladık düşünmeye. Günler geceler boyu düşündük, konuştuk. İyi kötü yolumuzu bulmuşuz bu topraklarda da. Bahçelerimiz meyve, bağlarımız üzüm vermiş. Gel gör ki hasret dağlıyor bağrımızı. Nasıl ki Van yöresindeki toprakları özlemişiz bir zamanlar, bu kez de toprağın kırmızı rengini, fıstık ağaçlarımızı, bizimle aynı lisanı konuşan insanları özlüyoruz. Dilimizi özlüyoruz. Gözümüzde Mezapotamya tütüyor. Dayanamadık, birkaç aile sattık hayvanlarımızı, bağlarımızı, bahçelerimizi yeniden topraklarımıza döndük. Bulgarlardan boşalan köylerimize, evlerimize yerleştik. Düzenimizi kurduk. Seviniyoruz yaraları sardık diye. Hatta devlet işlerine bile karıştık, meclise adam yolladık aramızdan. Beni de istedilerdi aday olayım ama kabul etmedim. Zamanında siyasete karışanların neler çektiğini çocuk yaşımda görmüşüm. Haydi, o günleri anlatmayayım sana kızcağızım. Geceleri uykun yok zaten, olanı da benim yüzümden kaçmasın. Her neyse, ben kendi hanemden, yeğenlerimden, amcaoğullarımdan meclise, partiye, devlet kapısına çok adam yolladım ama, kendim kale gibi kaldım burada. Evleri, köyleri, bağları, bahçeleri de beklemek lazım. Çoluğuna çocuğuna, köylüne, ırgatına iyice sahip çıkacaksın. İster toprak olsun, ister insan, hiçbir şeyi başıboş bırakmaya gelmez. Hayvanı bile. Diyeceksin ki, dede, başıboş bırakmadın de ne oldu? Amcamla, babamın ölümünü engelleyebildin mi? Engelleyemedim. Gücüm yetmedi töreye karşı çıkmaya. Oğullarımı koruyamadığım bir yana, torunumun başını belaya sokan da benim. Cengiz'in vebali benim boynumadır, kızcağızım. Cengiz'in acısıdır beni vaktinden önce kocaltan, belimi büken, nefes alamaz hale getiren.'

"'Dedem, ne oldu Cengiz'e, bak şurada dertleşiyoruz, haydi kırma beni de anlat,' dedim. Dedemin kendini niye suçladığını bilmiyordum ama, çoluğuna çocuğuna bu kadar düşkün bir adamın, torununun başını belaya sokmasına imkân yoktu. Birileri Cengiz'in vebalini ona yüklemiş olmalı, diye düşündüm. Önce o bana anlatsın, sonra ben onu teselli edeceğim, senin bu işte hiç suçun yokmuş, dede, diyeceğim.

"Dedem bir sigara daha yaktı mangalın ateşinde. Altına aldığı bacağını değiştirdi biraz zorlanarak. Öksürerek boğazını temizledi, lafa başlamadan önce.

"'Cengiz, bizim ailenin nakliye şirketinde çalışıyordu. Cemal Fehmi at arabasıyla ilçeye ulaşan mahsulü kamyonlara doldurur, şehre yollardı. Cengiz de, kamyonu karşılar, malı indirir, depolardı. Onu henüz başgöz etmemiştim. Eli ekmek tutsun diye beklemiştim. Bizler gibi köylü değildi Cengiz. İyi kötü okumuştu. Lisesini bitirmişti. Sırtına frenk gömleğini, yeleğini, ceketini giymişti. Boyunbağını bağlıyor, işine gidiyordu her gün. Ben de memnundum halimden. İlk göz ağrımın kız kaçırma yüzünden kurşunlanmasının, senin babanın kan davasına can vermesinin yaraları kapanmamıştı ama, kanamıyordu eskisi gibi. Bir tevekkül gelmişti üzerime. Canı veren Mevlam, istediğinde geri alıyor emanetini, diyordum. Buraların töresi böyle, her mevsim birkaç can kurban verilecek ki, sular durulsun, diyordum. Allah madem bu topraklara acımasız töreler reva görmüş ve biz canların yolunu da buralara düşürmüş, elimizden ne gelir, katlanacağız, diyordum. Giden gitmiş, sağ kalanlar uzun ömürlü olsun diye, gece gündüz dua ediyordum Allahıma. Allah dualarımı kabul etmedi, kızım...'

"Sesi de elleri gibi titremeye başladı dedemin. Evdeki kadınların kumaş artıklarını birbirine ekleyerek yaptıkları rengarenk yorganı dedemin sırtına yerleştirdim, titremesi geçsin diye.

"O kadar yaşlı ve yıpranmış bir hali vardı ki, kıyamıyordum onu daha fazla konuşturmaya.

"'Yoruldun dedem, gel gidip yatalım, yarın anlatırsın,' dedim.

"'Yok canım, ciğerim yatmayalım. Dinle de şaşıp kalacağın hiçbir şey kalmasın. Her şeyi göğüslemeye hazır ol, bu kahpe dünyada,' dedi, "dinle kızcağızım. Dinle de öğren neden ateşe atmışımdır Cengiz'imi.Bir zamanlar senin arkadaşın olan Nevo Kız'ın babası Kaymakam'a neden minnet borcum vardır.'"

CENGİZ

Aylardan nisan loo
Dağ taş insan loo
Kar yağar yağmur yağar
Çıplak etimize...
....
Bin yıldır birikti acımız
Zor taşır artık dünyamız...
....

Talip Apaydın

Cemal Fehmi elindeki kâğıdı son bir kere daha okuduktan sonra, hırsla buruşturup az ilerde duran çöp sepetine fırlattı.

Baskete giren top gibi tam isabetle sepete düştü kâğıt. Bir süre bomboş gözlerle karşı duvara baktıktan sonra, telefona uzandı. Uzun uzun çaldırdı telefonu.

"Alo," dedi sonunda, "Hayrola, büroda kimse yok diye kapatıyordum az daha. Ardiyede miydin?"

"Mal boşaltıyorduk, abi," dedi Recep, "Bizim Hasan'ın karısı doğum yaparken şey olmuş da... Cengiz Abi hastaneye götürdü kadını. Onlar bugün işe gelmeyince, iş başa düştü."

"Yine mi doğum yaptı Hasan'ın karısı?"

"On birinci çocuk abi... laf dinlemiyor ki, herif. Bebe ters mi gelmiş ne, az daha ölüyormuş kadıncağız. Neyse, buyur abi, bir emrin mi var?"

"Şu tatsız mektuplardan bir tane daha geldi bu sabah."

"Hay Allah!"

"Bu üç etti. Ne yapacağız yahu?"

"Vallahi abi, bilmem ki!"

"Babana söyle de bir toplantı yapalım."

"Emrin olur abicim. Biz atlar geliriz sizin oraya... ne zaman emredersen."

"Ben bizimkilerle konuşayım, ağabeyime de haber vereyim, seni ararım."

"Tamam abi."

"Bir yaramazlık yok değil mi?"

"Yok abi. Hiçbir yaramazlık yok... henüz..."

"Belki de münasebetsizin biri kötü bir şaka yapıyordur."

"Olabilir abi. İnşallah öyledir abi."

"Mallar geldi değil mi sağ salim?"

"Geldi abi. Şimdi ben de onları indiriyordum. Hiçbir sorun yok."

"Haftaya beş kamyon daha mal yollayacağım."

"Tamam abi."

"Haydi oğlum, sağlıcakla kal... babana selamımı ilet."

"Aleykümselam abi."

Cemal Fehmi kapattı telefonunu, yerinden kalktı odanın içinde dolaşmaya başladı. Birkaç tur attıktan sonra, buruşturup çöp sepetine attığı kâğıdı almak için eğildi. Doğrulurken ahh diye bağırdı. Yine belini incitmişti. Ağzından sunturlu bir küfür fırladı. Bir eliyle belini tutarak yavaş yavaş doğruldu, masanın arkasında duran koltuğuna, belini kollayarak itina ile oturdu. Buruşturduğu kâğıdı eliyle düzeltmeye çalıştı. Üzerindeki yazıyı ilk kez görüyormuş gibi dikkatle okudu. Kâğıdı hırsla tekrar buruşturdu, bu sefer çöp kutusuna değil, masanın sağ çekmecesinin içine attı, çekmeceyi kapatıp kilitledi. Sonra telefonu yine aldı eline, numaraları çevirdi. Bu kez uzun çalmadı, hemen açıldı telefon

"Ağabey," dedi, "şimdi canını sıkacağım biraz. Lanet mektuplardan bir tane daha geldi bugün... Yaa sorma. Bu seferkinin üzerinde pul mul da yok. Kapının altından atmış keratalar... hayır hiçbir fikrim yok. Bismiloğulları olacağını sanmam, onlarla hesabımızı gördük biz, alacağımız vereceğimiz kalmadı... Yok yok, değillerdir. Onların bir talebi olsa açıkça söylerler. Bu şahsi bir meseleye benzemiyor. Örgüt-mörgüt bir şeyler diyorlar bu kez... Bulaşmayalım, elbette bulaşmayalım da, kimin yolladığını öğrenelim... Yok abi, babama söylemedim henüz. Sıkmak istemedim canını. Ama sonunda o da duyacak herhalde. Diyordum ki, bu akşam çiftlikte buluşalım, hem bu meseleyi bir görüşelim, hem de babama danışalım. Belki o da bir fikir verir, ne dersin? Tamam... bu akşam işten çıkınca gelirim. Haydi eyvallaah."

Cemal Fehmi, o gün işini bitirince, çekmecenin kilidini açıp, buruşuk kâğıdı çıkardı, eliyle düzeltti, dörde katlayıp özenle cüzdanına yerleştirdi. Bürosundan çıkmadan önce ayak işlerine bakan delikanlıya, "Ben çıkıyorum," diye seslendi, "sen ışıkları kapatır, kitlersin. Sabah geç kaldığını görmeyeyim! Saat tam sekizde gel, odayı havalandır, toz al. Telefonları da not edersin." Kapıdan çıkar çıkmaz, telefonun başına yerleşen sıska oğlan,

"Her gün aynı şey! Sanki bilmiyoruz. Bir kere de söylemese olmaz," diye söylendi arkasından.

Çiftliğin girişinde sağ tarafa düşen konağın selamlık bölümünde toplanmıştı ailenin erkekleri. Ortaya yer sofrası kurulmuştu. Kadınlar ellerinde tepsiler, tabaklar, kâselerle girip çıkıyor, donatıyorlardı sofrayı. Gelmesi beklenen tüm kardeşler, yeğenler ve amcaoğulları toplanınca, o günün şerefine, entarisini çıkarıp, kahverengi takım elbisesini kuşanmış olan Sadık Ağa, yavaşca indi sedirden, sofraya yürüdü. Diğerleri onu takip ettiler, sofranın etrafında halka olup oturdular. Sadık Ağa, Bismillah'la açtı sofrayı. Tahta kaşıklar ortada duran tarhanaya, yoğurda, çılpıra, eller böreğe ve parçalanmış kuzu buduna uzandı. Birkaç genç kız ortada dolanıp servise yardımcı oluyordu. Yemek faslı bitince kahveler söylendi. Genç kızlardan biri, sedirin önünde duran mangala üç cezve sürdü. Sadık Ağa ve iki büyük oğulun kahveleri cezvede pişirildi, diğerlerininkini bir başka kız tepside içerden getirdi. Herkes kahvesini eline alınca, Sadık Ağa başıyla bir işaret yaptı, odada dolanan kızlar, kadınlar usulca çekilip, kapıyı arkalarından kapattılar. Erkekler odada yalnız kalınca,

"Bir yaramazlık varmış. Neler oluyor oğlum?" diye sordu Sadık Ağa.

Cemal Fehmi konuya lafı uzatmadan girdi.

"On beş gün kadar oluyor, büroya sakal traşı olmamış, gençten biri geldi. Örgüt adına para istedi. Ne örgütü bu, diye sordum. Büyük Kurtuluş gibi bir şey söyledi. Böyle bir örgütü daha önce hiç duymadığımı söyledim. Yeni kurulmuşlar. Herifi adam yerine koyup, böyle işlere girişmemesini, bizlerin bu tür örgütlenmelerden bugüne kadar hiç fayda görmediğimizi, tam tersine bu tür işlere bulaştıkça, rahatımızın kaçacağını anlattım. Bana hakarete varan laflar etti. Ben de kendimi tutamadım, kovdum. Odadan çıkmadan önce, pişman olmamak için iyi düşünmem gerektiğini söyledi, defolup gitti."

"Beni niye hemen haberdar etmedin oğlum?"

"Ağababam, önemsemedim olayı. Serserinin biridir, para çarpmaya gelmiş diye düşündüm."

"Ama bu kadarla kalmadı," diye ekledi Hüseyin, "birkaç gün sonra, postadan bir mektup geldi. Mektupta bir hafta içinde parayı hazır etmemiz ve beklememiz yazıyordu."

"Kaç para istiyor?"

"Üç milyon."

"Çüşşş!"

"Aynen ben de öyle dedim. Elin herifine, bilmem ne örgütü için üç milyon vereceğim. Olacak iş mi! Hani bana dese ki, ihtiyacım var, oğlum ameliyat olacak, ya da ne bileyim, kumarda kaybettim, beni vurmak üzereler, Allah rızası için vereyim eline birkaç kuruş, savayım."

"Belki dilencilik etmeye yüzü tutmadı, örgüt palavrası altında para koparmaya çalışıyordur," dedi yeğenlerden biri.

"Şantaj yapıyor olmasın?" diye sordu Sadık Ağa.

"Onu da düşünmedim değil, ama şantajlık bir durum yok ki. Kaç gündür hesapları kontrol ediyorum, bir açık çıkar mı diye. Hesaplar mis gibi... tertemiz. Neyin şantajını yapacak?"

"Paçanı kaptırmamaya bak. Bu serseri bir dadanırsa, başına bela olur."

"Zaten para filan vereceğimiz yok. Ama bugün mektuplar üçledi. Son mektup kapının altından atılmış yine, postadan değil. Bu kez iyice gözdağı veriyor. Parayı vermezsek, mal taşıyan kamyonlarımızı yakacaklarmış."

"Kimler?"

"Örgüt işte."

"Ne örgütü bu, araştırdınız mı?"

"Dedim ya, Büyük Kurtuluş Günü Örgütü müymüş, neymiş?"

"Kimi kimden kurtarıyormuş? İt oğlu it!"

"Vallahi bilemem. Ama kamyonu yakarız diye okuyunca... canım sıkıldı ağababa... Bir fikrini alayım, dedim."

"Bulaşma Cemal Fehmi, hiç bulaşma. Taa yıllar öncesinden Kürt davasında kaybettiklerimiz bir yana, ben kan davasına, töre belasına az can vermedim. Çınar gibi iki evladım devrildi, gitti. Başımı yakmayın yine. Hiçbirinizin kılına zarar gelsin istemem. Herife küfür filan sakın etme oğlum, gelirse kovma da. Güzellikle hallet. Bu ara işler kesat, de. Vergi ayı geliyor, de. Elimiz açılınca yaparız bir şeyler de, oyala."

"Baş üstüne," dedi Cemal Fehmi.

Sadık Ağa'nın kararına kimse itiraz etmedi. Akrabaların hiçbiri eşkiyaya para kaptırmaktan yana değildi. Ağız birliği yapar, sıkı dururlarsa bu belayı atlatacaklarına inanıyorlardı. Aile toplantısı gece on sıralarında dağıldı. Cemal Fehmi, ilçeye evine döndü.

Ertesi sabah bürosuna içi rahatlamış olarak gitti Cemal Fehmi. Bilal söylediği saatten de erken gelmiş, camları açmış toz alıyordu. Patronun kapıdan içeri girdiğini görünce, doğruldu. Bembeyazdı yüzü.

"Kapatsana pencereyi oğlum, soğuktan suratın bembeyaz olmuş," dedi.

"Beyim... çok kötü şeyler oldu beyim... demin telefon geldi, sizi evden aramışlar... çıkmışsınız... beyim..." Dudakları titriyordu Bilal'in.

"Ne var lan? Söyle ne oldu?" Bilal konuşmaya başlamadan telefon çaldı. Celal Fehmi şaşkın şaşkın bir Bilal'e bir telefona baktı, sonra ısrarla çalan telefonu kaldırdı, kulağına dayadı.

"Neeee! Ne diyorsun?... Ne zaman?... Niçin?... Tamamen mi yanmış?... Kim yapmış? Allahsızlar. İt oğlu itler... Tamam, hemen geliyorum."

Telefonu kapatmayı unutarak masanın yanındaki koltuğa çöktü. Elinden düşen ahizeyi koşup kaldırdı Bilal. Cemal Fehmi, başı ellerinin arasında hiç konuşmadan oturdu bir süre. Sonra ağır ağır konuştu, "Mal götüren kamyonu yakmışlar." Bitkindi sesi.

"Biliyorum beyim, siz gelmeden aradılar..."

"Ben hemen şehre gidiyorum. Sen de her tarafi kapat, kilitle çık. Çiftliğe git. Ben telefon edene kadar, babama bir şey söylemeyin," dedi, Cemal Fehmi.

Sadık Ağa'nın oğulları, erkek torunları, amca çocukları ve yeğenleri, şehirde, ortakları Recep'in evinde buluştular. Her birinin suratından düşen bin parçaydı. Bir süre birbirlerini suçladılar, uzun uzadıya münakaşa ettiler. Kimi parayı vermeliydik diyordu, kimi asla vermemeleri gerektiğini söylüyordu. Biraz sakinleşince, ne yapmaları gerektiği hakkında konuştular. Taşıdığı malla birlikte yanan kamyon, örgütün istediği paradan daha fazlaya mal olmuştu. Allahtan hem kamyon hem de mallar sigortalıydı. Olan olmuştu. Canları yandığı halde, para ödemediklerini gören hırsızların bir kamyon daha yakacak halleri yoktu elbette. Bu olayı, polise haber vermeden, kapatmaya karar verdiler.

Kamyon olayının haftasında, bir tehdit daha geldi Cemal Fehmi'ye. Bir akşamüstü, bürosundan çıkmak üzereyken telefon eden kişi, derslerini alıp almadıklarını soruyordu.

"Biz bu olaya bir kaza gözüyle bakmıştık," dedi Cemal Fehmi, "şimdi sen diyorsun ki, kamyonu siz yakmışsınız. Elleriniz dert görmesin. Madem kamyonu siz yaktınız, vereceğim varsa da vermiyorum parayı. Size yapacağım tek iyilik, yediğiniz haltı ihbar etmemek olacak. Bir hatadır yaptınız, her kuşun etinin yenmeyeceğini öğrendiniz. Artık bizi rahat bırakın, ne haliniz varsa görün. Ben sizi Allah'a havale ettim. Bundan böyle bir daha sesini duymak istemiyorum!"

Bunları çok inandırıcı bir sesle, sakin sakin söylemiş olmasına rağmen, telefonu kapattığında elleri titriyordu. Bilal'e bir acı kahve getirmesini söyledi. Kahvesini yavaş yavaş içerken bir yandan da düşünüyordu. Bilal'in kahve fincanını önünden alıp, odadan çıkmasını bekledi, sonra ağabeyine telefon etti. Uzun uzun konuştular. Konuşmalarını, odaya endişeli suratıyla giren Bilal böldü. Kapıda bir polis memuru vardı, karakola çağrılıyordu. Telefonu kapatıp fırladı. Karakola gidip ifade verdi. İfadesinde, tehdit edildiğini sakladı. Yangının kontakta meydana gelen bir arızadan olduğunu tahmin ediyorlardı. Kimseden şüphelenmiyorlardı.

Bürosuna dönünce tekrar çöktü telefonun başına. Akşamın geç saatlerine kadar bu işle ilgilenen bütün akrabalarıyla teker teker konuştu. Ağız birliği etmeye karar verdiler. Ayrıca bütün kardeşlerin ve yeğenlerin de onayı ile, köyden ilçeye mahsul taşıyan at arabalarına ve ilçeden şehre giden kamyonlara birer koruma koyma kararı aldılar. Mallar, hiçbir şekilde, ihtiyaç molalarında bile başıboş ve korumasız bırakılmayacaklardı.

Ertesi gün siyasi polis girdi devreye. Birkaç günü daha diken üstünde geçirdiler. Sonunda kamyon yangını dosyası bir kaza olayı olarak kapatıldı. Kontakta meydana gelen bir arızadan kamyon alev almıştı.

Kasrikoğlu ailesinin ikinci kamyonları, ilk yangın olayından on yedi gün sonra yakıldı.

Aynı gün, doğu kentlerine buğday taşıyan bir başka kamyonları da, freni patladığı için, keskin virajlı yolda uçuruma yuvarlandı. Bu kez kamyonu kullanan sürücü de kazada öldü.

Sadık Ağa'nın çiftliğinde aile bir kez daha bir araya geldiğinde, herkesin görüşü değişmişti. Karşılarında kolay kolay başa çıkamayacakları bir güç vardı. Kalabalık ailenin en önemli geçim kaynaklarından biri olan nakliye işine, altından zor kalkılır bir darbe vurulmuştu. Bu seferki aile toplantısı yemek sofrası etrafında yapılıverecek cinsten değildi. Sadık Ağa'nın selamlık odasında toplanıldı. Herkesin yüzünden düşen bin parçaydı. İlçeden ve şehirden gelen akrabalar teker teker görüş bildirdiler. Sadık Ağa hepsini dinledi. Uzun bir süre gözleri yerde düşündü. Sonra ağır ağır konuştu. Konuşurken sesi üzüntüsünü ele veriyordu.

"Bu parayı vereceğiz çaresiz," dedi, " vermediğimiz taktirde, sadece kamyonlar değil, canlar da gitmeye başlayacak, öyle görünüyor. Kamyonlarla birlikte heder olan şoförlerin vebalini de bizden sorarlar sonra. Ağa, parasına kıyamadığı için insanlar öldü, dedirtmem."

"Her salı günü sektirmeden arıyor Allahın cezaları. Bu salı onlara istedikleri cevabı vereceğim demek ki. Yazık!" dedi Cemal Fehmi.

"Yazık ki ne yazık! Ama yapacak başka şey yok gibi görünüyor."

"Parayı hafta sonuna kadar isterler."

"Toparlayabilir misiniz parayı cumaya kadar?" diye sordu Sadık Ağa.

"Toparlarız," dedi Hüseyin.

"Bakın, bir şeyi iyi belleyin. Bundan kimsenin haberi olmayacak. Şu odada bulunanların dışında, kimse eşkiyaya para ödediğimizi bilmeyecek. Bu parayı verirken de, bunu sadece bir kerelik yaptığınızı söyleyin. Ödeyeceğiz, el sıkışacağız, bitecek bu iş."

"Tamam baba."

"Parayı tahsile kim gelecek, biliyor musun?"

"Herhalde benim büroya gelen herifçioğlu gelir yine."

"Parayı örgüte teslim edeceğinden emin misiniz. Ya kendine ayırır vermezse?"

"Olur mu canım?"

"Niye olmasın. Vermediler, der."

"Elinden bir makbuz alırız."
"İyi olur. Şu kadar parayı teslim aldım diye bir kâğıt imzalatın. Yazıyı da kedi el yazısıyla yazsın. Vermediler diyecek olursa, elimizde bir belge olur, hiç olmazsa."
"Haklısın baba," dedi Cemal Fehmi..
"Bir şey daha var... kim verecek bu parayı onlara?"
"Ben veririm."
"Olmaz. Ortaya çıkacak olursa, Örgüte para vermiş oluruz."
"Çıkmaz. Biz konuşmazsak, kim bilebilir ki?"
"Yerin kulağı vardır. Tedbirli olmak lazımdır."
"Ne yapalım peki?"
"Bir şey düşünelim. Bir yol bulalım."

Bir süre hiç konuşmadan oturdular. Sonra Sadık Ağa, "Kızlara seslenin de bize mırraları hazırlasınlar, getirsinler içeri. Onları içesiye kadar bir şey gelir aklımıza elbet," dedi.

Hüseyin dışarı çıkıp kadınlara seslendi. Az sonra sim işlemeli kadife elbiseler giyen kızlar, tepsilerde taşıdıkları cezvelerle geldiler. Cezveleri mangallara sürüp, kahveleri kabarttılar, kulpsuz fincanlara döküp, ikram ettiler erkeklere. Odaya mis gibi kakule kokusu yayıldı. Kızlar kahve servisini bitirince, sessizce çekildiler.

Sadık Ağa, kahvesinden höpürdeterek bir büyük yudum aldı. Gerisini içmedi, bıraktı fincanı yanına. Yüzünde, söyleyeceğinden hoşnut olmadığını belli eden bir ifade vardı. Kısık bir sesle, "Cengiz'e verdirelim parayı," dedi.
"Duyamadım baba."
Sadık Ağa boğazını temizledi, tekrar konuştu,
"Cengiz, dedim. Parayı o versin."
"Niye Cengiz?"
"Bir kere henüz gençtir, ailesi, çocuk çoluğu yoktur. Ara sıra yaramazlık yapar, kumar oynar, borca girer..."

"Ama baba..."

"Kesme sözümü Hüseyin. Cengiz senin oğlunsa, benim de torunumdur. Benden bir şeyleri sakladığınızı zannedersiniz ama, ben her şeyi bilirim. Her yerde gözüm kulağım vardır. Kocadım ama henüz bunamadım."

"Estağfurullah babam, o nasıl söz."

"Şimdi, Cengiz kumar oynar dedim.."

"Vallahi artık oynamıyor.Tövbe etti..."

"Sana sözümü kesme demedim mi! Her şerde bir hayır vardır. Zamanı gelince kumar da bile vardır hayır... Parayı Cengiz'e verdirelim ki, bir gün başımız sıkışacak olursa, kumar borcu varmış hergelenin, onu ödemiş, deriz."

Ailenin erkekleri o akşam evlerine dağılırlarken, Sadık Ağa, kız torununlarından birine seslendi,

"Canım ciğerim Hediye, o güzel ellerinle bir mırra daha yap da getir dedene. Şöyle yatmadan önce, huzurla içeyim kahvemi."

"Emrin olur dedem."

"Dur kız, dur! Kahveden vazgeçtim. Sen bana bir kadeh rakı ver. Suyunu ben koyarım."

"Ama dede geç oldu."

"Oldu. Saati değildir ama, beni de efkâr bastı, kızım. Ver ki sinirlerim gevşesin. İçki kiminin sinirini alır, kimininkini büsbütün azdırır. Ben birincilerdenim. Bir kadeh atmazsam, uyku tutmayacak beni, bu gece."

"Neden dedem? Ne oldu ki? Hayırdır?"

"Pek hayır değildir bu işler kızcağızım. Ok yaydan çıktı mıydı nereyi vuracağı belli olmaz!"

"Neler diyorsun dede?"

"Bakma sen bana. Yaşlılar böyle çok konuşur. Haa, Hediye, sakın analarına hele de koca ninene, rakı istediğimi söyleme emi! Sen gizlice koy bardağa getir."

Hediye odadan çıktıktan sonra, Sadık Ağa biraz bekledi. Kızın uzaklaştığından emin olunca, pencerenin önünde durdu, yüzünü yükselmekte olan yeni aya döndü, elleriyle böğrünü döverek, yaralı bir arslan gibi kükredi, "Bak şu halimi gör de acı bana, yüce Allahın hilali, bak eşkiya beni nasıl dize getirdi! Nasıl boyun eğdirdi! Ben sana ne kusur işledim de bugünü gösterdin bana, ey yüce Rabbim!"

*

Şehrin sigara dumanından göz gözü görmeyen bir bilardo salonunun helasında, kargacık burgacık bir yazı ile belli miktar parayı aldığını bildiren notu yazdırdıktan sonra verdi Cengiz, üzerinde oturduğu para dolu çantayı parkalı gence. Parkalı, paraları saydı, az önce yazdığı kâğıdı imzaladı,

"Şimdi de sen kaç para teslim ettiğine dair bir kâğıt imzalayacaksın," dedi.

"Gerek yok!" dedi Cengiz.

"Var ki istiyorum. Kaç para verdiğini bir kağıda yazacaksın ki, içinden aldım sanmasınlar."

"Notu benim yazdığımı nereden bilecekler?"

"Ukalalık etme. Yaz sen!"

"Yazmazsam ne olacak?"

"Yarın bir kamyonunuz daha yanar!" Cebinden çıkardığı dörde katlanmış dosya kâğıdını musluğun kenarına koydu, kalemi uzattı.

"İçeri biri girecek olursa..."

"Kimse girmeyecek. Kapıda arkadaşlar var. Bütün geceyi kenefte mi geçireceğiz, hadisene ulan, çabuk ol dedim sana!"

"Bok herif," dedi Cengiz dişlerinin arasından. Kâğıda verdiği miktarı yazdı, tarih ve imza attı.

"Haydi, çek arabanı şimdi."

Cengiz herifin suratının ortasına bir yumruk indirmemek için zor tuttu kendini. Kapıyı çarpıp çıktı. Bilardo salonundaki sigara dumanından oluşmuş bulutun içinden geçip, sokağa attı kendini. Bir taksi çevirdi, evine gitti. Babasına telefon açtı.

"Tamam baba," dedi "kazasız belasız oldu bitti iş. Amcamlara, dedeme haber verebilirsin."

*

Bahar yeni yeni uyanıyordu Anadolu'da. Cemreler çoktan düşmüştü. Yamaçlar katırtırnaklarıyla sapsarıya boyanmış, çayırlarda papatyalar, gelincikler, mineler açmıştı. Doğa yedi rengin her tonuyla bezenmiş, ağaçlar çiçeğe durmuş, koyunlar kuzulamıştı. Kasrikoğlu çiftliğinde mutlu bir telaş vardı. Sadık Ağa'nın en küçük kızından olan torunu Hediye'yi gelin ediyorladı. Düğün çiftliğin ön bahçesinde yapılacak, konukların bir kısmı da çiftlikte yatıya kalacaktı. Bu nedenle evlerin arkalarındaki avlulara serilen yaygılara tünemiş hallaçlar, şiltelerin, yorganların başına çökmüş harıl harıl pamuk yaylıyor, kızlar taşları tahtaları siliyor, kadınlar incecik hamurlar açıyorlardı.

Telefon sesini oldum olası sevmezdi Sadık Ağa. Selamlıkta, çalışma masasının üzerinde hesaplarıyla meşgulken acı acı çalan telefonu hemen uzanıp açtı.

"Alo," dedi.

"Baba... Baba... haberler fena. Cengiz'i götürdüler bu sabah." Hüseyin'in sesi titriyordu.

"Nereye götürdüler? Kim götürdü?"

"Asker. Nereye götürdüğünü bilmiyorum."

"Neden?"

"Örgüte para verdiği için."

"Hani hiç kimse bilmiyordu bunu! Hani hiç kimseye söylenmeyecekti! Hangi namussuz öttü? Hangi ırz düşmanı, pezevenk... hangi..."

"Dur baba, dur. Laf bizden çıkmış değil. Parayı alan herif ötmüş."

"Nerden biliyorsun?"

"Polis söyledi."
"Kumar borcuydu demediniz mi?"
"Dedik... Cengiz üç gündür gözaltındaydı zati, baba..."
"Bana şimdi mi söylüyorsun? Aklın nerdeydi?"
"Üzülmeyesin diye sana hemen haber vermek istemedik. Hallederiz sanıyordum. Polis soruşturmasını yapıp saldı. Evine dönmüştü. Sonra bir araç dolusu asker gelmiş, evde ve işyerinde arama yapmışlar. Evi de, büroyu da talan etmişler. Bir şey bulamamışlar. Zaten ne vardı ki bulunacak! Oğlanı alıp gitmişler. Bana komşuları haber verdiler de öyle öğrendim."

"Polise de askere de doğruyu anlatın Hüseyin," dedi Sadık Ağa, "Ne olduysa, nasıl olduysa söyleyin hepsini. Yakılan kamyonları, uçuruma düşeni, tehdit mektuplarını... hepsini."

"Niye zamanında bize haber vermediniz, demezler mi?"
"Derler. Anlatırsınız. Kurtarın çocuğu."

Telefonu kapayınca, eli sol göğsünün üzerinde, masasının üzerine devrildi kaldı Sadık Ağa.

"Yaktım seni Cengiz," dedi zar zor duyulur bir sesle, "yaktım seni oğlum. Ben yaktım seni."

*

Cengiz kapatıldığı hücrede, yer tahtalarının üzerinde uyandı. Önce kötü bir rüya gördüğünü zannedip yeniden sımsıkı yumdu gözlerini. Tekrar açtığında, bunun bir kâbus değil, gerçek olduğunun bilincindeydi artık. Bulunduğu daracık odada, tek bir sandalye vardı. Yattığı yerden doğrulmaya çalıştı. Sırtı, beli, kolları, bacakları, her tarafı tutulmuştu. Zorlukla kalktı, odadaki yegâne iskemleye oturdu. Bir gece önce, bir cipe bindirilip, Merkez Komutanlığı'nın olduğu şehre getirilmiş ve onu bu odaya sokan askere teslim edilmişti. Saatine baktı, yediyi üç geçiyordu. Etrafına bakınarak, ihtiyaç giderebileceği bir yere açılacak bir kapı arandı. Tek bir kapı vardı, o da koridora açılıyordu. Kapıyı açmaya çalıştı. Kilitliydi. Eliyle vurmaya başladı. Az sonra açıldı kapı.

"Ne var ulan?" dedi, kafasını içeri uzatan bir asker.

"Helaya gitmem lazım."

"Yürü!"

Asker önde o arkada, uzun koridorda yürüyüp bir kat aşağı indiler. Er, sol tarafta bir kapıyı işaret ederek, "Elini çabuk tut," dedi.

İşi bitince er önde o arkada, küçük odaya geri döndüler.

"Ben ne kadar kalırım burada, kardeş?"

"Nerden kardeşin oluyorum? Ben vatan haini değilim."

"Ben de değilim."

"Değilsen burada işin ne?"

"Bir yanlış anlama oldu."

"Yok be!"

"Vallahi. İki gözüm önüme aksın."

"Akar inşallah."

"Kardeşim... şey... Reis, ne kadar daha..."

"Bilmiyorum ulan. Otur işte burada. Haline de şükret."

Er kapıyı üzerine çekip çıktı. Cengiz yere oturdu, başını kollarına, kollarını da sandalyeye dayayıp uyumaya çalıştı.Yorgunluktan bir ara içi geçti. Kapının açıldığını duymadı ama, birinin postalıyla kendini dürtelediğini hissedince sıçrayarak uyandı. Bir er, elinde bir tas çorba ve bir dilim ekmekle başında dikiliyordu. Hemen ayağa fırladı.

"Sağol kardeşim," dedi, "beni ne zaman çıkartırlar acaba buradan?" Tuh, dedi içinden, yine 'kardeşim' dedim. Allahtan bu seferki askerden fırça yemedi.

"Sorgun yapıldıktan sonra."

"Sorgum ne zaman yapılır?"

"Onu ben bilemem. Çorbayı bitirince, kapıyı tıklat." Çıktı, gitti.

Cengiz çorba tasını iskemlenin üzerine koydu, yere oturdu.

Ekmekten bir parça koparıp ağzına attı. Taş gibiydi ekmek. Açlıktan gözü kararmasına rağmen çiğneyip yutamadı. Ekmeği çorbanın içine doğradı. Bir kaşık aldı, zor yuttu. Çorba bulaşık suyu gibi bir şeydi. Soğumuştu. Karnının gurultusunu bastırmak için, çorbanın içinde yüzen yumuşamış ekmekleri yemeğe çalıştı. Soruşturma için güçlü olmalıydı. Yüreğinde bir umut vardı, şimdi. Soruşturmada masum olduğu anlaşılınca, bırakırlardı onu. Karakolda, kumar borcu numarasını kimse yutmamıştı. Demek ki gerçeği söylemenin vakti gelmişti. Zaten, cipten indirilip, askerlerin arasında merkez binasına yürütülürken, babasını görür gibi olmuştu, etraftaki kalabalığın içinde. Babası dudaklarıyla 'anlat, anlat' diye işaret ediyor gibi gelmişti ona. Sonra, daracık odada sabahlarken, gördüğünün bir hayal olduğunu düşünmüştü. Yoksa bir rüya mı görmüştü. Yok hayır, olamaz. Babasını gördüğünü ve hatta duyduğunu zannettiğinde daha bu odaya tıkılmamış ve uyuyakalmamıştı ki, rüya görmüş olsun? Babası ona işaret ediyordu... Yok mümkün değildi onu görmüş olması... bu ancak bir rüya olabilirdi. Hayal ve gerçek birbirine karışıyordu. Kafası karmakarışıktı. "Allahım, aklımı koru," diye dua etti içinden. Tekrar sorguya çekildiğinde, ne söyleyeceğine karar vermeliydi.

Cengiz, içinde ekmek lokmaları yüzen tası yere bırakıp kapıyı tıklamaya gitti. Ama bu kez kimse gelip açmadı kapıyı. İskemleye oturup, başına bunların neden geldiğini düşünmeye başladı. Hiçbir siyasi görüşü olmayan, hiçbir partiye, derneğe, örgüte üyeliği bulunmayan, siyasetten nefret eden, ara sıra poker oynamaktan başka zaafi bulunmayan, kendi halinde genç bir adamın başına nereden bulaşmıştı bu bela? Sıkıntıyla elini cebine attı. Ohh! Sigara paketi hâlâ cebindeydi. Telaştan, şaşkınlıktan daha önce akıl edememişti ceplerini karıştırmayı. Paketi çıkarırken içinden çakmağı düştü. Ne iyi bir alışkanlıktı, çakmağını sigara paketinin içinde bulundurmak. Bir sigara yaktı, derin derin içine çekti ilk nefesi.

"Bu da geçer," dedi sigaranın verdiği keyifle, "bu da geçer, aldırma gönül, aldırma!"

Bayat ekmekleri soğuk tarhana çorbalarına ya da bol sulu nohut yemeğine doğrayarak doymaya çalıştığı iki uzun günün sonunda, sigarası da tükenmişti, morali de. Üçüncü gün sorguya alındı.

"Anlat bakalım Kasrikoğlu," dedi üniformalı bir adam.
"Neyi efendim?"
"Örgütle ilişkini."
"Örgütle hiçbir ilişkim yok."
"Olmadığı için mi para verdin."
"Örgütle hiçbir ilişkim yok."
"Bak oğlum Cengiz, sana bir tavsiyem var. Kendi iyiliğin için doğru konuş. Bize her şeyi anlatırsan işimizi kolaylaştırırsın, sorgunun sonunda çıkar gidersin. Bizi aptal yerine koyacak olursaan..."
"Estağfurullah paşam."
"Ben paşa değilim."
"Komutanım..."
"Bak oğlum Cengiz, burada soruşturmadasın. Biz seni soruştururuz, ama kimse bizi soruşturamaz... Ne dediğimi anladın mı?"
"Anladım efendim."
"Anladığına emin misin?"
"Eminim efendim."
"İyi. O halde paşa paşa cevap ver sorduklarıma ve sakın yalan yoluna sapma. Yalan söylersen, bildiklerini saklarsan biz bunu hemen öğreniriz. Öğrenince de gerekeni yaparız."
"Yalan söylemem efendim."
"Niye örgütle alakam yok diyorsun o halde?"
"Yok da ondan. Müsade ederseniz anlatayım..."

"Örgütle alakan var mı yok mu?"

"Yok."

"Konuşmayacaksın öyle mi?"

"Yok efendim. Alakam yok."

"Günah benden gitti Kasrikoğlu. Bundan sonra olacaklardan sen sorumlusun. İşkencede sakat kalabilirsin. Ölebilirsin de. İyisi mi, gel bunlara gerek kalmadan, olanları bana sen anlat. Beni işkenceye mecbur etme. Severek yaptığım bir şey değil."

"Efendim bizim kamyonlarımız vardır."

"Biliyorum."

"İşte o kamyonlarla biz aşağı şehirdeki fabrikaya buğday taşırız."

"Bana bildiklerimi değil, bilmediklerimi anlat."

"İşte neden örgüte para vermek zorunda kaldığımı anlatıyorum."

"Yani kabul ediyorsun para verdiğini."

Cengiz oturduğu sandalyede sıkıntıyla kıpırdandı. Onu sorgulayan komutanın elinde sallayıp durduğu kâğıt parçası, imzasını taşıyan not olabilirdi. Parayı verdiğini itiraf ederse, ailenin geri kalanını acaba rahat mı bırakırlardı, yoksa büsbütün üzerlerine mi giderlerdi? Babasını, özellikle yaşlı dedesini bu işe bulaştırmak istemiyordu. Yıldırım hızıyla, ne yanıt vermesi düşünmeye çalıştı.

"KONUŞŞ!"

"Evet ama..."

"Aması yok. Para verdiğini kabul ediyor musun?"

"Ediyorum. Ben verdim. Tehdit edildik. Kamyonlarımız yakıldı. Bir tanesi uçuruma uçtu. Verdim mecburen."

"Parayı sen verdin?"

"Evet."

"Nereden buldun?"

"Babamdan aldım."

"Baban da biliyor yani. Bile bile verdi."

"Babam bilmiyor. Kime vereceğimi ona söylemedim."
"Ne diye versin sana bu kadar parayı?"
"Babama kumar borcum var dedim."
"İnandı mı sana?"
"İnandı."
"Vay be!"
"Daha önce de böyle... şey... kumar oynamışlığım vardı da..."
"Hayırlı evlat! Daha önce aldığın paraları da örgüte mi verdin?"
"Ne münasebet!"
"Doğru söylediğini nereden bileyim?"
"Şehir Kulübü'nde... borçlularımın adını vereyim size... soruşturun."
"Emredersin."
"Estağfurullah. İnanmadınız da onun için söyledim."
"Doğruları söylersen inanırım. Bu parayı alan arkadaşla da Şehir Kulübü'nde kumar oynadın, öyle mi?"
"Onunla kumar oynamadık."
"Oğlum, parayı Şehir Kulübü'nde mi aldın?"
"Hayır, orada değil."
"Nerede?"
"Şeyde... bilardo salonunda."
"Bilardo salonunda?"
"Evet."
"Neden orada?"
"Kimse görmesin, bilmesin, diye."
"O kalabalığın içinde kimse görmedi mi yani?"
"Görmedi. Tuvalette verdim."
"Adı neydi verdiğin kişinin."
Parkalı gencin kâğıda attığı imzayı hatırlamaya çalıştı Cengiz. Hatırladığı adı söyledi.

"Aferin sana, bölücülere para verdiğin için eline sağlık. Anlat bakalım şimdi, örgütten başka kimleri tanıyorsun?"

"Hiç kimseyi."

"Canımı sıkmaya başlıyorsun, Kasrikoğlu. Ötecek misin yoksa başlayalım mı? Bütün gün burada oturmaya ve ağzından iple laf çekmeye hiç niyetim yok."

"Yemin ederim kimseyi tanımıyorum. Yemin ederim."

Komutan Cengiz'in tam karşısına çekip oturduğu iskemleden kalktı, cebinden çıkardığı bir siyah bezle Cengiz'in gözlerini bağladı.

"Kalk bakalım Cengiz aga," dedi, "anlaşıldı, bu iş böyle güzellikle olmayacak."

Cengiz kalktı. Komutan onu çekiştire çekiştire odadan koridora çıkardı, bir süre yürüttükten sonra, başka bir odaya soktu, bir iskemleye oturttu. Gözlerini çözmedi. Cengiz duyduğu seslerden, burada birden fazla kişinin bulunduğunu anladı. Sorgulamada, bugüne kadar sorulan sorulara verdiği yanıtların aynını, sabırla bir kez daha tekrarladı. Evet, örgüte para vermişti. Kamyonlarını yaktıkları ve sürekli tehdit ettikleri için vermişti. Onlardan kurtulmak için sadece bir kerelik vermişti. Hayır, örgüte üye değildi. Örgütten kimseyi tanımıyordu. Misyonlarına sempati duymuyordu. Bir daha, bir daha, bir daha yanıtladı soruları. Beş ayrı kişinin teker teker sorduğu aynı manaya gelen değişik soruları yanıtlamaktan yorgun düştü ve sonunda patladı.

"Ağzıma laf koymak istiyorsanız, bunu başaramayacaksınız," dedi, "Örgütle hiçbir ilişkim yok. Kimseyi tanımıyorum. Adlarını ve yerlerini bilmiyorum. Burada beni bir ay da, bir yıl da on yıl da tutsanız, aynı yanıtları alacaksınız. Beni ya salın ya da hapse atın. Ama artık bana hiçbir şey sormayın."

Suratında şimşek gibi bir tokat patladı. İskemleden yere düştü, tekmelenirken kendini kaybetti.

Cengiz, derin bir uykudan korkunç feryatlarla uyandı. Yaralı bir hayvanın iniltisini andıran, tuhaf bir sesti bu. Hiç kesilmeyen inişli çıkışlı, ağıt yakar gibi bir haykırıştı. Ara ara yükseliyor, sonra bir mırıltı halini alıyor, zaman zaman da canhıraş bir çığlığa dönüşüyordu. Çiftlik hayatından, hayvan ulumalarına, ağlamalarına ve doğuran kadınların bağırtılarına alışıktı. Bu ses hiçbirine benzemiyordu. Ürperdi. Sesin nereden geldiğini anlamaya çalıştı. Aşağı kattan mı, yan odadan mı? İçinden çıkamadı. Gözleri karanlığa alışınca, doğruldu yattığı yerden. Her tarafı ağrılar içindeydi. Ayağa kalkmak isteyince başını bir yere vurdu, tekrar devrildi yattığı yere. Ellerini yukarı kaldırdı... bir ranzanın alt katında yatıyordu. Demek yalnız değildi. Sevindi. Buraya nasıl getirildiğini hatırlamaya çalıştı. Son hatırlayabildiği, gözlerinde bağla, sorguya çekildiğiydi. Sonrası karanlıktı... kapkaranlıktı.

Gün ağarmaya başlayınca bulunduğu yerin, birkaç ranzalı, daracık bir oda olduğunu gördü. Karşı ranzanın üst katında uyuyan biri daha vardı. Odada demir ranzaların dışında hiç eşya olmadığı gibi, ranzalarda da şilte yoktu. Cengiz üstünde yattığı ikiye katlanmış asker battaniyesinin sert kıllarında dolaştırdı parmaklarını. Karyola demirlerinin üzerinde yatmıştı bütün gece. Her tarafının tutulması bundan olmalıydı. Ellerini başının altına koyup, sırtüstü döndü ve tekrar uyumaya çalıştı.

Bu kez daldığı uykudan, oda kapısından içeri atılan bir cismin yere düşerken çıkardığı gürültüyle uyandı. Yerde kan revan içinde perişan bir adam vardı. Tabanları fırından yeni çıkmış ekmek somunları gibi şişmişti. Mosmor göz kapakları o kadar şişti ki, gözleri açılamıyordu. Burnundan kan geliyordu. Sağ elinin iki parmağı kırılmış olmalıydı, derisinin içinde sallanıyor gibiydiler. Pantolon ıslaktı ve leş gibi sidik kokuyordu.

Karşı ranzanın üstünde uyuduğunu zannettiği kişi, yere atladı. Hiç konuşmadan, her ikisi de yerde yatan külçeyi zorlukla taşıyarak, alt ranzalardan birine yatırdılar. Cengiz üzerinde uyuduğu battaniyeyi, tir tir titreyen adamın üstüne örttü.

"Adın ne?" dedi karşı ranzadan atlayan adam.

"Cengiz... Cengiz Kasrikoğlu."

"Ben Kadir'im."

Cengiz elini uzattı tokalaşmak için. Kadir sağ elini yüreğinin üzerine koyup başını eğdi. Cengiz'in eli boşlukta kaldı.

"Niye buradasınız?" diye sordu adama.

"Vatana ihanetten. Ya sen?"

"Ben de."

"İhanet ettin mi?"

"Haşa. Siz?"

"Böyle vatanın ağzına sıçayım," dedi Kadir.

Cengiz, çattık, diye düşündü, fena halde canı sıkılarak. Vatanını sevenle sevmeyeni aynı odaya koyuyorlarsa, aralarında bir ayrım da yapmıyorlardı demek ki. Bu herife pek bulaşmamalıydı. Yatağına yürüdü, battaniyeyi verdiği için, artık çıplak kalan demirlerin üzerine oturdu. Bir süre sonra, dayanamadı sordu,

"Bu arkadaşı tanıyor musunuz?"

"Cafer'i mi? O da bir vatan haini," dedi Kadir, "bizim gibi"

"Ben vatan haini değilim."

"Fark etmez. Sen de işkenceden nasibini alacaksın. Nerelisin dedindi?"

Cengiz geldiği şehrin adını söyledi.

"Ohohoo, hem de katmerlisini alacaksın."

Cengiz içinden, İnşallah sen de alırsın nasibini, orospu çocuğu, diye geçirdi.

Bir yarım saat kadar sonra, kapı hoyratça açıldı ve içeri gelen er, yere bir tepsi içinde üç fincan çay ve üç dilim ekmek bıraktı. Cengiz çaylardan birine hamlederken, göğsüne bir yumruk yedi.

"Dur bakalım lan. Acelen ne itoğlu it! Çok mu acıktın?"

"Evet."

"Önce sabah tekmilini ver."

Cengiz şaşkın şaşkın baktı.

"Söyle lan!"

"Ne söyliyeyim."

"Önce Marş'ı, sonra And'ı."

"İstiklal Marşı'nı söyle," dedi Kadir.

"Benim sesim çok kötüdür."

"Söyle lan! Yoksa ben söyletirim sana."

Cengiz hazır ola geçti, söylemeye hazırlandı.

"Sende in ranzandan köpek herif."

Kadir yere atladı, Cengiz'in yanında, iki elleri bacaklarına yapışık, dikildi.

"Sen de kalk, haydi bakalım." Er, yataktaki paçavraya dönmüş adama haykırıyordu.

"O kalkamaz," dedi Cengiz, "Görmüyor musun, kalkacak hali yok."

"Sus lan, sana soran oldu mu?"

"Biraz önce getirdiler. Kendinde değil."

Cengizin suratında bir tokat patladı. Cengiz eri tepelemek için hamlederken, Kadir kollarını tuttu.

"Bu acemi daha, bakma kusuruna," dedi ere, "yakında öğrenir."

Cengiz silkinerek kurtardı kendini Kadir'den.

Er, kendine karşı gelinmesinin asabiyeti içinde haykırdı, "Üçünüz de hemen karşıma dikilmezseniz, kıçınıza ne sokacağımı biliyorsunuz."

Kadir, ranzada yatana doğru eğilip, Cengiz'e emir verdi, "Gel buraya, yardım et!"

Cengiz ve Kadir, yatakta yatan külçenin koltuk altlarından tutarak, onu yataktan indirdiler, ayağa kaldırmaya çalıştılar. Bacakları dizlerinden bükülen adamı aralarına sıkıştırıp, İstiklal Marşı'nı söylemeye başladılar. Yanlışlık yaptıklarında, bacaklarına sopa yiyorlardı. Marş bitince And'ı söylediler. Sonunda konser bitti. Adamı tekrar yatağa taşıdılar.

"O söylemedi. Şimdi onun yerine siz bir kere daha söyleyeceksiniz," dedi asker.

Kadir ve Cengiz, yine yan yana durup, İstiklal Marşı'yla And'ı, sil baştan yanlışsız okumaya çalıştılar. Her yanlışta bacaklarına bir sopa iniyor ve yeniden başlamak zorunda kalıyorlardı. Er çekip gittikten sonra, pantolonunu sıyırıp, morarmış bacaklarına baktı Cengiz. Kemikleri sızlıyordu.

"Bu herifler sırtlarına asker üniformasını giyene kadar, doğdukları günden başlayarak, herkesten dayak yerler," dedi Kadir, "Analarından, babalarından, amcalarından, dayılarından, okulda öğretmenlerinden, tarlada ağalarından... sonra askere giderler bu kez de üstleri döver onları ki, ne biçim. Bilirsin işte... Sonra sırtlarına geçirirler bu taze fasulye yeşili kıyafetleri ve güçlerinin yettiği herkesten yedikleri bütün dayakların acısını çıkarmaya başlarlar. Aman ola ki, damarlarına basmayasın. Sakın ha!"

"Ne işim var ki benim askerlerle, damarlarına basayım," dedi Cengiz. Hiç sevmemişti bu ukala adamı.

"Sen de öğrenirsin yakında."

Yanıtlamadı Cengiz. Tepsideki çaylardan birini aldı, bir yudum içip tükürdü. Çay buz gibi olmuştu. Ekmeğin de Allah bilir, dünkünden farkı yoktu. Dokunmadı bile ekmeğe. Çay bardağını tepsiye bıraktı, gidip ranzasının demirlerine uzandı. Er bir süre sonra geri döndü. Cengiz'in çayını içmediğini, ekmeği de yemediğini görünce,

"Ne o beğenemedin mi?" diye sordu.

"Çay buz gibi olmuş. Ekmek de kaskatı," dedi Cengiz.

"Amına koyduğumun herifi, kahvaltını beş yıldızlı otelden mi getirtelim istiyorsun?"

"Sadece küfür etme. Başka bir şey istemiyorum."

"Ulan ibne, gösteririm ben sana!"

"Ben sana ne yaptım?"

"Vatanı bölmek isteyen sen değil misin? Daha ne yapacaksın?"

"Ben vatanı bölmek filan istemiyorum."
"İstemiyorsan niye burdasın?"
"Ne bileyim ben? Beni getirenlere sor."
"Ben sana soruyorum."
"Haydi kardeşim, git işine."
Er şiddetli bir tokat daha indirdi Cengiz'e. Kadir'in bu kez araya girmesine vakit kalmadan bir kargaşa oldu, Cengiz ve asker alt alta üst üste bir duruma girdiler. Er bir ara Cengiz'in kollarından ok gibi fırladı, çıktı gitti. Bir iki dakika sonra geri döndüğünde, yanında üç kişi daha vardı. Cengiz'i yaka paça götürdüler. Güneş henüz yükselmeye başlamıştı gökte.

Akşamüstüne doğru hücrenin kapısı açıldı, Cengiz, ağzı burnu kan, pantolonu sidik içinde, makatı yırtık, parmaklarının üçü ve ön dişleri kırık, gözleri yumruk gibi şiş, iki kişinin kollarında kapıda belirdi. Adamlar onu içeri ittiler. Cengiz boş çuval gibi yuvarlandı odanın ortasına.

*

İlk horozun sesiyle ayaklanmıştı Sadık Ağa. Köydeki okul damının onarılması ve ilçedeki sağlık ocağına yeni röntgen makinesi alınması için verdiği bağışa teşekküre geleceğini bildiren kaymakamı iyi ağırlamanın telaşı içindeydi. Bir gün önceden kadınlara incecik hamurlar açtırmış, keşkek hazırlatmıştı. Gün ağarırken kalkıp kümesten yumurtaları kendi eliyle almıştı, kaymakama ikram etmek için. Traş olmuş, entarisini çıkartıp, kahverengi kostümünü, yeni parlattırdığı iskarpinlerini giymişti. Köstekli saatini yeleğinin iç cebine yerleştirmişti. Elinde cıgarası, çardağın altında oturmuş, derdini kaymakama en münasip şekilde nasıl dökeceğini düşünüyordu.

Kaymakam bugün buraya kendi ayaklarıyla gelmeyecek olsa, onun makamına gidip yardım istemeyi aklına bile getirmez
Yok yok, bal gibi de getirirdi aklına. Kimseden bir şey iste

alışık olmasa da, ayakları geri geri de gitse, kalkar giderdi makamına kaymakamın; çünkü, hem acısı kibrini çoktan aşmıştı hem de Dündar Leventoğlu, özel nitelikleri olan bir kaymakamdı. İlçeye tayin olur olmaz, tüm köyleri dolaşmış, ağalarla, muhtarlarla tanışmış, her birinin derdini ayrı ayrı dinlemiş ve köylerdeki eksiklikleri gidermek üzere, imece usulü bir yardım kampanyası başlatmıştı. Varlıklı kimselerin verdikleri paralar bir çanakta toplanıyor, önem sırasına göre işlere bölüştürülüyor ve bağışçılar, katkı paylarıyla orantılı olarak, isimlerinin tesislere verilmesi gibi gönül çelen ödüllerle onurlandırılıyorlardı. Para yardımı yapamayanlar, el emeği, iş gücüyle katkıda bulunuyorlardı. Her şeyi merkezden beklemeyi sevmeyen yeni kaymakamın bu girişimiyle, köy okulları onarılıyor, sağlık ocaklarının eksikleri tamamlanıyor, yollar asfaltlanıyor, çocukların aşı kampanyaları ve sünnetleri destekleniyordu. Aynı zamanda alçakgönüllü bir adamdı Leventoğlu, yöre halkıyla iyi ilişkilerini pekiştirmek için, düğünlere derneklere de katılıyordu sık sık.

Sadık Ağa, bir günah gibi taşımakta olduğu acısını, daha fazla kaldıramayacağının farkındaydı. Madem Cengiz'i o atmıştı ateşe, maşayı da o kullanmalıydı, torununu içine düştüğü ateşten çekip çıkartmak için. Bu maşa, namuslu, vicdan sahibi biriyse, adamın vicdanına hitap edecekti. Para düşkünü bir sefilse, rüşvetini, bahşişini verecekti. Cengiz'i kurtarmak ve evine döndürmek için ne gerekiyorsa onu yapacaktı.

Sigarasından derin bir nefes çekerken, "Keşke paragöz bir herif olaydı kaymakam, işim daha kolay olurdu," diye düşündü. İçinden bir ses, bu işin parayla dahi çözümlenemeyeceğini söyleyip duruyordu, kulağına. Ne vicdana hitap etmenin ne de rüşvetin kolayca işleyemediği bir ihtilal sonrası döneminde yaşıyorlardı. Belki de en doğru yol, başlarına gelenleri olduğu gibi anlatmaktı. Cengiz neler söylemişti acaba gözaltındayken. Oğlanla konuşamıyorlardı ki bilebilsinler. Nerede olduğundan dahi haberleri yoktu. Derin bir of çekti Sadık Ağa, sigarasını toprağa atıp, iki elini yanlara açtı, dudakları kıpır kıpır bir duaya başladı. Yarım saat kadar sonra, taa uzaktan, kaymakamın cipinin çıkardığı tozu görünce, 'Amin' diyerek sonlandırdı duasını, iki eliyle yüzünü sıvazladı, konuğunu karşılamak üzere yerinden kalkıp fıstık ağaçlarının arasından, bahçe kapısına doğru yürüdü.

Pırıl pırıl bir bahar günüydü. Erikler, elmalar pıtrak pıtrak çiçeğe durmuştu. Mis gibi bir ıhlamur kokusu vardı havada. İkram sofrasını hayata kurdurmuştu büyük gelin. Kaymakamı güzel ağırladılar. Yemek boyunca hoş sohbetler ettiler. Kaymakam her şeyi devletten beklememek gerektiğini, el birliği ile çok güzel işler yapabileceklerini anlattı. Sadık Ağa, daha önceki kaymakamlarla başına gelen bazı komik hikâyeleri nakletti. Ballı, börekli, peynirli, kaymaklı kahvaltı sona erince, kahveler de höpürdetildi ve evin erkekleri, aldıkları talimat üzerine, ağa ile kaymakamı baş başa bırakarak çekildiler. Etrafta kimseler kalmamıştı ama, yine de Sadık Ağa, tedbiri bırakmayarak Kaymakamı selamlıktaki odasına davet etti. İçeri girince, sedire yan yana oturdular. Ağa, boğazını temizledi;

"Senden bir şey isteyeceğim beyim" dedi, alçak sesle, "bunu senden kaymakam olduğun için değil, sen de bir baba olduğun için isteyeceğim. Eğer elinden gelir de yardımcı olursan, sana ilçenin işlerini göresin diye bağışta bulunma sözü vermem, bilesin. Çünkü yapacağın iyiliğin karşılığı parayla pulla ödenemez. Değeri ölçüye vurulamaz."

"Hayrola Sadık Ağa, sen benden ne isteyebilirsin ki? Sen ki, bak kaç köye sahip bir vatandaşsın."

"Dedim ya beyim, isteyeceğim şeyin parayla ilgisi yok diye. Bak konuşurken bile saygıda kusur edip sana Sayın Kaymakamım değil, beyim diyorum. Çünkü bu bir başka iş. Makam işi değil. Bunu ancak bana inanırsan, güvenirsen yaparsın. Kaymakam değil, insan olduğun için yaparsın."

"Ne işiymiş bu?"

"Bu bir can işidir, beyim."

"Can mı?"

"Can, evet! Genç bir can. Masum bir can. Hiç günahı, kusuru olmayan bir can. Benim narıma yanan bir can. O canı kurtarmak için, kendi canımı vermeye hazırım, Kaymakam. Mümkün olsa da beni onunla değişiverseler, onu salıverip, beni alsalar."

"Sadık Ağa, lafi uzatma. Anlat!"

Sadık Ağa, taa ilk tehdit mektuplarından başlayarak, ayrıntılı bir biçimde başlarına gelenleri anlattı kaymakama. Ailesinin devlete olan bağlılığını ispat etmek için, Şeyh Sait günlerine kadar döndü. Arşivlere bakarsan, bütün bu anlattığım bilgileri bulabilirsin diye teminat da verdi.

"Teminata filan gerek yok. Ben sizleri iyi tanıyorum Sadık Ağa," dedi Kaymakam.

"Cengiz'in hiçbir suçu olmadığı ortada. Sizin yanlış kararınızın cezasını o çekiyor, zavallı."

"Haklısın, parayı onunla göndermek yanlış oldu, Kaymakam."

"Hayır Ağa'm; tehdit edilmeye başlayınca, polisi haberdar etmemeniz yanlış olmuş. Keşke parayı öderken eşkiyaya tuzak kurduraydınız. Hem onlar yakalanırdı, hem başınıza bunlar gelmezdi."

"Yaptık işte bir hata. Bunun vebalini torunum çekmesin.Yardım edecek misin beyim?"

"Önce bulalım onu. Dua et ki hayatta olsun. Yoksa yardım neye yarar," dedi Kaymakam, "önce yaşadığını öğrenelim."

Kapı vuruldu, on yaşlarında bir kız elinde iki kupa köpüklü ayran ve peşinde kara gözlü bir başka kız çocuğu ile içeri girdi. Kupaları sedirin önündeki sehpaya bıraktı.

"Bunlar benim torunlar," dedi Ağa, "biri yetim diğeri öksüz. Gördüğün gibi, hayat çok ucuz buralarda Kaymakam, bu aile çok can kaybetti yılların içinde. Kimini töre kurşunu, kimini kan davası, kimini trafik kazası aldı. Artık ölümün o biber gibi acısını koklamak istemiyorum bir kere daha. Cengiz torunumu bulursan, sağ ve salim kalmasına yardımcı olursan, sana hayat boyu can borcum olur."

"Hiçbir borcun olmaz, Sadık Ağa. Torununu nereye aldıklarını araştıracağım. Bunu da, doğru söylediğini bildiğim için ve biraz da torununun adı Cengiz olduğundan yapıyorum."

"Cengiz, babanın adı mıydı Kaymakam?"

"Ölü doğan oğlumu bu adla gömdüm, ağa. Askerlik arkadaşımın adıydı."

"Allah onu nur içinde yatırsın, sana da nice hayırlı oğullar nasip eylesin."

"Amin," dedi kaymakam.

Küçük kızlar çıktıktan sonra, kaymakam da ayağa kalktı, elini uzattı, ev sahibine. Sadık Ağa sıkıca tuttu elini kaymakamın, bir şeyler söylemek istedi ama laflar boğazına düğümlendiği için, hiçbir şey diyemedi. İki adam gözleriyle konuştular. Kaymakamın dürüst, berrak bakışları, elimden geleni yapacağım diyordu. Ağanın, göz pınarlarında yaşların titreştiği kederli gözleri ise, Allah senden razı olsun, der gibiydi.

*

Cengiz artık kaç gündür burada olduğunun hesabını kaybetmişti. On gün mü? Yirmi mi? Yoksa aylardır mı yatıyordu bu daracık, havasız koğuşta? Zaman kavramını çoktan yitirmişti. Başlarda sımsıkı sarıldığı umudunu da. Artık, her sabah ayağa dikilip önce İstiklal Marşı'nı, sonra da Andımız'ı bağıra bağıra söylediği ve yanlış yaptığı taktirde sopa yediği, iğrenç çorbalara bayat ekmekleri katık ederek karnını doyurmaya çalıştığı, diğer tutuklularla birlikte, helalar tıkalı olduğu için, pisliklerin yüzdüğü yerlerde hacet giderdiği ve gün aşırı nöbet ona düştüğünde bu pislikleri temizlemek zorunda kaldığı yeni bir yaşamı vardı.

Odalarına başka mahkûmlar da getirilmişti.Havalandırmaya, kelepçeli elleri birbirine zincirlenmiş olarak çıkartılıyorlar, haftada bir, damla damla akan buz gibi suyun altında yıkanmaya çalışıyorlar, güneş batar batmaz ranzalarına yatırılıyorlardı.Yattıktan sonra konuşmak yasaktı. Şikâyette bulunmak yasaktı. Şikâyet edenler hortumla ıslatılıp, öyle dövülüyordu. Soru sormak da yasaktı. Sorularının yanıtı küfürdü, tepkilerinin yanıtı dayak ve işkenceydi.

Cengiz'in koğuşundaki yaşlı adam, dayaklı soruşturmadan döndüğü günün ertesinde yatağında ölü bulunmuştu. Sabah tekmilini almaya gelen erin emrine karşı gelerek bir türlü yatağından kalkmayınca, er, şiltesini hücrenin ortasına savurmuş, ihtiyarın gövdesi şilteden fırlamış, ayakta hazır olda duran beş kişinin önüne yuvarlanmıştı.

"Aaa bu ölmüş," demişti içlerinden biri.

Kadir ok gibi fırlamış, diğerlerinin şaşkın bakışları altında, ölünün şiltesinin altında kalan battaniyeyi kapıp kendi yatağına götürmüştü. Midesi bulanmıştı Cengiz'in.

"Seni gidi açıkgöz pezevenk," diye bağırmıştı er. Ama battaniyeyi kapmasına itiraz etmemişti.

"Ne yapalım yani? Sırtım, ızgarada balık gibi oldu. Bu koğuşun madem en kıdemlisi benim..."

"Susss ulan! Sıçırtma sırtına şimdi! Geç yerine! Hepiniz, ben dönene kadar, hazır olda kımıldamadan duracaksınız!" Er cesedi aldırmak için yardım çağırmaya gitmişti. Cengiz, ayaklarını dibinde kıvrılmış yatan adama bakmış, günlerdir ızdırap çeken yüzünde derin bir huzur görmüştü. Onun için umut artık suçsuzluğunu ispat etmek değil, buradan kurtulmaktı. Ne pahasına olursa olsun buradan kurtulmak! İster kaçarak, ister ölerek... evet, evet belki de en temiz yol buydu; bir an önce ölmek!

Cengiz, kayboluşunun beşinci ayında, duruşma öncesi soruşturma sürecinin tamamlanmasını bekleyen, gözaltındaki terör zanlılarının kapatıldığı askeri karagâhta bulundu. Duruşma tarihi, ilçesindeki kaymakam'ın ısrarlı ricaları ve suçsuz olduğuna dair tavassutuyla öne alındı. Aklandı ve köyüne döndü. Döndüğü gün, çiftlikte, babasının kolunda, toprağa dökülmüş sonbahar yapraklarını hışırdatarak ağır ağır evine doğru yürürken, anası ve akrabaları onu tanıyamadılar. Dokuz kilo vermişti, simsiyah saçlarının arasından tutam tutam beyaz teller gözüküyordu, sol elinin parmakları bükülemiyordu, ön dişleri kırıktı ve kuyu gibi çökmüş gözlerinde genç yaşına hiç yakışmayan ürpertici bir ifade, biber kıvamında bir acı vardı. Acı ve nefret.

NEVRA İLE ZELHA

Yaşlar gözlerimden iplik gibi iniyor. Uzanıp, Zelha'nın önünde duran ses kayıt makinesinin düğmesine basıyorum.

"O çoktan bitti. Boşa dönüp duruyordu, sen fark etmedin," diyor Zelha.

"Niye haber vermedin? Başka kaset takardım."

"Takacaksın da ne olacak? Bir daha dinleyecek değilsin ki. Öğrenmek istediğini öğrendin işte."

"Doğru, öğrendim. Hep öğreniyorum. Her gün öğreniyorum. Demin dedin ya Zelha, kaset boşa dönüp duruyordu, sen fark etmedin, diye... benim hayatım bu işte! Boşa dönüp duruyor, boşa, boşa, boşa... ben hiç fark etmiyorum. Hep bir ümitle bekliyorum. Hep bekliyorum ama hep boşa dönüyor."

"Al şunu da burnunu sil." Bana kâğıt peçetelerden birini uzatıyor. Sümkürüyorum kâğıt peçeteye.

"Haydi, ağlama artık. Olan olmuş."

"Olanlar olmasaydı, keşke..."

"Keşkelerin faydası yok Nevo. Boşver. Ben hiçbir şeye ağlayamıyorum artık. Duvar gibi oldum."

Boğazımda bir tıkaç var, ne aşağı iniyor ne de yukarı çıkıyor. Söyleyecek söz bulamadan oturuyorum öylece. Kime yanayım, Cengiz'e mi, babama mı, dedeye mi, Türk olsun, Kürt olsun dağlarda ölen gençlerine mi, vurmaktan, kırmaktan, küfürden ve işkenceden başka çıkar yol bilmeyen insanlarına mı bu cennet vatanın? Kime küfredeyim, kime kızayım bizi buralara getirdikleri için? Politikacıya mı, milliyetçiye mi, bölücüye mi, askere mi, esnafa mı, hacıya mı, hocaya mı, yobaza mı? Kime? Kime?

İçim eziliyor. Açlıktan mı eziliyor, üzüntüden mi, dinlediklerimin vahşetinden mi, bilemiyorum. Elimi çantama daldırıp, elmaları çıkartıyorum. Birini Zelha'ya uzatıyorum. Alıyor elimden, hart diye ısırıyor. Ben de kendi elmamı ısırıyorum. Suyu süzülüyor ağzımın kenarından... **Siz kanatmadınız mı ellerimi elma çiçekleri**... Ne müthiş bir güzellikle çiçeğe dururdu elma ağaçları. Beyaz gelinlik giymiş taze gelinlere benzerlerdi. Bembeyaz, pıtrak pıtrak tomurcuklar fışkırırdı dallarından. Çiçekleri Zelha ile koparır, büker, taç yapar başımıza koyardık. Bağırışırdık sonra, "Biz gelin olduk! Biz gelin olduk! Biz gelin olduk!" O çiflikte ve o yaşta gelin olmanın dışında hiçbir gelecek hayal edemezdik. Bembeyaz rüyalara yatardık. Büyüdüğümüzde, düğünümüz birlikte yapılacaktı. Başımıza elma çiçeklerinden taçlar takacaktık. İçinde elma, erik çiçekleri açan bir büyük bahçemiz, bahçemizde birbirine yakın evlerimiz olacaktı. Çocuklarımız- her birimiz için ikişer kız, ikişer de oğlan- birlikte büyüyeceklerdi bizim gibi ve sonra birbirleriyle evleneceklerdi. Akraba olacaktık böylece. Hiç ayrılmayacaktık.

Büyüdük, yollarımız ayrıldı. Bahçelerimiz, dünyalarımız ayrıldı. Birbirimize uzak şehirlerde ayrı ayrı evlendik. Elma çiçeklerinden taçlar takamadık başımıza. Hüzün taçları taktık, bize hiç yakışmayan. Akraba olmayı hayal ederken, nerdeyse düşman olduk birbirimize. Ah Zelha, neden? Neden?

Arkadaşımın anlattıklarını dinlerken, ona kıyasla ne şanslı olduğumu fark ettiğim için, bir sızı gibi ince bir utanç duyuyorum yüreğimin derininde. Benim şikâyete hakkım yok! Ben bir şehir kızıyım, kuma nedir bilmeyen, tutuklanmamış, işkence görmemiş, kan davasında canı yanmamış, sadece dinlediği öykülerin dehşetiyle kederlenen... Daha ne kadar çok dinler ve kederlenirsem, çektiğimiz acılarda eşitlenecekmişiz gibi, deşip deşip duruyorum arkadaşımı.

"Zelha, Cengiz eve döndükten sonra... onu gördün mü sen?"

"Elbette gördüm. Eve döndükten sonra şehre gitmedi zaten. Köyde kaldı."

"Niye ben hiç görmedim onu?"

"Kimselerin yanına çıkmazdı ki. Bir acayipti... ben bilemezdim tabii, küçükken bütün bunları. Onu da öyle kafadan biraz çatlak zannederdim, bizim Sülü gibi."

"Hayret, o kadar geldim gittim sizin çiftliğe, hiç rastlamadım ona."

"Dedim ya, insan içine çıkmazdı, kimseyle konuşmazdı, diye. Ninem hocalar getirtir, muskalar yazdırır, okutup dururdu torununu. Kurşun döktürür, leylek boku yaktırırdı... hiç faydasını görmedi Cengiz bu kocakarı dermanlarının. Sadece babana çıkmış bir kere... neyse... boş ver."

"Anlatsana."

"Boş ver, dedim ya."

"Nasıl boş veririm, Zelha. Bitir başladığın lafı... Babamın yanına niye çıkmış, teşekkür için mi?"

"Dedem ve amcam öyle zannetmişler... yani onu gözaltından kurtardığı için, elini öpecek filan sanmışlar."

"Babam sevmezdi el öptürmesini."

"O da öpmemiş zaten. Beni keşke çıkartmasaydınız da orada öleydim, demiş. Yaşayacak can kalmadı bende, ne onurum, ne hevesim var artık, demiş. Ben bir hiç oldum, Kaymakam, diye bağırmış babana. Benden bir hiç yaptınız, bir HİÇ! Sonra çok ayıp bir şey daha yapmış... dedem çok kızmıştı..."

"Ne yapmış?"

Susuyor Zelha.

"Söyle Zelha, ne yapmış?"

"Tükürmüş..."

"Nee! Babama mı? "

"Yok, yere tükürmüş."

"Babam ne yapmış?"

"Ben sözümde durdum, torununu getirdim evine, şimdi sıra sende Sadık Ağa, demiş, sen de onu yeniden hayatla barıştır. Sonra da kalkmış gitmiş."

"Ayıp etmiş babama."

"Hem de nasıl! Ama kopmuştu hayattan Cengiz... mecnun gibiydi."

"Bari akıllandı mı, yeniden hayata döndü mü sonra? "

"Uzun bir süre çiftlikte hiçbir yere çıkmadan oturdu. Dişçiye bile gitmedi kırık dişlerini yaptırmaya. Kimselerle görüşmedi. Gözlerini duvara diker öyle bakar dururdu. Birileri gider gelirdi onunla konuşmak için. Dedem oralardaysa, izin vermez geri yollardı gelenleri. En sonunda Cengiz dağa çıktı Nevo."

"Ahh!"

"Ahh ki ne ahh!"

"Bir daha görmediniz mi onu?"

"Gördük. Birkaç kere geldi gitti çiftliğe. Gizlice elbette. Her seferinde dedem çok uğraştı teslim olması için. Arada bir dağdan inenlere af çıkıyordu ya... haber gönderip dururdu, zavallı. Cengiz'in son gelişinden sonra, çiftliği bastılar, arama yaptılar her yerde. O son oldu, bir daha gelmedi zaten."

"Babam bu yüzden gözden düşmüş olmalı Zelo."

"Nasıl yani?"

"Onun koruyup, kolladığı kişi dağa çıkınca... eee, tabii valiliğinin önü kesildi, işte."

"Vali olamadı mı baban?"

"Olamadı. Urla'da kaymakamken, erken emekliliğini istedi... sağlık nedenleriyle."

"Hay Allah! Tevekkeli dedem sadece kendini değil çok kişinin başını yakacaksın, derdi Cengiz'e."

"Zelo, bu terör belası gerçekten çok kişinin başını yaktı."

"Teröre isteyerek mi başvurdu insanlar, Nevo? Yani durduk yerde, bir gün dağa çıkalım da spor yapar gibi adam öldürelim, dediler öyle mi?"

"Seslerini duyurmak adına bir şeyler yapmaları gerektiğini kabul ediyorum, ama bu noktaya kan dökmeden de gelinebilirdi. Belki daha yavaş olurdu ama kesinlikle gelinirdi."

"Sahiden inanıyor musun dediklerine?"

"Elbette inanıyorum. Kan döküldü de ne oldu Zelo? Kazancı ne oldu kan dökenlerin? Bir sürü ölü, bir sürü yaralı, yığınla acı hatıra. Dünya hızla değişiyor güzelim, bu değişime ayak uyduramayanların vay haline! Tüm direnenler sonunda değişimi kabul etmek zorunda kalacaklar. Yoksa insanlar da, milletler de dinler de çağın dışına düşecek. Bu değişimde şiddet yok, kan dökmek yok. Konuşmak, uzlaşmak, anlaşmak var."

"Sen Cengiz'in halini bir göreydin çiftliğe döndükten sonra, böyle konuşmazdın. Cengiz insanlıktan çıkmıştı. İçi boşalmış gibiydi. Ne uyku uyuyordu ne yemek yiyebiliyordu. Karıncayı incitmeyen adamın gözünü hırs bürümüştü. Barınamadı bizim yanımızda. Senin savunduğun süreci bekleyemedi. Kendine ve diğerlerine yapılanların hesabını görmeye gitti. Kan dökmek yanlıştır deyip duruyorsun ama, sakin bir insandan bir canavar yaratmak da kan dökmek değil mi, bir yerde?"

"Öyle. Ama bu canavarları karşılıklı yaratıp duruyoruz Zelha... Sizinkiler yaptıkça bizimkiler, bizimkiler yaptıkça sizinkiler yangına körükle gidiyor. Lanet bir kan davasına dönüştü bu iş. Görmüyor musun siz ve biz diye çekişip durmak sadece daha fazla acıya mal oluyor. Ne olurdu yani, makul bir çözüm için, imkânsızı istemekten vazgeçseniz. Bak şu anda uzlaşmaya yatkın bir hükümet var başımızda. Tekrardan kan akmaya başlarsa, halk galeyana gelip, yine sertlik yanlılarını taşıyacak iktidara. Hepimizin canı yanmaya devam edecek. Cengiz'lerin dağlardan inip aramıza karışmaları şart Zelo, şart..."

"Bizim Cengiz dağdan inemez Nevo, dağda kaldı o."

"İner."

"İnmez. İnemez. Öldü Cengiz. Vuruldu."

Lafım boğazımda takılı kalıyor. Öylece bakıyorum Zelha'nın suratına alık alık.

"Ölü ele geçirilenlerden olmadığı için, bir mezarı dahi yok, gidip ziyaret edebileceğimiz. Askerler cesedini toplamadan, bizimkiler kaçırıp gömmüş onu. Dedem çılgına dönmüştü. Gecelerce deli dana gibi dolandı bahçelerde. Ağaçlara, dağlara, yıldızlara avaz avaz haykırdı durdu, aylarca. Sonra ateşlendi, yataklara düştü, bir daha da iflah olmadı. Vaktinden önce çöktü, adam. İki büklüm bir ihtiyar oldu. Hiçbir şeyle ilgilenmedi gayrı. Çiftlikten dışarı adım atmadı. Son nefesini verirken de hep Cengiz'i sayıklıyordu. Yaa, işte böyle Nevo!"

Bizimkiler, dedi Zelha... Kim onlar, Cengiz'in cesedini askerlerden saklamak adına, ailesinden de esirgeyenler? Dede, beni dizlerinde uyutan o canım dede, bizimkilerden mi, onlardan mı? Biz kimiz? Onlar kim? Bir banka reklamı vardı bir ara, yoktur birbirimizden farkımız, diye... Bizlerden ve onlardan birer kadın, işte şimdi şu anda, karşılıklı ağlaşıyoruz oturmuş. Birimizin acısı, bir diğerinin yüreğini yakıyor. Yüzümde nasıl bir ifade belirmiş, çaresizce çırpınışım, isyanım yüzüme vurmuş olmalı ki,

"Senin kabahatin değil," diyor Zelha bana, "bakma bana öyle suçlu suçlu. Ama beni ikna etmeye de çalışma. İkna olamam kardeşim.Canım çok yanık. Çok yanık!"

Benim de canım yanık. Benim de sevdiklerim savrulmuş sağa sola. Babam, hak etmediği muameleye maruz kalmış. Layık olduğu mevkiye gelememiş. Kim bilir kaç kere hesap vermeye çağrıldı İçişleri Bakanlığı'na, ihtarlar aldı. Terörle hiç ilgisi olmayan bir genç adamı savunmayı, kollamayı insani görevi saydığı için, kendi geleceğini kararttı babam. Sevgili, sevgili babam. Nerden bilebilirdi kurtarmaya çalıştığı delikanlının, birkaç manyağın elinde insanlıktan çıkıp, canavara dönüşeceğini! Hiç belli etmese de nasıl bir hicran vardı gönlünde kim bilir. Nasıl bir isyan! O, annem gibi dillendiremedi isyanını. Gururuna yediremedi. Üstelik iki ayrı kurşunla vuruldu babam. Hiçbir suçu yokken, yine hiçbir suçu olmayan Cengiz'in yüzünden, devletinden yediği kurşunun yanı sıra bir de karısı vurdu onu can evinden. Ben, kızı olarak bunca yaralandımsa annemin gidişinden, kim bilir o neler hissetti. Nasıl sessizce gömdü içine utancını, acısını. Ne karısına ne de üstlerine kafa tuttu. Ülkesine daha nice hizmetler verebilecekken, bir kıyı kasabasında balık tutmayı seçti. Benim bu düşüncelerimi duysa, hemen savunmaya geçer, toz kondurmazdı devlete, adım gibi biliyorum.

"Terörist damgası yemiş bir adama yataklık ettiğimi düşündüler. Elbette alnımdan öpecek değillerdi", derdi, "Cumhuriyet kendini kollamak ve savunmak zorundadır, kızım. Askerin bir görevi de budur; sınırları olduğu kadar, ilkeleri de korumak ve savunmak."

Bir başka kuşağın adamıydı, canım babam. Bizler, ordunun sadece sınırları korumasını istiyoruz, artık. Bizim rekolte bozuk ıış olmalı ki, vatan sevgisinin çeşnisi değişti bir sonraki kuşakta. Kardeşim de istemedi bu ülkede yaşamak. Kendini vatanına adamış bir adamın oğlu, babasının içinde tıkalı kalan isyanını kendi yüreğine aktarmış ki,

"Babamın kıymetini bilmeyenlerden bana ne hayır gelebilir, abla?" demişti bana, Amerika'ya yerleşme kararını açıklarken, "ben babam gibi idealist bir vatanperver değilim. Onun gibi fedakâr ve hoşgörülü olamam. Şansımı insan kıymeti bilen bir ülkede deneyeceğim."

"Sen devlet memuru değilsin Orhan," demiştim, "sen bilim adamı olacaksın. Devletle işin yok senin. Gitme."

"Sen gel de üniversitenin halini bir gör," demişti, "üniversiteler ki irfan yuvalarıdır sözüm ona, gerçekten ilim irfan sahibiysen, senden nefret ediyorlar. Bağnaz ve dar görüşlüysen, hiçbir şeyi değiştirmeden, statükoyu sürdürmek istiyorsan ne âlâ. Ben buna katlanamıyorum, işte."

"Katlanmalısın. Bu ülkeden senin gibiler çekip çekip gittikçe, çook yerimizde sayarız."

"Bu ülke hep yerinde sayacak, ne yazık ki. Ne ileri ne de geri, hep aynı yerde kalacak. Yönetenler bu kadar sıradan, bu kadar ufuksuz oldukça... Ben bilim adamıyım, abla. Sıradanlığa ve durağanlığa tahammülüm yok. Değişimsizlik beni boğar, öldürür."

Terör insanları öldürürken, değişimsizlik de insanların ruhlarını öldürdü. Ne korkunç bir zaman dilimiydi yaşadığımız. Kırlarda ölüm, dağlarda ölüm, kentlerde ölüm, değişemeyen kafalar yüzünden de, okullarda, kurumlarda manevi ölüm. Siyasi çözüm bulunamadığı için ve karşılıklı inatlaşma sonucu, ne çok genç adam öldü, ne çok ana yüreği yandı, ne çok çocuk babasız, genç kadın kocasız kaldı. Zelo'ya anlatsam mı acaba diye düşünüyorum, ben de şahit olduklarımı. Bir sürü öykü de bende var. Gerçi, Zelha gibi yakınlarımı, akrabalarımı şehit vermedim ama, etkilenmemek mümkün mü!

Dört yıl kadar oluyor... karşı komşum Ferhunde Abla'nın Doğu'da askerlik yapan oğlu, yaralanmış, eve dönüyor demişlerdi. Ferhunde Abla, sevecen bir komşuydu. Ne zaman börek yapsa, zeytinyağlı lahana dolması pişirse, elinde bir tabakla biterdi kapıda;

"Nevra'cığım, sen çalışıyorsun, vaktin yok el tutan yemekleri yapmaya. Azıcık koydum da tabağa, getiriverdim," derdi. Ben de altında kalmamak için, ona tüm dergileri taşırdım gazeteden. Oğlunun yaralandığı haberi geldiğinde çok üzülmüştü. Sonra yeni bir haber geldi, oğlanı erken terhisle eve yolluyorlardı. Kadın birkaç gün içinde, bir orduyu besleyecek kadar çok yemek yaptı oğlu için, evi silip süpürdü. Yaralı oğluna alçalıp yükselen manivelalı bir yatak kiraladı. Ben işyerimde kocaman bir kartona 'HOŞ GELDİN KAHRAMAN GAZİ,' yazdırıp getirdim, sitenin girişine astık. Çiçeklerle donattık apartmanın girişini. Diğer komşularla beklemeye başladık. Emekli bir bankacı vardı üst katımızda oturan, beyefendi bir adamdı, "Bizler kalabalık etmeyelim aile buluşurken, daha sonra hoş geldine, geçmiş olsuna gideriz," dedi. Hak verdik. Evlerimize dağıldık. Ben balkona çıkmış, seyrediyordum evin kapısında oğlunu bekleyen Nevin Abla'yla kızını. Bir askeri araç girdi sitemize, apartmanımızın kapısına yaklaştı. Aracın ön kapısından bir asker atladı, arka kapıyı açtı, içeri uzandı, kucağında iri bir çocukla geri çıktı. Nevin Abla'nın önce araca doğru hamlettiğini, sonra yavaş yavaş dizlerinin büküldüğünü gördüm. Kızının gücü annesini kucaklamaya ve ayakta tutmaya yetmedi. Yavaş çekilen film karesi gibi, ağır ağır yere çöktüler ana-kız.

Aman Tanrım! Aman Tanrım! Askerin arabanın içine uzanarak dışarı çıkarttığı ve kucağında bir bebek gibi taşıdığı şey... o şey, Tamer! Ferhunde Abla'nın oğlu Tamer! Midem ağzıma vuruyor birden, dizlerimin de bağı çözülüyor. Zor kaçıyorum balkondan, içerde bir koltuğa yığılıyorum. Gördüğüm bir hayal olsa... gerçek olmasa Allah'ım. Ben nasıl kapısını çalıp da, hoş geldin Tamer, diyeceğim az sonra. Nasıl bakacağım Ferhunde Abla'nın yüzüne. Sesimde sahtekâr bir tınıyla, Tamer hayatta ya, gerisini boş ver, Ferhunde Abla, bak Allah bağışlamış oğlunu işte... Örgütün döşediği mayında iki bacağı dizinin altından koptuysa, ne çıkar... mı diyeceğim? Üniversiteyi birincilikle bitirip, askere gitmişti Tamer. Yirmi üç yaşındaydı. Nişanlıydı. Geleceği parlak, akıllı Tamer! Yakışıklı Tamer! Bacaksız Tamer !

Zelha'nın aklını çelenlerin umut bağladığı terör, kolsuz, bacaksız, umutsuz, umarsız ve iğdiş bıraktı genç insanları. Kiminden mutsuz insanlar ordusu yarattı, kimini dedenin torunu Cengiz gibi hem mağdur hem katil yaptı, çoğunu da ilaç delisi... Zelha nereden bilecek, birkaç yıldır, en yakın çalışma arkadaşımın uyuyabilmek için avuç avuç hap yuttuğunu, gözünün önünden B. baskınının resimleri gitsin diye. Üstelik savaşa katılıp, vuruşmadığı, yaralanmadığı, kimseyi öldürmediği halde.

Gazetede çalışmaya başladığım ilk yıl, yeteneğimi ispat etmek için her işe balıklama atlarken, kendimi Erzincan köylerinden birinde bulmuştum. Erkal fotoğraflayacak, ben yazacaktım olayı. "Yazınıza kadın duyarlılığı katın, Nevra Hanım. Bildik baskın haberlerinden olmasın lütfen," demişti patron. Bir terör saldırısı nasıl anlatılabilirse, kadın duyarlılığı ile... yol boyunca düşünüp durmuştum, ölüm karşısında duyulan dehşette, cinsiyet farkı nasıl aktarılacak diye.

Zor ulaşmıştık olay yerine. O yıllarda bugünkü köprü yoktu Fırat'ın üzerinde.

Gece, dağ yoluyla gelmişti eşkiya. Köy halkını silah zoruyla köy meydanına toplamış, erkekleri cami duvarına sıralamış, kalaşnikoflarla kafalarını taramıştı. Sonra bütün evleri ateşe vermişti. Yatalak bir ihtiyar kömür olmuştu evinin içinde. Zamanın valisi, halk galeyana gelmesin ve olaylar daha da büyümesin diye, yaz sıcağını bahane ederek, yakınlarına göstermeden, hemen gömdürmüştü cesetleri. Erkal, ancak otuz üç ölü erkek kurbandan geriye kalan kadınların ve çocukların yüzündeki dehşeti ve acıyı fotoğraflayabilmişti. Tabii bir de hâlâ dumanı tüten yanmış evleriyle, harabeye dönmüş köyü.

Akşam şehirde kaldığımız otelde, genç bir yerel gazeteci, cesetler gömülmeden önce, paramparça bedenler yan yana dizildiğinde, amatör kamerasıyla alelacele çektiği birkaç fotoğrafı gizlice göstermişti Erkal'a. Yanımda oturuyordu Erkal, yüzü bembeyaz olmuştu. Öğürdüğünün farkında bile değildi. Resimlerden birini elinden alıp bakmak istemiştim. Şiddetle itmişti beni. İskemlemden düşüyordum az daha.

"Çekil! Bakma! Bakma dedim sana!"

Bırakmıştım resmin ucunu.

"Sakın Nevra, sakın bakmaya kalkma resimlere... cesetlerin kafaları... yok... yüzleri... yok..."

"Tamam. Tamam arkadaşım. Anladım. Sus. Anlatma."

Tir tir titriyordu elleri Erkal'ın. Birden fırlayıp tuvalete koşmuş, kusmuştu. O, gün boyu burnunda yanık insan eti kokusu duymanın yanısıra, aynı akşam ayrıca resimleri de gördüğü için, ilaçsız uyuyamamıştı bir daha. Ben, sabaha kadar makinemin başında oturup, nasıl becerdimse kadın duyarlılığının öne çıktığı bir yazı yazmıştım ki, aferin almıştım patrondan. O sırada, benim eşkiya dediğim insanların, Zelha'nın kahramanları olduğunu bilmiyordum. Tıpkı Zelha'nın yeğenine, benim kahramanlarım tarafından yapılanları bilmediğim gibi. Diyeceğim, kötülük söz konusu oldu muydu, yoktu birbirimizden farkımız. Karşı saftakini perişan etmek için uyguladıklarımız, her iki tarafı da perişan ediyordu ne yazık ki. Üstelik bedenen olduğu kadar da manen. İnsanlarımız neden değişemiyordu? Neden değişik bir açıdan bakamıyordu? Ve ah, ne kadar da benziyordu inatçılığımız, dik kafalılığımız, kızgınlıkları dile getirme yöntemimiz ve kendimizi illa da haklı gösterme çabamız!

Bunun gibi daha ne öykülerim var, ama hiçbir şey anlatmıyorum Zelha'ya. Onun yaşadıkları kendine yetiyor.Yüzünde derin bir kederle oturuyor karşımda, başını ellerine dayamış.

"Başın mı ağrıyor Zelha?" diyorum.

"Yoo... Biliyor musun Nevo, babana çok üzüldüm de şimdi. Kim bilir neler çekti Cengiz'in yüzünden. Ne soruşturmalardan geçti. Ne haksızlıklara uğradı."

"Yıllar geçti Zelo, boşver... Şimdi sakin bir hayatı var.Üzülme, iyi babam. Bol bol okuyor, balık tutuyor, oğlum yaz tatillerinde gider uzunca kalır dedesinin yanında."

"Olsun, yine de düşündükçe..."

"Evet, çok sıkıntı çekti herhalde. Hiç de anlatmazdı. Ama devlet de ne yapsın, kaymakamın kayırdığı adam dağa çıkmışsa... şans işte."

"Kim bilir ne kızmıştır Cengiz'e. Lanet etmiştir."

"Hiç sanmıyorum Zelo. Yoksa oğlumun adını Cengiz koyalım diye ısrar etmezdi."

"Sahi yahu. Adını o koydu dedindi, değil mi?"

"Ben değil sen dedin, unuttun mu? Bak, bak... neler hatırlıyorum... Oğlumu ilk kez kucağına aldığında, bu Cengiz, diğerlerinin yaşayamadığı güzel günleri onlar için de yaşasın, mutlu, sağlıklı ve hayırlı evlat olsun, demişti... Ah baba... Anlayamamıştım o zaman. Nasıl bilebilirdim..."

"Allah diğerlerinin yaşanmamış ömrünü, senin Cengiz'ine katsın," dedi Zelo. Bir damla yaş usulca süzüldü sağ gözünden, dudağının kenarına aktı.

"Hani sen ağlamıyordun artık?" diye sordum, gülerek.

"Bu sevinç gözyaşı," dedi Zelha, "bu yaş başka yaş. Cengiz iyi gün görsün, diye."

"Senin evlatların da iyi gün görsünler, mutlu ve sağlıklı olsunlar inşallah."

"İnşallah!"

"Zelo... onların iyi gün görmeleri biraz da bize düşüyor."

"Ah elimden gelse... Beni aşan güçler var."

"Biliyorum Zelo. Ama seni aşan güç de bir insanoğlu, alt tarafı. Şartlarını iyi değerlendirmiş bir insanoğlu, tanrı değil. Şimdi madem herkes gözlerini sana dikmiş, ne olur o kocaman yüreğini cesaretle koy ortaya. Seni piyon yapmalarına müsade etme."

"Anlamadım. Sen ne diyorsun Nevo?"

"Doğru bildiğinde diren. Bizim kuşak bu eli kaybetti, ama oyun henüz bitmedi. Çocuklarımız için hâlâ umut var. Barış içinde bir ülkede yaşamaları için umut var. Ne olur diren, olmayacak duaya amin dedirtmek için, seni maşa yapmasınlar."

"Ben senin gözünde hep o küçük aşiret kızıyım değil mi? Kişilik kazanabileceğime inanamıyorsun bir türlü."

"Beni yanlış anladın Zelha... Neyse... Sen hiçbir zaman kişiliksiz değildin ayrıca. Bütün oynadığımız oyunlarda hep sen beni yönlendirirdin."

"Her horoz çöplüğünde öter misali, köyümde, evet."

"Bizim evde öten horoz da sendin hep, unuttun mu?"

"Senden uzun boyluydum da ondan. Ama bak beni nasıl geçmişsin... kazık sen de."

"İyi, madem senden uzunum, büyük sözü dinle."

"Yaşın büyük değil ama Nevo... ben senden nerdeyse iki yaşa yakın büyüğüm."

Doğruydu. Okula yollamamışlardı onu zamanında. Benimle birlikte birinci sınıfa başladığında, sekiz yaşını yeni doldurmuştu. Zaten sınıfımızdaki çocukların çoğu benden büyüktü. Hele bir Baran vardı, nerdeyse on yaşındaydı birinci sınıfa başladığında. Kazık gibi hepimizin tepesinden bakardı. Dedesi okula gitmesine izin vermemişti. Ancak dedesi ölünce yollayabilmişti oğlunu okula, babası.

"Baran'ı hatırlıyormusun Zelo?" diye sordum, "adını 'Kazık Baro' takmıştık. Hepimizin tepesinden bakardı."

Hatırlamaz olur muydu! Kazık Baro hakkındaki her şeyi biliyordu Zelo. Liseyi şehirde bitirmiş, Ankara'ya üniversiteye gitmişti Baran. Avukat çıkmıştı. Ama avukatlık yapmıyordu. Özel bir dershane açmış, lise sonda okuyan öğrencilerine kurs veriyor, para kırıyordu. Bir ara oğlu da devam etmişti Baran'ın dershanesine, üniversite sınavlarına hazırlanırken.

Ne zaman konuşmalarımız karşıt görüşlerimizden dolayı tıkansa, her ikimiz de ustalıkla ve birbirimize fark ettirmemeye çalışarak, sözü bizi birleştiren Sarıcadam anılarına getiriveriyor, düşürüyorduk tansiyonu. Yine öyle yaptık. Baran'dan sonra, köyden ve okuldan hatırlayabildiğimiz diğer çocuklardan sözettik. Kimi milletvekili, kimi avukat, kimi doktor, kimi de haylaz olmuştu. Kimi dağa çıkmıştı. Kızların arasında sadece Berfin okumuştu. Hâlâ köyde ebelik yapıyormuş. Sağlık ocağındaki genç doktorla sevişmiş, evlenmişler, üç çocukları olmuş. Yöre kadınlarına doğum kontrolü öğretebilmek için, yırtınıyormuş. Kadınların çoğu kocalarından gizli öğreniyorlarmış, doğum kontrolü usullerini. Kocaları duysa, canlarına okurlarmış. Biraz şaşmıyor da değillermiş kocalar, ev başına dokuz-on çocuğun, dörde, beşe düşmesine ama, Berfin Ebe'nin bu işte parmağı olabileceği hiç gelmiyormuş akıllarına.

Vaktimiz dolmaya başlamıştı. Bir saat kadar sonra ayrılmak zorundaydık. Belki de bu nedenle birbirimizi kaşımamaya çok özen gösteriyor, fikir çatışmalarına neden olacak siyasi konulardan uzak kalarak sadece köyden tanıdıklarımızın dedikodusunu yapıyorduk, artık. Ne kadar çok güldük ve eğlendik... dertleştik, hüzünlendik, yine güldük. Zamanın nasıl uçup gittiğinin farkına bile varmadık çene çalarken. Sonra ben, şeytan dürtmüş gibi, Doğu'da, evlerinde nerdeyse kilit altında tutulan, okula yollanmayan, babaların, amca ve dayıların en çok da ağabeylerin güç gösterilerinde heder olup giden kızlar için neler düşündüğünü sordum.

Acaba pek de hoşlanmadığı siyasetle uğraşacağına, enerjisini bu yönde harcasa, daha yararlı olmaz mıydı, halkı için? Zelha kara gözlerinde derin bir acıyla gözlerimin içine baktı.

"Ne yapmaya çalıştığının farkındayım Nevra Tuna," dedi, "beni en zayıf noktamdan vuracaksın, aklın sıra. Öyle bir şey söyledin ki... hapiste oluş nedenim kötü bir şaka gibi durdu. Gerçeği yüzüme vurarak, beni yönlendireceksin, hedefimi saptıracaksın. Dünyadaki tek akıllı sensin."

Bana, kendimi tanıttığımdan beri ilk kez Nevra Tuna diyordu. Hiç istemeden, bir hançer saplamıştım arkadaşıma. Yerimden fırladım yanına gittim.

"Zelo, senin hapiste oluşun zaten kötü bir şakadır, benim gözümde... Nasıl düşünürsün laf ebeliğiyle üstünlük taslamaya kalkışacağımı?"

"O kızlar, benim halkım. Senden daha fazla düşünürüm onları merak etme. Sen kendini üzme onlar için."

"O kızlar senin dilini konuşabilirler ama, onlar benim de yurtdaşlarım, benim vatanımın insanları. Tabii ki üzülüyorum hallerine"

"Üzüleceğine, sahip çık onlara."

"Sana bunu anlatmaya çalışıyorum zaten. Hepimizin sahip çıkması lazım. Doğu'nun kızları kimliklerini kazanmadıkça, yaşama katılmadıkça, ben de, sen de, hepimiz eksik kalırız, bunu bil!"

"Biliyorum."

"O halde önceliği bu kızlara tanı. Her ne için çalışıyorsan bırak, onlarla ilgilen."

"Hele bir çıkalım buradan."

"Buradayken de el uzatman mümkün. Bir kampanya başlatabilirsin, okula gitmeleri için."

"Onların tek sorunu okul değil."

"Sorunlarını görebilmeleri için bilinçlenmeleri lazım. Okuyamazlarsa, bilinçlenemezler. Kadın nüfusun nerdeyse tümünün okur yazar olmadığı bir toplumla nereye varılır, Allah aşkına?"

"Sus Nevo! Ukalalık etme."

"Ukalalık etmiyorum be! Sana bir şey göstermeye çalışıyorum."

"Ne gösteriyormuşun bana?"

"Seni! Sen, bir bayrak olmaya başladığının farkında değilmisin? Bana değilim deme, çünkü inanmam."

"Demiyorum zaten."

"İyi. O halde dinle beni; madem sen artık çok tanınan bir insansın, kendi bölgendeki kızlara model oluşturabilirsin."

"Yaa?"

"Elbette. Kişiliğinle, duruşunla, siyasetçi kimliğinle... Zelo bence sen her şeyi bırakıp, Doğu'nun ezilen kadınlarını kurtarmaya çalış. Hem erkeklerin elinden hem de diz boyu cehaletin."

"Türk kadınları ezilmiyor mu sanki?"

"Ezilmez olurlar mı! Töreler hepsinin yakasına yapışmış."

"İyi ya, sen de onları kurtarmaya bak."

"Ben ayrım yapmadan, tüm kızlar için elimden geleni yapmaya çalışıyorum zaten. Gazetem beni kızlar ve kadınlar üzerinde bir inceleme yapmak için Doğu'ya yolladığından beri, bu sorunu gerçekten çok önemsemeye başladım."

"Biraz geç kalmadın mı?"

"Olabilir. Ama geç de olsa, sonuçta ben de uyandım işte."

"O sorun hep vardı. Yüzyıllardır vardı."

"Zelo vardı elbette. Ama ben önemini yeni fark ettim, tamam mı?"

"Bir gazete röportajıyla! Aferin Nevo!"

"İstediğin kadar dalga geç."

"Şu röportajı bana da yolla da, neden bu kadar heyecanlanmışsın, göreyim."

"Sadece o röportaj değil... Başka bir şey daha oldu beni bu konuda hassaslaştıran..."

"Ne oldu?"

"Bir dernek var, Doğu bölgelerinde kırsal alanda yaşayan

yoksul kızlara okula gitmeleri için burs veriyor... duydun mu bu derneği?"

"Duydum, n'olacak?"

"İşte o derneğin verdiği bursla okuyan kızlarla, bir dizi röportaj yaptımdı, geçen yıl. Elliye yakın eve girdim çıktım. İnan bana Zelo, Doğu'da bundan daha önemli bir sorun yok şu anda."

"Yaa!"

"Evet! Sen içerde olduğun için farkında olmayabilirsin. Ben de değildim nitekim. Ne zaman ki o yoksul evlere konuk oldum ve kadınların halini gördüm, konuştum onlarla..."

"Nece konuştun? Kuşdili mi?"

"Alay etmesene. Tercüman aracılığı ile konuştum elbette... O yoksulluk, o çaresizlik, itilip kakılmışlık... tarlayla evin arasına sıkışmış hayatlar... çarpıldım Zelo."

"İlahi Nevo! Doğulu kadını ilk kez görmüş gibi konuşuyorsun."

"Ben Doğulu kadın adına sadece sizin aşiretin kadınlarını bilirdim. Onlar kraliçeymiş, kraliçe!... Karınları tok, sırtları pek... Zaman zaman erkeklere diş geçirdikleri bile olurdu, koca nineyi hatırlasana. Sen benim girdiğim yoksul evlere girip, daha otuzundayken ihtiyarlamış, dokuz-on çocuklu zavallı kadınları bir görsen..."

"Görmedim sanki."

"Gördüysen sen de benimle aynı fikirdesindir. Yoksulluk korkunç bir şey, cehaleti bile ikiye katlıyor. Sana yaşadıklarımı anlatsam inanmazsın."

"Anlat da inandır beni, Evliya Çelebi."

Bu kez ben anlatıyorum Zelo'ya Kars'ın, Erzurum'un, Siirt'in, Doğubeyazıt'ın karlar altında kalmış, kuş uçmaz köylerinde gördüklerimi, yaşadıklarımı. Urfa'da bir ilçenin ilk ve tek yüksek okula giden kızı olduğundan, babası utancından kahveye çıkamayan Emine'yi, hemşirelik okuduğu için babaannesinin evinden kovulan Lice'li yetim Ayşe'yi, Kars köylerinin ayaklarında delik papuçları, sırtlarında yün hırkalarıyla her gün beş-on kilometre yürüyerek kar altında okula giden çocuklarını, köy yolunu şoseye bağlayan kavşakta, sabahın yedisinde yarım saat otobüs bekleyen ve kardan adama dönen, Pınarbaşı Köyü'nün Pınar'ını anlatıyorum.

"Donacaksın Pınar, istersen köye dön. Bu karda otobüs gelmez belki, dedim. Kıpkırmızı olmuştu yanakları. Parmak uçları morarmıştı. Gelir abla, gelir. Sen merak etme beni, demişti. Ben her gün böyle gidip, geliyorum. Düşünsene Zelo, yirmi kilometre gidiş, yirmi de dönüş, kırk kilometre yol yapıyordu, günde. Ben donmak üzereydim soğuktan, onun gözlerinin içi gülüyordu. Neden biliyor musun? Okula gidiyordu da ondan. Yüzlerce yıldır süregelen kara kaderinden kurtulmak için, bir umuttu okul. Tek umuttu."

"Aileler yollasa bile, iklim şartlarının ağırlığından ve uzun mesafelerden dolayı okula kolay kolay gidemiyor o coğrafyanın kızları," diyor Zelo.

"Töreler, iklim şartlarından çok daha ağır. Aymazlığın, yobazlığın yüzünden evlere kapalı kalmış, hayatı olmayan, sesi çıkmayan, gün görmeyen, kara çarşaflara bürünmüş kadınlarla genç kızları düşünsene."

Yanıtlamıyor beni Zelha. Onun aşiretinde yıllar önce bile, kadınlar benim son yıllarda gördüklerimden çok daha olumlu şartlarda yaşıyorlardı. Yine de Zelha'nın benim nelerden söz ettiğimi bilmemesi mümkün değil.

"Aile başına nerdeyse on çocuk düşüyordu Zelo. Kadınların kimi on, kimi on beş çocuk doğurmuş. Öyle sizin çiftlikteki gibi sere serpe değil, daracık odalarda üst üste yatıyorlardı. Evler o kadar derme çatmaydı ki, çoğunun içine kar yağıyordu tavanlardaki çatlaklardan. Yer yataklarının arasına leğenleri sıkıştırmışlar. Tıp tıp damlıyordu eriyen buzlar... Canım bir şeye daha çok sıkıldı. Nerdeyse her iki evden birinde bir zekâ özürlü çocuk vardı."

"Neden acaba?"

"Neden olacak! Bir kadın sekiz dokuz doğum yaptı mı, sonuncu özürlü çıkıyor da ondan.. O zaman da hemen gelsin kuma! Yeni fabrikada yeni imalat... taa ki yine bir hatalı mal çıkana kadar. Sonra bir kuma daha."

"Amma da çoşkun Nevo. Gözlerin çakmak çakmak oldu."

"Coştum evet. Keşke hiç girmeseydim bu konuya. Nereden açtım bu lafı..."

"Neden öyle diyorsun?"

"Çünkü gerçekten çok heyecanlanıyorum ve bir türlü susamıyorum. Kusura kalma."

"Kusura filan baktığım yok. Bu anlattıklarını ben de biliyorum elbette. Baba eviyle koca evi arasına sıkışıp kaldım zannetme. Milletvekili olarak az yer dolaşmadım ben."

"O halde anlıyorsun beni."

"Tabii anlıyorum. Ben de neler gördüm, neler. Biliyor musun Nevo, ben kendi hesabıma en çok neye şaşarım?"

"Neye?"

"Bu adamlara, evlerinin yanına hela yaparsın, oraya hayvanlarını tıkarlar, kışın ayazında, yazın kavurucu sıcağında inatla, yine dere kenarına inerler... Şiyar'ın köyünde... haydi yazı anladım da, kışın kıçları donmaz mı?"

Gülmeye başlıyoruz yine. Zelha çocukken de hep böyle yapardı. Ciddi bir şey konuşurken ya da kavga ederken, sulandırırdı işi. O zaman da kavga kavga olmaktan çıkardı, ciddi konu da sıkıcı olmaktan. Ama ben bu kez bırakmıyorum ipin ucunu.

"Ah Nevo, o dediğin devede kulak! Beni tuvalete direnenlerden çok, kızlarının töreye kurban edilmesine direnmeyen analar kahrediyor. Bir de, gelinlerini, kardeşlerini, baldızlarını, hatta kızlarını bile ilişkiye zorlayan sapık erkekler ve yine onları görmezden gelen kadınlar. Onlar perişan ediyor beni."

"Hiç kızma sen o kadınlara Nevo. Gördüklerine, bildiklerine isteyerek mi göz yumuyorlar sanıyorsun. Sesleri çıktığı anda öldürürler o kadınları. Artık adına intihar vakası mı denir, ne denirse..."

Ben anlatmaya devam ediyorum. Paçavralar içinde sümüklü bir sürü çocuğuna yedirecek lokma bulamazken, karılarının doğum kontrolüne izin vermeyen babaları, dayaktan karısının ağzında diş bırakmamış kocaları anlatıyorum. Diz boyu yoksulluk ve cehalet, haksızlık ve sefalet söz olup akıyor ağzımdan. Anlattıklarımı zaman zaman düşünceli, zaman zaman ağlamaklı dinliyor Zelha. O hikâyesini anlatırken ben nasıl şükrettimse halime, o da kendi haline şükrediyor eminim, benim ağzımdan 'memleketimden kadın mazaraları'nı dinlerken.

"Tüm bunların son bulması için tek bir çare var Zelo. Tek bir çare."

"Neymiş o çare? Her şeyi yerle bir edecek bir deprem mi?"

"Hayır. Kızların eğitimi."

"Ben de değişik bir şey söyleyeceksin zannettim."

"İnan bana doğru söylüyorum. Doğu'da yaşayan her bir kadın tek tek bilinçlenmezse, yaşadığının bir hayat değil de cehennem olduğunu fark etmezse..."

"Kemikleşmiş inançları kırmak kolay mı sanıyorsun?"

"Kolay değil, ama mümkün."

"Eğitimle?"

"Evet."

"Benim iyi niyetli, saftirik arkadaşım"

"Yahu Zelo, Kurtuluş Savaşı vermiş insanlarız biz. Şu bizi küçümseyen Fransızları, İtalyanları, İngilizleri söküp atmışız toprağımızdan."

"O iş daha kolay. Buyursun gelsinler, yine atarız. Biz savaşmayı biliyoruz, adam olmayı değil."

"Adam da oluruz. Yeter ki bu yola baş koyalım. Kızları okutalım. Kızları bilinçlendirelim."

"Erkekler ne olacak?"

"Kızlar bilinçlendikçe, onlar da yavaş yavaş değişecek."

"Hayal görüyorsun."

"Zelo, Latin harflerine geçtiğimizde, yaşlılar bile okuma öğrenmişti."

"O zaman sadece on milyonmuş nüfus."

"Olsun. Yine yaparız. İnanmasam bu kadar dil dökmem."

"Dökme zaten. İçimi kararttın."

"Şimdi aydınlatacağım içini... Deminden beri anlattıklarım var ya, hepsini unut... "

"Nasıl unutayım, doğruları söylüyordun..."

"Elbette. Ne söyledimse doğruydu ama bir doğru daha var ki, her şeyi bastıracak!"

Yüzüme bakıyor merakla.

"Kırsaldaki kızlar uyanıyorlar, Zelo. Okula gidenler, öğreniyor, bilinçleniyorlar. Beş binin üzerinde kız çocuğundan söz ediyorum. Şu derneğin okuttuğu kızlardan. Sözünü ettiğim tek bir dernek. Daha bunun gibi kaç dernek kuruldu, biliyor musun? Zelha, kızlar okumaya başladı."

"Kızları okula yollatmayı nasıl başarıyor bu dernek?" diye soruyor Zelha.

"Ailelere çocukların okul ve yol masraflarını karşılamaları için para yardımı yapıyor. Bu yardım için tek şart, kız çocuklarını okula yollamaları."

"Yolluyorlar mı bari?"

"Dedim ya, dört yıl içinde, beş bini aşkın kız çocuğu okula gider oldu bu sayede."

"Vay be! Sayende kalkınıyor memleket, Nevo."

"Benim sayemde değil, bu derneklerin sayesinde."

"Nereden buluyorlar bu paraları?"

"Sponsorlardan alıyorlar. Bilirsin... destek ne kadar önemlidir... ister maddi ister manevi olsun."

"Bilmez miyim!"

Biliyor elbette Zelha. Hele manevi desteğin ne kadar önemli olduğunu çok iyi biliyor. Acaba onu ikna edebilir miyim bölgesinde bu tür bir kalkınma kampanyası başlatmasına.

İki sigara daha yakıyorum, masanın üzerinde kalan son paketten. Uzatıyorum birini Zelha'ya. Ben de delimiyim neyim? Buraya bir siyasi mahkûmla röportaj yapmaya mı, röportaj maskesi altında çocukluk arkadaşımı bulmaya mı geldim, yoksa, birdenbire gökten yüreğime düşen bir vahiyle Zelha'ya eğitim kampanyası yaptırmaya mı? İçimden bir ses, Zelha'yı buna ikna edebilirsem, onun için de çok hayırlı bir şey becermiş olacağımı söylüyor. Malum çevrelerde asi kimliğiyle duran arkadaşım, onların gözünde dahi bambaşka bir kimliğe bürünebilir. Doğu'nun kızlarını kurtarmaya soyunmuş birine kim asi diyebilir ki, yobazdan başka?

Giderek çekilmez olduğumun farkındayım. Sesimde bir öğretmenin monoton tınısını yakaladım bir an. Babam bana, aman kızım kafana bir şey taktın mıydı, yanındakilere Allah evliya sabrı versin, derdi. Zelha'nın masanın üzerindeki çöpleri kafama fırlatması, an meselesi. Yine de hâlâ konuşuyorum.

"Kızlar okuma öğrendikçe bilinçleniyorlar. Öğrendiklerini çevrelerine yansıtmaya başlıyorlar. Cehalet, Doğu'nun kırsalına kapkara bir örtü gibi yayılmış, Zelo.Bu karanlık ancak eğitimle yırtılabilir. Parayla, tavayla değil..." Zelha'nın gözlerinde, birden çocukluğunun o muzip pırıltılarını yakalayınca susuyorum.

"Bak ben tavayla yırttık sanıyordum. Doğu kentlerinin çarşılarına dikkat ettin mi? Her türlü beyaz eşya ve tava türünü bulmak mümkündür oralarda. Hele de tava! Teflonundan tut, dökme demirine kadar. Demek kalkınma olmuyormuş tavayla. Yazık!."

"Tavayla olsa olsa güzel bir patlıcan kızartması olur. Onun âlâsını da Kader Ana yapardı."

"Nevo, anama yağ çekerek, bana da duygusal sömürü yaparak nereye varmak istiyorsun açık açık söyle, haydi."

"Zelo, gerçekten sizin bölgedeki kadınların yardıma ihtiyaçları var. Çok var."

"Bunu ben de biliyorum, canım. Ama buradan çıkmadan kimseye bir faydam dokunmaz."

"Ben aynı fikirde değilim. Bak dinle... sen bu işe soyunmalısın! Senin yörenin kızları, senin sözünü dinleyecektir."

Zelha sözümü kesmeden dinliyor anlattıklarımı.

"Buradan çıkarsam, sana söz veriyorum, eğileceğim bu meselenin üzerine," diyor sonunda,

"ama yalvarırım Nevo, başka tek bir söz söyleme bu konuda. Gidene kadar söyleme. İçimi baydın. Şu anda öyle dertlerim var ki, senin kızlarından çok daha önemli."

"Bak görüyor musun, sende ilerleme var. Senin kızların, benim kızlarım oldu."

Birbirimizle kâh dalga geçerek kâh ince ince iğneleyerek, ama incitmemeye dikkat ederek bir süre daha konuşuyoruz, kadınlara odaklı. Önemli olan şu ki, her ne konuşursak konuşalım, Zelo ile müthiş eğleniyoruz, aynı çocukluğumuzda olduğu gibi. Birbirimize en acıklı durumları naklederken dahi, gülünecek bir nokta buluyoruz. Sanki otuz küsur yıl hiç geçmemiş, hiç ayırmamış bizi. Dün gece uykuya yatarken öpmüşüz birbirimizi, iyi geceler dileyerek... karmakarışık rüyalar görmüşüz, derken sabah olmuş, Kader Ana dikilmiş başımıza, uyanın kızlar, diyor. Uyanıyoruz ama çıkmıyoruz yataklarımızdan. Konuşuyoruz... hep konuşuyoruz. Bir Zelo anlatıyor bir ben. Ben susuyorum, o başlıyor. Biz konuşurken, bize hiç fark ettirmeden, sessizce, sinsi sinsi ve hızla akmış zaman! Büyümüşüz... koca kızlar olmuşuz, âşık olmuşuz, mutlu ve mutsuz olmuşuz, evlenmişiz, çocuklarımız olmuş, işimiz olmuş, gücümüz olmuş, günahlarımız, sevaplarımız olmuş, hayat saçlarımızdan tutup çevirmiş çevirmiş ve fırlatıp atmış ikimizi de, düşüvermişiz bu küçük odadaki masanın iki yanına, hâlâ konuşuyoruz! Bir saat daha geçiyor.

Oturduğumuz sandalyelerde kaykılıp, ayaklarımızı boş sandalyelerin üzerine uzatmışız, izmaritler küçük bir tepecik oluşturmuş sigara küllerinin üzerinde. Masada duran elma çöpleri kahverengiye dönüşmüş. Son bisküvi paketini de bitirmişiz. Saatime baktım.

"Vaktimiz doldu mu?" diye sordu Zelha.

"Evet. Ne yazık ki yine ayrılacağız Zelha. Ama n'olur bu defa araya otuz sene sokmayalım."

"İyi de, ben hapisteyim Nevo. Ne zaman çıkacağımı Allah bilir. Görüşme günlerine de sen gelemezsin."

"Neden gelemeyecek mişim?"

"Özel izin filan, kolay değil bu işler... Üstelik ekmeğin aslan ağzında senin, babanı düşün, kendini boşu boşuna tehlikeye atma. Allah kısmet ederse çıkınca görüşürüz, ilerde bir gün."

Sıkıntımı belli etmemeye çalışarak, "Çok yakında buluşacağız Zelha," dedim, "ben tüm kalbimle inanıyorum buna. Lütfen sen de inan. Doğruyu gören insanlar her gün çoğalıyor. Özgürlüğüne kavuşman için, ülkenin tüm aydınları büyük bir mücadele veriyor."

Tevekkülle gülümsedi Zelha, "Eksik olmasınlar, beni destekleyen herkese minnettarım," dedi. Ne konuşacağımızı bilemediğimiz için, bir süre sessiz kaldık. Sonra Zelha,

"İstediğin röportajı gerçekleştiremedin, ne yazacaksın şimdi?" diye sordu.

"Boş ver," dedim, "önemli olan seni bulmamdı. Koptuğumuz yerden başladık, hasret giderdik. Kafamdaki pek çok şeyi yerli yerine oturttum. Günlerce uyku tutturamamıştım, ya beni hatırlamazsan diye. Sana kavuştuktan sonra röportaj ikinci plana düştü."

"Yine de bir şeyler yazmak zorundasın."

"Evet."

"Ne yazacaksın, Nevo?"

"Yazarım bir şeyler. Belki de en doğrusu, çocukluğumuzu anlatmak olur."

"Bizim davamıza arka çıkmayacak mısın?"

"Davanız kimliğinizi kazanmanızsa, eşitlik ve özgürlüğünüzse, evet. Şefinizi kurtarmaksa, hayır."

"Nevo, şurada saatlerce konuştuk. Davamızın bayrağı olmuş artık bu adam. Onu görmezden gelemeyiz. Aslında ondan hoşlanmayan, hatta onu zararlı bulan çok kişi var aramızda. Ben de meraklısı değilim onun. Ama, kişiliği bir sembole dönüştü, ne yazık ki."

"Gerçekten çok yazık!"

"Olan olmuş Nevo. Şimdi uzlaşma sağlanabilmesi için bir orta yol gerekiyor. Hak vermiyor musun bana?"

"Orta yol gerektiğine hak vermez olur muyum. Başından beri bunu savunuyorum zaten. Karşılıklı geri adımlar atılmasına da katılıyorum. Ama mümkün olmayana ısrarla asılmak... işte bu Türk kafası, Zelha. Aslında ha Türk ha Kürt fark etmiyor, bizim coğrafyanın kafası bu. Bu kafa yüzünden bu noktadayız."

"Olabilir. Ama her ikimizin de boynunun üzerinde duran, işte bu kafa. Her ikimiz de doğrularımızdan vazgeçmiyoruz.. Gel gör ki doğrularımız değişik. Ne yapabiliriz ki birlikte?"

"Çözüm aramaktan vazgeçemeyiz."

"Çözümlerimiz de örtüşmüyor."

"Olsun. Konuşa konuşa, sonunda ortak bir noktaya gelinir."

"Nerdeyse sekiz saattir konuşuyoruz burada"

"Sadece çözüme odaklanmadık ki, Zelo. Otuz yılın hesabını verdik, geçmişi andık, dedikodu yaptık. Yalnız kendi hikâyelerimizi değil, Cengiz'i de, dedenin doksan uzun yılını da mercek altına aldık. Çözüm bulmaya vakit mi kaldı?"

"Haklısın."

"Şimdi çok iyi düşün ve bana yazmam için, çözüm içeren bir mesaj ver. Ama ne olur gerçekçi ol, emi!"

Zelha gözlerini tavana dikip bir süre düşündü. Sonra gözlerimin içine bakarak tane tane konuştu.

"Al sana, yazına aktaracağın mesaj. Çözüm için, önce ölüm cezası kaldırılacak."

Hayal kırıklığımı belli etmemeye çalışarak, "Mesajını yazıma yedireceğim."

"Yedirme açık seçik yaz. Halkımın isteği budur."

"Ben seninle röportaj yapıyorum Zelo. Sen kendi istediğini söyle bana."

"Söyledim işte."

"Koca bir halkın geleceğini, bir deliye feda edebildiğine göre, sen de bir delisin," dedim.

"Deli olmasam burada yatar mıyım?"

"Canım, ciğerim Zelo," Dede'nin şivesiyle söylemeye çalışıyorum 'canım ciğerim'i, "olabilecek bir şey iste ki, burada yattığına değsin, güzel kardeşim."

"O halde dedemin hatırı için beni iyi dinle! Bir halkın bayrağı haline gelmiş birini ipe çekerseniz, o halkla anlaşabilmeniz mümkün olur mu?"

"Sen de beni iyi dinle! Bir çılgın kendini baş ilan edip, otuz bin kişinin ölümüne sebep olduysa, bu adama cani denir. Zelo, Kürtler Cumhuriyet devrinde daha önce de yirmi sekiz kere ayaklanmışlar. Bir devlet isyankâr çocuklarını yirmi sekiz kere bağışladıysa, yine bağışlamasını bilir... ama bu adam için hiçbir şey isteme."

"Ah Nevo, yine baskın çıkmaya çalışıyorsun. Yine kendi gözlüğünle bakıyorsun olaya."

"Nasıl dersin böyle bir şey! Tam beş yıl boyunca dede, bir

dizinde sen uyuklarken, öbür dizinde benim başımı okşadı. Ben sizin içinizde, kucağınızda yetiştim. Yazılarımı hiç mi okumadın? Defalarca yazdım, devlet, Kürt vatandaşlarının hepsine okumayı yazmayı öğretebileydi, ana dilinde eğitim vermesine, şarkısını söylemesine, kitabını yazmasına, televizyonunu kurabilmesine imkân tanısaydı... hele de o saçma sapan Türkçe isim takıntısı olmasaydı... bu işler başımıza gelmezdi diye. Ama ne olur Zelhacığım, bir millet adı söyle bana ki, eline silahı alıp çoluk çocuğu öldürmeye başlasın, halkını haraca kessin, yollarını mayınlasın, yaşam damarlarını kurutsun, yetmedi yurtdışında da yapsın tahribatını ve devletinden tepki görmesin. Fransızlar mı, İtalyanlar mı, İspanyollar mı... Kim tepkisiz kalabilmiş böyle bir eylemin karşısında? Kim?"

"Dönüp dönüp aynı yere geliyoruz. Sen en iyisi git artık Nevo. Canın ne isterse onu yaz. Allah kısmet ederse, yine görüşürüz... yani bizim birbirimize düşman olacak halimiz yok... ama bu konulara girmeyiz. Sen de görüyorsun ki dünyalarımız ayrılmış. Anlaşamıyoruz."

Cızz ediyor yüreğim. Vaktimiz bol olsa, ipin ucunu bırakamayacağım. Oysa, Zelha'ya ölüm cezaları kaldırılsa bile, hapisteki çılgının bu kez başka hayaller peşinde koşacağını ve yine yüzlerce genç insanın, gerçekleşemeyecek bu hayaller uğruna öleceğini anlatabilmeyi isterdim. Bir gün, bir devlet dahi kursalar, bağımsız olamayacaklarını, çünkü her kim arka çıktıysa onlara, o arka çıkana sürekli bir diyet ödemek zorunda kalacaklarını, iplerinin hep birileri tarafından çekileceğini gösterebilmek... Batı ülkelerinin inayetiyle kurulan hiçbir ülkenin bağımsız olmadığını, olamayacağını ve huzur içinde yaşayamayacağını, hem tarihten hem de günümüzden örneklerle gösterebilmek isterdim. Onun gerçeği görmesini sağlamak için hiç üşenmeden saatlerce konuşurdum. Ama Dilaver Bey'in kapıda bitmesi an meselesi. Anlaşmazlıkları çözüme ulaştırmaya hem zaman yok hem de Zelha'dan kırgın ayrılmak istemiyorum. Susuyorum bu yüzden. Çantamın içine, masanın üzerine yayılan bisküvi kâğıtlarını, boşalmış sigara kutularını, elma çöplerini dolduruyorum.

"Bir poşetin yok muydu bu çöpleri koymak için?" diye soruyor Zelha.

"Ay Zelha, sen benim kocamla çok iyi anlaşırdın biliyor musun? O da senin gibi intizam kumkumasıydı."

"Seni sevdiğine, beğenip aldığına göre bir müşterek tarafımız varmış zahir."

"Olmaz olur mu! İnatçılığınız, titizliğiniz, çalışkanlığınız."

"Bir yolunu bul da dön sen bu adama. Pek beğendim ben bu Murat'ı."

"Kurtul buradan da sana alalım, o halde."

"Ben kocamdan memnunum. Üstelik bana senin eski kocanla nikâh düşmez. Kardeş değil miyiz biz?"

"Biz kardeşiz de... Zelo söyletme beni şimdi... dul gelinleri kardeşlere alma geleneği yok mu yani sizin oralarda?"

"Kız kafama kakıp durma bizim oraların abukluklarını. Sizin buralarda daha da fenası oluyor. Gül gibi kocalarını bırakıp, evli adamlara takılıyor şehirli karılar."

"Sen de benim kafama kakma hatalarımı, yoksa gıdıklarım seni."

"Gıdıklanmıyorum artık. İnanır mısın ne zamandır, değil sadece gülmeyi, sevinmeyi, gıdıklanmayı bile unuttum."

Ayağa kalkıyor, yanına gidiyorum. Kocaman açıyorum kollarımı, "Gel buraya!"

Zelha ayağa kalkıp bana sarılıyor. Birbirimize kenetlenmiş duruyoruz ayakta, uzun bir süre. Arkadaşımın limon kolonyası kokan saçlarına burnumu gömüp, otuz küsur yıl önce saçında tüten çimen ve toprak kokusunu özlüyorum. Biz iki eski dost, düşman olabilir miyiz? Karşıt ordularda üniformalı askerler olarak karşı karşıya gelsek, yine mümkün değil birbirimizi kırmamız. Ne birbirimizi ne birbirimizin yakınlarını, hele de çocuklarımızı, bırakın öldürmeyi, incitemeyiz dahi. Asla! Bir elmanın iki yarısı bile değiliz, tüm farklılıklarımızla birlikte, tüm farklılıklarımıza rağmen tek bir elmayız ben ve o.

Kapı açılırken ayrılıyoruz birbirimizden.

"Vakit tamam hanımlar," diyor Dilaver Bey, "Haydi bakalım, Zeliha Bora, sizi odanıza çıkarayım, siz de ben dönene kadar hazırlanın Gazeteci Hanım."

Zelha elini uzatıyor bana, gözlerimin içine bakıyor, "Çok verimli bir görüşme oldu. Teşekkür ederim," diyor. Sımsıkı tutuyorum elini. İçimden bu ince parmaklı, kemikli eli yanağıma dayamak ve avucundaki serinliği yanan yüzüme iletmek geçiyor ama,

"Asıl benim için çok anlamlıydı. Ben teşekkür ederim," demekle yetiniyorum.

"Allahaısmarladık. Yolunuz açık olsun."

"Kendinize çok iyi bakın Zeliha Hanım. Ve bilin ki, dışarda sizi düşünen, sizin için çalışanlar insanlar var." Hâlâ el eleyiz. Dilaver Bey kıpırdanıyor,

"Veda faslı tamam mı?" diye soruyor. Ellerimiz zorla kopuyor, gözlerimiz zorla ayrılıyor, arkasını dönüp, odadan çıkıyor Zelha. Dilaver Bey'in çıktıktan sonra kapatmak istediği kapıyı, uzanıp açık tutuyorum, koridorda uzaklaşan arkadaşımın arkasından bakıyorum. Örgülerinde benekli kırmızı kurdeleler, elinde tavşan kafesiyle yürüyor Zelha.

"Zelha..Zeliha Hanım, Zeliha Hanım..."

Birkaç metre yürümüş olan Zelha dönüp bana bakıyor. Onun da tıpkı benim gibi gözpınarlarında yaşlar var.

"Bir çözüm üreteceğiz... söz! Mecburuz buna... biz... biz..." taş koridorda çın çın ötüyor sesim.

Zelha koşarak geri dönüyor, Dilaver Bey'in şaşkın bakışları önünde, bir kere daha kucaklaşıyoruz sımsıkı.

"İstediğini yapacağım," diye fısıldıyorum arkadaşımın kulağına.

"Hişt be Nevo, ağlama gülüm. Kaderimiz senin suçun değil, ağlama."

"Bu kaderi ancak biz değiştirebiliriz... biz kadınlar... analar... lütfen Zelo, lütfen umudunu kesme. Bak sana söz veriyorum, bana verdiğin mesajı açık seçik yazacağım. Ölümün kimseye faydası yok, haklısın. Kime uygulanacak olursa olsun, idam cezası, gerçekten ilkel bir yöntem, söz sana, yazacağım."

Zelha ıslak yanağıma bir öpücük konduruyor, o da benim kulağıma, " Üzülme," diye fısıldıyor, "biz aynı toprağın çocukları, bulacağız bir çözüm. Üzülme!"

"Allah allah! Birkaç saatte, bu ne sevgi?" diyor Dilaver Bey.

Zelha bir kez daha çözülüyor kollarımdan, elimi bir an sımsıkı tutup bırakıyor. Uzaklaşırken arkasından bağırıyorum,

"Eze te tu car ji bir nekim... Bi xatire te. (Seni hiçbir zaman unutmıyacağım. Allahaısmarladık.)"

Dönüp el sallıyor. Gözlerinde kelimelerle tarif edemeyceğim bir ifade var. Sevgi. Sonsuz ve şartsız sevgi. Çocukluğunun pırıltılı, içi gülen gözleriye baktı bana Zelha!

Odaya giriyorum. Mantomu giyiyor, omuzlarıma çantamdan çıkardığım çarşafımı atıyorum. Kara bir hayalet gibi, iskemleye oturup Dilaver Bey'in dönmesini bekliyorum. Kafamın içi bomboş. Ses kayıt makinem Cengiz'in öyküsü dışında bomboş. Not defterimde tek bir satır yok. Zelha ile konuştuğumuz hiçbir şeyi kaydetmemişim. Bilgisayarımın önüne oturduğumda, ne yazacağıma dair hiçbir şey bilmiyorum. Bundan dolayı üzülmem, endişeli olmam gerekirken, neden böyle uçmaya hazır bir kuş gibi ruhum? Yüreğim hafif? İçim pırpır?

Kapı açılıyor, "Haydi," diyor Dilaver Bey.

Çantamı toparlayıp kalkıyorum. Koridorda adamın peşi sıra yürüken, "Ne kadar iyi anlaştınız Zeliha Bora ile," diyor, yanıt bekleyerek. Yanıtlamadığımı görünce, suratı asılıyor. Ayakkabılarımızın taş zeminde çıkartığı tak takları dinleyerek, uygun adım yürüyoruz peş peşe. Kontrol noktasına yanaştığımızda, "Telefonunuzu geri almayı unutmayın," diye ekliyor, kırgın bir sesle. Sarhoş gibiyim, başım dönüyor, kimseyle konuşacak, sohbet edecek halim yok. Sabahın dokuzundan beri, bir bile değil, birkaç ömrü, hatta bir tarih dilimini baştan sona yaşayıp tükenmişim. Dilaver Bey'e teşekkür sözcüklerini zar zor söylüyorum. Yaka kartımı verip, cep telefonumu ve kimliğimi alıyorum güvenlikten. Bahçeye çıkınca Hasan Bey'in numarasını tuşluyorum.

"Dış kapıda bekliyorum," diyor Hasan Bey.

Yüksek duvarların dışında bekleyen arabaya girer girmez, "Nasıl geçti?" diye soruyor Hasan Bey, merakla.

"İyi geçti."

Başka şeyler duymak için bir süre bekliyor, sonra yeniden soruyor.

"Sadece iyi mi geçti?"

"Evet."

"Nasıl biriydi, neler konuştunuz, ilginç şeyler anlattı mı?"

"Müthiş bir kadın. Pek çok şey konuştuk... okursunuz işte..."

"Bir terslik olmadı ya?"

"Olmadı."

"Allah allah! Bir terslik olmadıysa, niye bu kadar suskunsun, kızım?"

"Yorgunum Hasan Bey. Uzun bir gündü."

"İnsan bir şeyler anlatır. Kavga filan etmediniz değil mi?"

"Ne münasebet."

"İyi, iyi. Endişeliydim biraz."

"Endişelenmenize hiç gerek yoktu. Aklı başında yetişkinleriz ikimiz de."

"Elbette."

"Ve her ikimiz de maalesef gerçeği görebiliyoruz."

"Neymiş o?"

"İki taraf da, sorunları netice vermeyen kalıplaşmış çözümlerle halletmeye çalışıyor."

"Nasıl yani?"

"Ne bileyim... mesela bu insanlar defalarca oraya buraya sürülmüşler. Artık öğrenmemiz lazım ki, sürgünün kimseye bir faydası olmuyor. Şiddet, dayak ve yasak da bir işe yarasaydı, bugüne kadar her sorunu çözerdik. Biz bunu geç anladık ama hala ayak direyenlerimiz var. Aynı durum karşı taraf içinde geçerli. Eli kapınca kolu istemek, mümkün olmayan şeyleri inatla tutturmak, pire için yorgan yakmak, sürekli isyan içinde olmak, dağdan inmemek... Hangi çağda yaşıyoruz yahu! Ortaçağ zihniyeti yetmedi mi? Saatlerce konuştuk Zelo... Zeliha'yla. Geçmişi didik didik ettik. Bunu birbirimize söylemedik ama, her ikimiz de insanlarımızın hamlıkta ısrarlı olduğunun bal gibi farkındayız. Bu da beni çok yoruyor."

"İyice umutsuzsun yani."

"Değilim. Aksine çok umutluyum. Bütün bu söylediklerimin yanı sıra, içimizde kemikleşmiş bir sevgi ve beraberlik duygusu da var. O kadar iç içe geçmişiz ki, dillerimiz ayrı olsa da heyecanlarımız, duygularımız aynı. Geçmişimiz aynı. Belki de o yüzden, çok benzeştiğimiz için hem sorunu çözemiyoruz, hem çözülemiyoruz birbirimizden. Az kaldı... çok az kaldı içine sıkışıp kaldığımız kalıpları kırmaya."

O arabayı çalıştırırken, ben kara çarşafi çekiştiriyorum üzerimden. Pencereyi açıp, dışarı sarkıyorum. Tozlu yolun ortasında duran, rugan pabuçlu, pazen pantalonlu mahzun Zelo'ya yarı belime kadar sarkıp el sallıyorum.

"Unutma," diye bağırıyorum, "sakın unutma... çözüm bizde Zelo!"

"Kızım dışarı düşeceksin. Buz gibi oldu araba, camı kapat," diyor Hasan Bey.

Benim içim sımsıcak oysa. Yüreğim sevgi ve umut dolu. Çözüm, Güneydoğu bozkırında açan kıpkırmızı gelincikler gibi açıyor yüreğimde, bir sevgi çiçeği içimi dolduruyor.

Biliyorum, iliklerimde hissediyorum bunu; Zelha'nın da söylediği gibi, çözüm biziz... Yürekli olduğumuz takdirde... Zelha'lar, Fatma'lar, Suna'lar, Berfin'ler, Leyla'lar, Emine'ler. Sorunun olduğu gibi, çözümün de ta kendisiyiz; biz, iç içe büyüyen, iç içe yaşayan, birbirine benzeyen, kavgacı, hırçın ve inatçı, şefkatli, sevecen ve yürekli, sonsuz verici ve can alıcı, gözü kara, kurnaz, hain, aynı anda çileli, masum ve çocuksu biz! Biz, aynı toprağın çocukları.

Ön pencerenin buğusuna kocaman bir yürek çiziyorum işaret parmağımla, yüreğin orta yerine iç içe geçmiş T ve K harflerini oturtuyorum.

"Ne bu?" diye soruyor Hasan Bey.

"Kocaman bir yürek," diyorum.

"Sevgililer Günü'ne daha çok var, kalbini erken çizdin."

"Ama beklediğim gün er geç gelecek, öyle değil mi?" diye soruyorum.

"Öyle!" diyor, "beklediğin gün er geç gelecek."

Havalandırmanın üfürdüğü havayla, camın üzerindeki yüreğin çizgileri yer yer siliniyor, iç içe geçmiş harfler büsbütün belirginleşiyor böylece. Ben bunun uğurlu bir işaret olduğuna inanmak isteyerek, bunu çok ama çok isteyerek, arkama yaslanıp dua ediyorum içimden:

"Allahım, beni Zelha'dan ayırma. Beni kızkardeşimden hiç ayırma... ne demek istediğimi anlıyorsun değil mi, Tanrım! Artık sarılsın bu yara... belki bugün değil, yarın değil ama bir gün... Lütfen... Yakında bir gün."